una alegoría en defensa del cristianismo,
la razón y el romanticismo

el regreso del peregrino

C. S. Lewis

una alegoría en defensa del cristianismo, la razón y el romanticismo

el regreso del peregrino

C. S. Lewis

GRUPO NELSON
Desde 1798

Publicado en Nashville, Tennessee, Estados Unidos de América.
Grupo Nelson es una marca registrada de Thomas Nelson.
www.gruponelson.com
Thomas Nelson es una marca registrada de HarperCollins Christian Publishing, Inc.

Este título también está disponible en formato electrónico.

Título en inglés: *The Pilgrim's Regress*

Traducción: *Eva Rodríguez Halffer*
Adaptación del diseño: *Setelee*

ISBN: 978-1-40024-546-8
eBook: 978-1-40024-547-5
Descarga: 978-1-40024-874-2

La información sobre la clasificación en la Biblioteca del Congreso estará disponible previa solicitud.

ÍNDICE

Libro 1. Los datos

Libro 2. Emoción

Libro 3. En la profunda oscuridad de Zeitgeistheim

Libro 4. De vuelta al camino

Libro 5. El gran cañón

Libro 6. Hacia el norte siguiendo el cañón

Libro 7. Hacia el sur siguiendo el Cañón

Libro 8. Acorralado

Libro 9. A través del Cañón

Libro 10. El regreso

Como el agua fresca para el alma sedienta,
así son las buenas nuevas de lejanas tierras.

Proverbios

A Arthur Greeves

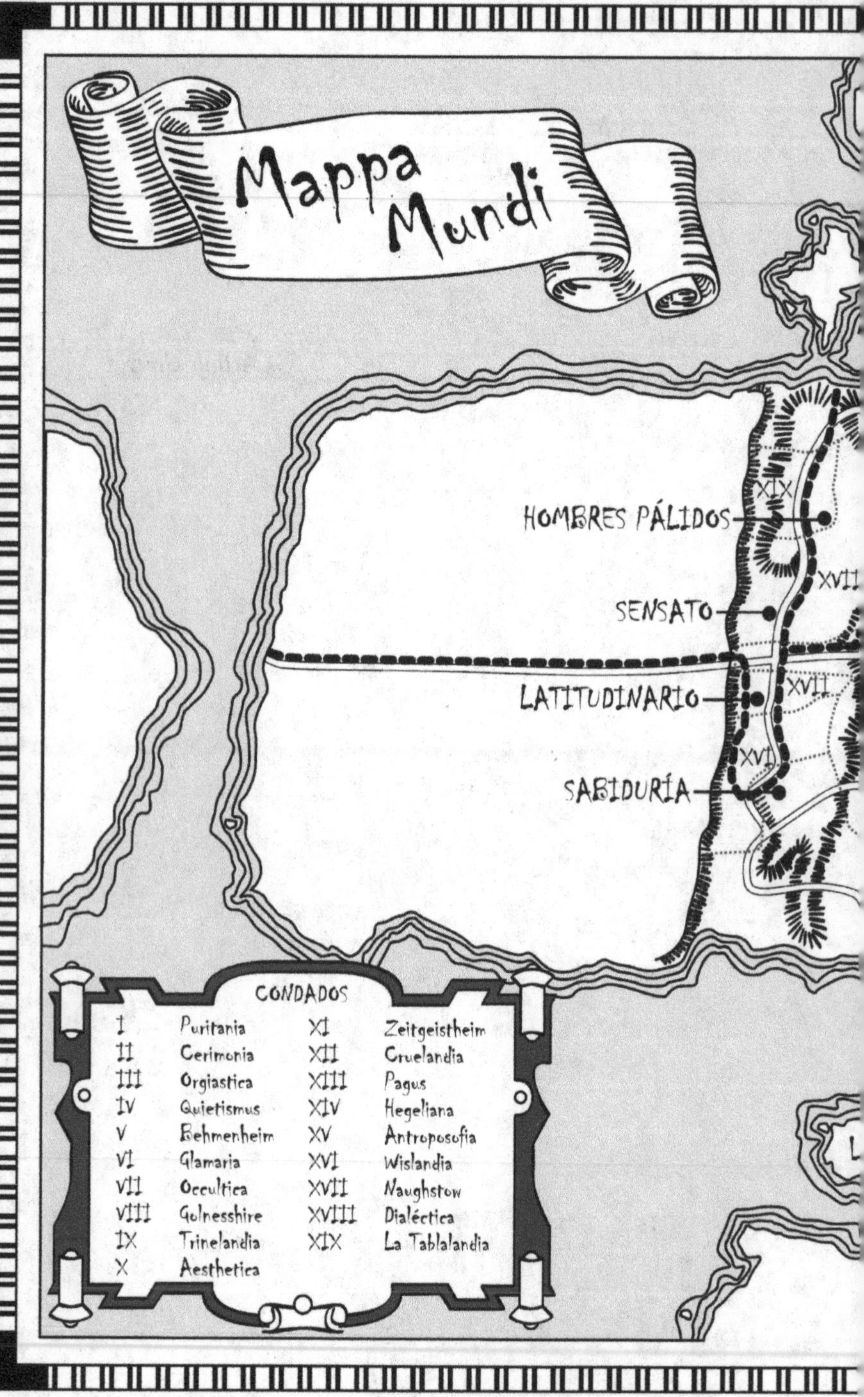
Mappa Mundi
HOMBRES PÁLIDOS
SENSATO
LATITUDINARIO
SABIDURÍA
XIX
XVIII
XVII
XVI
CONDADOS
I Puritania
II Cerimonia
III Orgiastica
IV Quietismus
V Behmenheim
VI Glamaria
VII Occultica
VIII Golnesshire
IX Trinelandia
X Aesthetica
XI Zeitgeistheim
XII Cruelandia
XIII Pagus
XIV Hegeliana
XV Antroposofia
XVI Wislandia
XVII Naughstow
XVIII Dialéctica
XIX La Tablalandia

Ferrocarril
militar
WANHOPE
SUPERBIA
XI
IGNORANTIA
GIGANTE
ESCRÓPOLIS
PAPARRUCHA
I
EMOCIÓN
XIII
X
II
AFRODITÓPOLIS
III
ODOM
IX
LUXINTERNIA
VIII
IV
HUNCH
VII
NCTERIS
V
ANTINOMIA
VI
WOODEY
AGOPOLIS
Ferrocarril
militar
R.L.K.

Libro 1

LOS DATOS

Esto busca toda alma y por ello realiza todos sus actos, teniendo el *presentimiento* de que ello es; pero qué es no puede discernir suficientemente, y no conoce el camino, y en relación a esto no tiene certezas constantes como tiene para otras cosas.

Platón

Cuyas almas, si bien en recuerdos borrosos, buscan pese a ello volver a su bien, pero, como hombres ebrios, no conocen el camino al hogar.

Boecio

Alguna cosa busca, y qué sea ello no sabe claramente, pero incita un deseo asaz intenso, de modo que todos los deleites y placeres por ello abandonados dejan lugar a la búsqueda de este tan solo presentido deseo.

Hooker

1. LAS REGLAS

El conocimiento de la ley vulnerada precede a toda otra experiencia religiosa. John recibe su primera instrucción religiosa. ¿Hablaban realmente en serio los instructores?

Soñé con un niño nacido en la tierra de Puritania y su nombre era John. Y soñé que cuando John pudo andar, salió al jardín de sus padres una bonita mañana y corrió hasta el camino. Y al otro lado del camino había un bosque profundo, pero no denso, lleno de prímulas y de blando musgo verde. Cuando John vio todo esto pensó que nunca había visto nada tan hermoso, y estaba a punto de echarse de rodillas y arrancar las prímulas a puñados cuando su madre salió apresuradamente por la puerta del jardín y también ella cruzó el camino, y agarró a John y le dio un sonoro cachete y le dijo que no volviera jamás a entrar en el bosque. Y John se echó a llorar, pero no hizo preguntas, porque aún no tenía edad para hacer preguntas. Después pasó un año entero. Y entonces, otra bonita mañana, John tenía una pequeña resortera y salió al jardín y vio un pájaro posado en una rama. Y John preparó la resortera y se disponía a hacer blanco en el pájaro cuando la cocinera salió corriendo al jardín y atrapó a John y le dio un sonoro cachete y le dijo que no volviera jamás a matar ningún pájaro del jardín.

—¿Por qué? —preguntó John.

—Porque el guardián se enojaría mucho —respondió la cocinera.

—¿Por qué? —dijo John.

—Porque el Señor de la Tierra así se lo ha pedido.

—¿Quién es el Señor? —insistió John.

—Es el propietario del territorio —dijo la cocinera.

—¿Por qué? —inquirió John.

Y cuando preguntó esto, la cocinera fue y se lo contó a su madre. Y la madre de John se sentó con él y le habló del Señor de la Tierra toda la tarde, pero John no entendió nada, porque no tenía aún edad para entender. Después pasó un año entero, y una mañana oscura, fría y lluviosa hicieron a John vestirse con ropa nueva. Era la ropa más fea que jamás le habían puesto, y a John eso le importaba un bledo, pero también le apretaba en el cuello y le tiraba por debajo de los brazos, lo cual le importaba mucho, y le picaba todo el cuerpo. Y su padre y su madre fueron con él hasta el camino, llevándolo cada uno de una mano (lo cual, además de incómodo, era totalmente innecesario), y le dijeron que le llevaban a ver al guardián. El guardián vivía en una casona oscura de piedra a un lado de la carretera. El padre y la madre entraron y hablaron primero con el guardián, y dejaron a John solo sentado en el vestíbulo en una silla tan alta que no le llegaban los pies al suelo. Había otras sillas allí en las que podría haberse sentado cómodamente, pero su padre le dijo que el guardián se enojaría mucho si no se quedaba absolutamente quieto y era muy bueno; y John empezó a sentir miedo, por lo que permaneció en la silla alta con los pies colgando, con picor en todo el cuerpo por la ropa, y los ojos fijos hasta nublársele la vista. Después de mucho tiempo sus padres volvieron, con aspecto de haber estado en el médico, muy serios. Y dijeron que también John tenía que entrar para ver al guardián. Y cuando John entró, vio a un anciano de cara redonda y enrojecida que era muy amable y bromeaba mucho, de tal modo que John se sobrepuso casi completamente de su miedo y mantuvieron una estupenda conversación sobre cañas de pescar y bicicletas. Pero en el momento mismo en que la conversación era más amena, el guardián se levantó y carraspeó. Después agarró una máscara de la pared que tenía una larga barba blanca y repentinamente se la colocó sobre la cara, con lo que su aspecto se volvió horrendo. Y dijo:

—Ahora te voy a hablar sobre el Señor de la Tierra. Es dueño de toda la región, y es muy muy generoso por su parte permitirnos vivir en ella... muy muy generoso.

Siguió repitiendo «muy generoso» con una extraña voz de sonsonete durante tanto tiempo que John se habría reído, pero estaba ya empezando a asustarse otra vez. El guardián tomó entonces de un gancho una tarjeta cubierta de letra muy pequeña, y dijo:

—He aquí la lista de todas las cosas que el Señor de la Tierra dice que no puedes hacer. Será mejor que la mires.

Así pues, John agarró la tarjeta, pero la mitad de las reglas parecían prohibir cosas de las que no tenía noticia, y la otra mitad prohibía cosas que hacía todos los días y no podía imaginar dejar de hacer. El número de reglas era tan enorme que creyó no poder jamás aprenderlas todas.

—Espero —dijo el guardián— que no hayas desobedecido ya ninguna de las reglas.

El corazón de John empezó a latir con fuerza y sus ojos se abrieron más y más, y estaba a punto de desfallecer cuando el guardián se quitó la máscara y miró a John con su verdadero rostro y dijo:

—Es mejor que mientas, muchacho, es mejor. Es más fácil para todos. —Y al punto volvió a ponerse la máscara.

John tragó saliva y dijo sin tardanza:

—No, no, señor.

—Mejor así —dijo el guardián a través de la máscara—, porque si se te ocurre desobedecer cualquiera de ellas y el Señor de la Tierra llega a enterarse, ¿sabes lo que te haría?

—No, señor —contestó John, y los ojos del guardián parecieron brillar pavorosamente por los agujeros de la máscara.

—Te agarraría y te encerraría en un agujero negro lleno de serpientes y escorpiones grandes como langostas; para siempre jamás. Y además de eso, es un hombre tan generoso, tan tan generoso, que estoy seguro de que no querrás contrariarle nunca.

—No, señor —dijo John—. Pero, por favor, señor...

—¿Y bien? —respondió el guardián.

—Por favor, señor, vamos a suponer que desobedeciera una, una pequeñita, sin querer, ya sabe. ¿No habría modo de evitar a las serpientes y las langostas?

—Ah —dijo el guardián.

Y entonces se sentó y habló largo y tendido, pero John no entendió una sola sílaba. Al cabo, todo terminó con la observación de que el Señor de la Tierra era extraordinariamente generoso y bueno con sus arrendatarios, y sin duda torturaría a la mayoría de ellos hasta matarlos al menor pretexto.

—Y tiene razón —dijo el guardián—. Porque después de todo, es su tierra, y es gran amabilidad por su parte dejarnos vivir aquí; a gente como nosotros, ya sabes.

Entonces el guardián se quitó la máscara y volvió a charlar de manera grata y razonable con John, y le dio un pastel y le llevó junto a su padre y su madre. Pero cuando ya se iban, se inclinó y susurró a John en el oído:

—Si fuera tú, yo no me preocuparía mucho del asunto —mientras, simultáneamente, ponía la tarjeta de las reglas en la mano de John diciéndole que podía quedársela para su propio uso.

2. LA ISLA

John es más serio que los instructores, y descubre la otra ley en sus miembros. Despierta al Dulce Deseo; y casi de inmediato mezcla con él sus propias fantasías.

Después volvieron a pasar los días y las semanas, y soñé que John no tenía apenas un momento de paz ni de día ni de noche pensando en las reglas y en el agujero negro lleno de serpientes. Al principio se esforzó mucho para cumplirlas todas, pero cuando llegaba la hora de acostarse descubría siempre que había desobedecido muchas más de las que había obedecido: e imaginar las horribles torturas a las que le sometería el Señor de la Tierra bueno y generoso le producía tal pesadumbre que al día siguiente se comportaba de manera del todo insensata e incumplía todas las que podía; porque curiosamente aquello sosegaba su espíritu por el momento. Pero después, a los pocos días, volvía el miedo y esta vez era peor que antes por el horrendo número de reglas que había roto durante ese tiempo. Pero lo que más le desconcertaba por entonces era un descubrimiento que había hecho cuando las reglas llevaban dos o tres noches colgadas en su habitación: a saber, que por el otro lado de la tarjeta, en el reverso, había una serie de reglas muy diferentes. Eran tantas que nunca terminaba de leerlas y siempre encontraba alguna nueva. Algunas eran muy parecidas a las reglas del anverso, pero la mayoría eran exactamente lo contrario. Así, aunque en el anverso decía que había que autoexaminarse constantemente para saber cuántas reglas habías incumplido, el reverso de la tarjeta comenzaba así:

> *Regla 1*
> Olvídate de todo el asunto
> en el momento mismo de meterte en la cama.

O, también, mientras que en el anverso decía que siempre tenías que preguntar a tus mayores cuál era la regla para una u otra cosa, si tenías la más mínima duda, el reverso decía:

Regla 2
A menos que te hayan visto hacerlo,
no digas nada o te arrepentirás.

Y así sucesivamente. Y entonces soñé que John salió una mañana y quiso jugar en el camino y olvidar sus tribulaciones; pero las reglas no cesaban de volverle a la cabeza, de modo que apenas pudo hacer nada. No obstante, siguió alejándose cada vez unos metros más hasta que repentinamente levantó la mirada y vio que estaba tan lejos de su casa que se encontraba en una parte del camino que nunca había visto. Entonces oyó el sonido de un instrumento musical que surgía, al parecer, a su espalda, muy dulce y muy breve, como si fuera la vibración de una sola cuerda o una sola nota de una campana, y a continuación una voz llena y clara cuyo sonido era tan agudo y tan extraño que pensó que venía de muy muy lejos, más lejos que las estrellas. La voz dijo: «Ven». Entonces John vio que había un muro de piedra junto al camino en aquella parte; pero tenía (algo que nunca había visto en el muro de un jardín) una ventana. Esta no tenía cristal ni reja, era simplemente un vano cuadrado en la pared. Y al otro lado vio un bosque verde lleno de prímulas, y recordó súbitamente haber entrado en otro bosque para arrancar prímulas de pequeño, hacía mucho mucho tiempo; tanto que en el momento de rememorarlo, el recuerdo parecía aún inalcanzable. Mientras se esforzaba para aprehenderlo, desde más allá del bosque le llegó una emoción y una punzada tan penetrante que al instante olvidó la casa de su padre, y a su madre, y el miedo al Señor de la Tierra, y el peso de las reglas. Todo lo que amueblaba su mente desapareció. Un momento después se encontró sollozando, y el sol se había puesto; y lo que le había ocurrido no lo recordaba bien, ni tampoco si había sucedido en este bosque o en el otro bosque cuando era niño. Y le pareció que la neblina que pendía al fondo del bosque se había abierto un instante y a través de la hendidura había visto un mar en calma, y en el mar una isla donde la suave espuma se derramaba sin oleaje sobre sus bahías y entre la espesura miraban las pálidas oréades de pecho estrecho, sabias como dioses, sin conciencia de sí como las bestias, y entre el follaje, sentados en sillas verdes, había altos magos con barba hasta los pies. Pero incluso mientras imaginaba estas cosas sabía, con una parte de su cabeza, que no eran como las cosas que él había visto; no, lo que le había sucedido no era en modo alguno el acto de ver. Pero era demasiado joven para atender a aquella distinción, y estaba demasiado vacío, ahora que la emoción desatada había pasado, para no atrapar con avaricia lo que quedaba de ella. No sentía por el momento ganas de entrar en el bosque, y finalmente se marchó a casa, embargado por una triste excitación, repitiéndose una y mil veces: «Ahora sé lo que quiero». La primera vez que lo dijo tenía conciencia de que no era enteramente cierto, pero antes de irse a la cama ya lo creía.

3. LAS MONTAÑAS DEL ESTE

John conoce la Muerte y lo que sus mayores pretenden creer sobre ella. Un funeral incómodo, carente tanto de fortaleza pagana como de esperanza cristiana. Todos, a excepción de John, se animan en el camino a casa.

John tenía un viejo tío de no muy buena fama que era arrendatario de una finca pequeña y pobre junto a la de su padre. Un día, cuando John entró del jardín, se encontró con un gran alboroto dentro de la casa. Su tío estaba allí sentado con las mejillas de color ceniza. Su madre lloraba. Su padre estaba muy quieto con expresión solemne. Y allí, en medio de todos ellos, estaba el guardián con la máscara. John se aproximó sigilosamente a su madre y le preguntó qué pasaba.

—Al pobre tío George le han notificado que tiene que irse —contestó.

—¿Por qué? —inquirió John.

—Ha vencido su contrato. El Señor de la Tierra le ha mandado aviso de finalización.

—¿Pero no sabías por cuánto tiempo la tenía arrendada?

—No, no, no sabíamos nada de nada. Creíamos que aún tenía duración de años y años. Estoy segura de que el Señor de la Tierra nunca nos dio el menor indicio de que iba a echarlo así, de buenas a primeras.

—Ah, pero él no tiene que avisar a nadie —interrumpió el guardián—. Saben que siempre retiene el derecho de expulsar a cualquiera cuando le plazca. Es muy generoso por su parte simplemente permitir que nos quedemos.

—Claro que sí, claro —dijo la madre.

—No hay ni que decirlo —dijo el padre.

—No me quejo —dijo el tío George—. Pero me parece cruelmente duro.

—De ningún modo —respondió el guardián—. No tienes más que ir al castillo y llamar a la puerta y ver al Señor en persona. Sabes que te está echando de aquí solo para instalarte mucho más cómodamente en otro sitio. ¿Verdad?

El tío George asintió con la cabeza. No parecía poder salirle la voz del cuerpo.

Repentinamente el padre miró su reloj. Después levantó los ojos hacia el Guardián y dijo:

—¿Y bien?

—Sí —dijo el Guardián.

Entonces mandaron a John a su habitación y le dijeron que se vistiera con la ropa fea e incómoda; y cuando bajó otra vez, con picor en todo el cuerpo y tirándole la sisa, le dieron una pequeña máscara para que se la pusiera y sus padres a su vez se pusieron también máscaras. Después pensé en mi sueño que querían ponerle máscara también al tío George, pero que este temblaba de tal modo que se le caía. Por tanto, tuvieron que ver su cara tal como era; y su cara se volvió tan horrible que todos miraron hacia otro lado y pretendieron no verla. Con mucha dificultad pusieron al tío George de pie y después todos salieron al camino. El sol se estaba poniendo al final del camino, porque este corría hacia el este y hacia el oeste. Volvieron la espalda al deslumbrante cielo occidental y por delante John vio la noche cayendo sobre las montañas orientales. El terreno descendía hacia el este hasta un arroyo, y a este lado del arroyo todo estaba verde y cultivado; al otro lado del arroyo ascendía un gran páramo negro, y más allá estaban los riscos y las simas de las montañas menores, y muy alto, por encima de estas, otras montañas mayores; y en la cima de todo el páramo había una montaña tan grande y tan negra que John sintió miedo de ella. Le dijeron que el Señor de la Tierra tenía allí su castillo.

John siguió caminando como pudo hacia el este, mucho tiempo, siempre descendiendo, hasta que llegaron al arroyo. Avanzaban tan lentamente que a su espalda la puesta de sol dejó de verse. Ante ellos todo se volvía más oscuro a cada instante, y desde la oscuridad empezó a soplar el viento frío del este, que bajaba directamente de las cumbres montañosas. Cuando habían descansado un poco, el tío George paseó la mirada por todos una o dos veces y dijo « ¡vaya por Dios! » con una vocecilla extraña, como la de un niño. Después cruzó el arroyo y empezó a caminar solo hacia el páramo. La oscuridad era ya tan grande y había tantos desniveles en el terreno que lo perdieron de vista casi de inmediato. Nadie volvió a verlo.

—Bien —dijo el Guardián desatándose la máscara mientras volvían de camino a casa—. Todos tenemos que irnos cuando nos llega la hora.

—Así es —dijo el padre, que estaba encendiendo la pipa. Cuando estuvo encendida se volvió hacia el Guardián y dijo:

—Algunos de los cerdos de John han ganado premios.

—Yo me los quedaría si fuera tú —dijo el Guardián—. No es momento para vender.

—Quizá tenga razón —dijo el padre.

John caminaba detrás con su madre.

—Madre.

—¿Sí, querido?

—¿Podrían echar a cualquiera de nosotros así, sin avisar, cualquier día?

—Pues sí. Pero es muy poco probable.

—¿Pero *podría* ser?

—No deberías pensar en esas cosas a tu edad.

—¿Por qué no?

—No es sano. Eres un crío.

—Madre.

—¿Sí?

—¿Podemos nosotros también dejar el arrendamiento sin avisar?

—¿Qué quieres decir?

—Pues que si el Señor puede echarnos de la tierra cuando quiera, ¿podemos nosotros marcharnos cuando queramos?

—No, claro que no.

—¿Por qué no?

—Está en el contrato de arrendamiento. Tenemos que irnos cuando a él le parezca bien, y quedarnos hasta que a él le parezca bien.

—¿Por qué?

—Supongo que porque él decide los arrendamientos.

—¿Y qué pasaría si nos fuéramos?

—Que se enojaría mucho.

—¿Nos metería en el agujero negro?

—Quizá.

—Madre.

—Sí, querido.

—¿El Señor de la Tierra va a meter al tío George en el agujero negro?

—¿Cómo te atreves a decir semejante cosa de tu pobre tío? Pues claro que no.

—¿Pero no ha desobedecido el tío George todas las reglas?

—¿Desobedecido? Tu tío George era un hombre muy bueno.

—Eso no me lo habías dicho nunca —dijo John.

4. LEA POR RAQUEL

El ansia de recuperar el Deseo oculta la verdadera oferta de que regrese. John intenta obligarse a sentirlo, pero encuentra (y acepta) la Lujuria en su lugar.

Entonces me volví del otro lado mientras dormía y empecé a soñar aún más profundamente, y soñé que veía a John hacerse alto y desgarbado hasta que dejó de ser un niño y se convirtió en un muchacho. El mayor deleite de su vida en aquellos días era salir al camino y mirar por la ventana del muro con esperanza de ver la hermosa Isla. Algunos días la veía con bastante claridad, especialmente al principio, y oía la música y la voz. Al principio no miraba el bosque por la ventana a menos que oyera la música. Pero pasado un tiempo, tanto la visión de la Isla como los sonidos se hicieron muy infrecuentes. Se pasaba horas mirando por la ventana y viendo el bosque, pero no el mar ni la Isla en él, y aguzando el oído sin oír otra cosa que el viento entre las hojas. Y el anhelo de ver la Isla y del viento aromático que soplaba desde ella por encima del agua, aunque en verdad ambos le habían producido solo anhelo, se hizo tan terrible que John pensó que se moriría pronto si le faltaban. Incluso se dijo: «Rompería todas las reglas de la tarjeta por ello si al menos estuvieran a mi alcance. Me metería en el agujero negro para siempre si tuviera una ventana desde la que pudiera ver la Isla». Entonces se le ocurrió que acaso debiera explorar el bosque y quizá así hallaría el camino hasta el mar; decidió por tanto que al día siguiente, sin reparar en lo que viera y oyera desde la ventana, cruzaría al otro lado y pasaría el día entero en el bosque. Cuando se hizo de día, como había llovido toda la noche y un viento del sur se había llevado las nubes al amanecer, todo estaba fresco y reluciente. Tan pronto como hubo desayunado, John salió al camino. Con el viento y los pájaros, con las carretas rústicas que pasaban a su lado, muchos ruidos poblaban la mañana, y por ello, cuando John oyó un acorde musical mucho antes de llegar al muro y la ventana —un acorde como el deseado, pero proveniente de un punto inesperado—, no estaba completamente seguro de no haberlo imaginado. Aquello le hizo quedarse inmóvil unos instantes en medio del camino, y en mi sueño le oía pensar de este modo: «Si voy tras el sonido —dejando el camino y alejándome— será puro azar que encuentre algo. Pero si voy a la ventana, allí *sé* que puedo llegar al bosque, y una vez en él hacer una búsqueda fructífera de la costa y la Isla. Es más, voy a insistir en encontrarla. Estoy resuelto a ello. Pero si voy por un camino nuevo no podré insistir; me tendré que conformar con lo que encuentre». Así pues, siguió hasta el lugar que conocía y entró en el bosque pasando por la ventana. Caminó entre los árboles de arriba abajo y de un lado a otro, mirando por aquí y por allá; pero no encontró mar ni encontró orilla, y ni siquiera el final del bosque en ninguna dirección. Hacia mediodía tenía tanto calor que se sentó y se abanicó. Últimamente, a menudo, cuando se le negaba la visión de la Isla, se había sentido triste y desesperanzado; pero lo que ahora sentía se parecía más a la rabia. «Tengo que hacerla mía», se decía sin cesar, y después: «Algo tengo que hacer mío». Entonces se le ocurrió que al menos tenía el bosque, que antaño le había deleitado, y al que no había prestado la menor atención en toda la mañana. «Muy bien, pensó John, voy a disfrutar del bosque: lo *voy* a disfrutar». Apretó los dientes y arrugó la frente y permaneció sentado y quieto hasta que empezó a caerle sudor en su esfuerzo por disfrutar del bosque. Había hierba y había árboles. «¿Pero qué puedo *hacer* con eso?», preguntó John. Después pensó que acaso podría recuperar su emoción anterior —porque, se dijo, ¿qué otra cosa le había dado la Isla aparte de *emoción*?— a base de imaginar. Cerró los ojos y apretó los dientes otra vez y compuso un cuadro de la Isla en su cabeza, pero no podía mantenerse atento a ese cuadro porque continuamente quería vigilar alguna otra parte de su mente para comprobar si estaba comenzando la emoción. Pero ninguna emoción comenzó; y justo cuando empezaba a abrir los ojos oyó una voz que le hablaba. Estaba muy cerca de él y era muy dulce, y en nada parecida a la antigua voz del bosque. Cuando se volvió para mirar vio algo totalmente inesperado, aunque no le sorprendió. Allí, en la hierba junto a él, había una muchacha de piel morena, risueña, aproximadamente de su edad, y estaba desnuda.

—Era a mí a quien querías —dijo la chica morena—. Yo soy mejor que tu absurda Isla.

Y John se levantó y la tomó en sus brazos, con gran premura, y fornicó con ella en el bosque.

5. IKABOD

La vana ilusión no es perdurable; pero deja un hábito pecaminoso tras ella.

Después de aquello, John iba constantemente al bosque. No siempre gozaba de la muchacha con el cuerpo, aunque a menudo terminaba así; a veces le hablaba sobre él, contándole mentiras acerca de su valor y su ingenio. Todo lo que él contaba ella lo recordaba, con el fin de que otros días pudiera ella relatárselo a él. En ocasiones, incluso, recorría con ella el bosque en busca del mar y de la Isla, pero no era frecuente. Entre tanto, el año avanzaba y las hojas empezaron a caer de los árboles del bosque y el cielo estaba gris más a menudo; hasta ese momento de mi sueño John dormía en el bosque, y se despertó en el bosque. El sol estaba bajo y un viento borrascoso arrancaba las hojas de las ramas. La muchacha seguía allí y verla a su lado fue odioso para John; y vio que ella lo sabía, y cuanto más lo sabía tanto más le miraba, sonriendo. John miró a su alrededor y vio que el bosque, después de todo, era muy pequeño: una pobre faja de árboles entre el camino y un campo que conocía bien. Nada de lo que tenía a la vista le agradaba.

—Nunca volveré aquí —dijo John—. Lo que yo quiero no está aquí. No era a ti a quien buscaba, sabes.

—¿De verdad? —dijo la chica morena—. Entonces vete. Pero tienes que llevarte a tu familia contigo.

Y diciendo esto puso ambas manos junto a su boca y gritó. Al instante, de detrás de cada árbol salió una muchacha morena, cada una exactamente igual a ella; y el pequeño bosque se llenó de ellas.

—¿Quiénes son?

—Nuestras hijas —dijo ella—. ¿No sabías que eras padre? ¿Creíste que era yerma, tonto? Y bien, niñas —añadió, volviéndose hacia la multitud—, vayan con su padre.

Súbitamente John sintió mucho miedo y saltó al camino a través del muro. Luego corrió hasta su casa tan deprisa como pudo.

6. *QUEM QUAERITIS IN SEPULCHRO? NON EST HIC*

El pecado y la ley atormentan a John, agravándose ambos mutuamente. El Dulce Deseo vuelve y John decide convertirlo en objeto de su vida.

Desde aquel día hasta que se fue de su casa, John fue infeliz. Para empezar, descendió sobre él todo el peso de las reglas que había incumplido; porque mientras iba a diario al bosque casi se había olvidado del Señor de la Tierra, y ahora, de pronto, sabía que tendría que pagar por todo. En segundo lugar, había pasado tanto tiempo desde su última visión de la Isla que incluso había olvidado cómo desearla, y casi cómo emprender su búsqueda. Al principio temía volver a la ventana del muro, por temor a encontrarse con la muchacha de piel morena; pero pronto descubrió que la familia de esta estaba tan constantemente a su lado que el lugar era indiferente. Cuando quiera que se sentaba a descansar de alguna caminata, antes o después, aparecía una muchachita morena a su lado. Cuando por la noche se acomodaba junto a sus padres, una chica morena, solo visible para él, entraba silenciosamente y se sentaba a sus pies; y algunas veces su madre fijaba en él sus ojos y hasta le preguntaba qué era lo que estaba mirando. Pero sobre todo le atormentaban cuando le sobrevenía un ataque de terror por causa del Señor de la Tierra y el agujero negro. Era siempre igual. Se despertaba una mañana lleno de miedo y tomaba la tarjeta y la leía —la parte del anverso— y decidía que hoy iba a empezar a cumplir las reglas de verdad. Y durante aquel día lo hacía, pero el esfuerzo era insoportable. Solía consolarse diciendo: será más fácil a medida que persevere. Mañana será más fácil. Pero mañana era siempre más difícil, y el tercer día era el peor. Y el tercer día cuando se iba a la cama, muerto de cansancio y con el alma en carne viva, sin falta encontraba una chica morena esperándole allí; y en noches como esas, no tenía fuerzas para rechazar sus halagos.

Pero cuando John se dio cuenta de que ningún lugar era más, o menos, obsesivo que los demás, volvió furtivamente a la ventana del muro. No tenía muchas esperanzas. Fue allí más bien como el hombre que visita una tumba. Era ya pleno invierno y el bosquecillo estaba desnudo y oscuro, los árboles goteaban y el arroyo —que vio entonces que era poco más que un canalón— se había llenado de hojas muertas y de barro. También el muro se había roto en el punto por el que él lo había cruzado. Pero, no obstante, John permaneció allí largo tiempo muchos atardeceres de invierno, mirando. Y le pareció que su aflicción había tocado fondo.

Una noche que volvía entristecido a su casa empezó a llorar. Recordó aquel primer día en que había oído la música y había visto la Isla; y su anhelo, que ahora no era ya por la Isla misma, sino por el momento en que tan dulcemente la había anhelado, empezó a crecer como una ola cálida, más y más deliciosa, hasta que creyó no poder resistirlo más, pero su deleite siguió en aumento hasta que por encima de él le llegó, inconfundiblemente, el breve sonido de la música, como el vibrar de una cuerda o un solo tañido de campana. En aquel preciso momento, un carruaje pasó junto a él. Se volvió y miró hacia el coche, a tiempo de ver una cabeza que al punto se apartó de la ventanilla; y creyó haber oído una voz decir: «Ven». Y mucho más allá del carruaje, entre los montes del horizonte occidental, creyó ver un mar centelleante y el perfil borroso de una isla, apenas más que una nube. No era nada comparado con lo que había visto la primera vez; y estaba mucho más lejos. Pero John había tomado una determinación. Aquella noche esperó a que sus padres estuvieran dormidos y entonces, reuniendo unas pocas cosas necesarias, salió sigilosamente por la puerta trasera y miró de frente al oeste para ir en busca de la Isla.

Libro 2

EMOCIÓN

No te harás imagen ni ninguna semejanza de lo que hay arriba en el cielo, ni abajo en la tierra.

Éxodo

El alma del hombre, por ello, deseando saber qué clase de cosas son estas, dirige su mirada hacia objetos afines a ella misma, de las que ninguna le satisface. Y es entonces cuando el alma dice: «Nada hay que se parezca al Señor y a las cosas de las que yo hablaba; así pues ¿cómo es?». Esta es la pregunta, oh hijo de Dionisos, que es causa de todos los males; o más bien la tribulación por donde vaga el alma.

Platón*

Siguiendo falsas imágenes del bien
que no cumplen enteramente su promesa.

Dante

Se formó ella valientemente el propósito
de hacer otra igual a la dama de antaño,
otra Florimel en forma y apariencia
tan viva y tan semejante que a muchos confundió.

Spenser

* Hay quien piensa que esta atribución es errónea.

1. *DIXIT INSIPIENS*

John empieza a pensar por sí mismo y encuentra el racionalismo decimonónico, que explica toda religión mediante una serie de métodos. «Evolución» y «religión comparada», y todas las conjeturas que se hacen pasar por «ciencia».

Aún seguía yo soñando en mi cama, y vi a John caminar pesadamente por el camino del oeste en medio de la oscuridad inclemente de una noche helada. Tanto tiempo caminó que llegó la aurora. Y al cabo John vio una pequeña posada junto al camino y a una mujer con una escoba que con la puerta abierta barría el polvo hacia el exterior. Entonces John entró y pidió el desayuno, y mientras este se hacía se sentó en una silla dura junto al fuego recién encendido y se quedó dormido. Cuando despertó, el sol brillaba a través de la ventana y tenía ante sí el desayuno. Otro viajero estaba ya comiendo; era un hombre robusto y pelirrojo, con barba incipiente también roja en la cara y la doble papada, muy apretada esta por los botones de la camisa. Cuando ambos hubieron terminado, el viajero se levantó, carraspeó y permaneció en pie de espaldas al fuego. Después carraspeó otra vez y dijo:

—Hace una buena mañana, joven.

—Sí, señor —respondió John.

—¿Quizá te diriges al oeste, joven?

—Creo... creo que sí.

—¿Es posible que no me conozcas?

—Soy forastero aquí.

—No lo tomo a mal —dijo el desconocido—. Mi nombre es don Ilustración, y creo que es bastante generalmente conocido. Estaré encantado de prestarte mi ayuda y protección mientras nuestros caminos transcurran juntos.

John le dio muchas gracias por esto y cuando salieron de la posada había un lindo cabriolé esperándoles, con un caballito rollizo en el tiro: y tenía los ojos tan brillantes y su arnés estaba tan pulido que era difícil saber cuál de ellos destellaba más intensamente a la luz del sol mañanero. Ambos subieron al carruaje y don Ilustración restalló el látigo para poner al caballito en marcha, y salieron alegremente por el camino como si nada hubiera en el mundo por lo que preocuparse. Al cabo de un rato empezaron a hablar.

—¿Y de dónde vienes, mi buen muchacho? —preguntó Ilustración.

—De Puritania, señor —contestó John.

—Se vive bien allí, ¿eh?

—Me alegro mucho de que le parezca así —exclamó John—. Me temía...

—Espero ser un hombre de mundo —dijo don Ilustración—. Cualquier joven que desee mejorar puede estar seguro de encontrar simpatía y apoyo en mí. ¡Puritania! Bueno, supongo que te habrán enseñado a temer al Señor de la Tierra.

—Pues he de admitir que a veces me siento, en efecto, algo nervioso.

—Puedes tranquilizarte, chico. No existe tal persona.

—¿No hay Señor?

—En absoluto; tal cosa, podría incluso decir tal *entidad*, no tiene existencia: nunca la ha tenido y nunca la tendrá.

—¿Y esto es absolutamente seguro? —exclamó John; pues una gran esperanza empezaba a henchir su pecho.

—Absolutamente seguro. Mírame, joven. Te pregunto, ¿te parezco la clase de persona a la que se engaña fácilmente?

—No, no —se apresuró a decir John—. Simplemente me preguntaba... quiero decir, ¿cómo es que todos han llegado a creer que tal persona existe?

—El Señor de la Tierra es un invento de los guardianes. Todo inventado para tenernos metidos en un puño; y claro está que los guardianes están a partir un piñón con la policía. Son una panda de tipos astutos, esos guardianes. Saben muy bien lo que les conviene, pero que muy bien. Son listos. Maldita sea, no puedo remediar el admirarlos.

—Pero ¿quiere eso decir que los guardianes mismos no creen que exista?

—Pues yo diría que sí lo creen. Es la clase de cuento chino que están dispuestos a tragarse. La mayoría son espíritus simples; como niños. No tienen ni noción de la ciencia moderna y no se creerían nada si la tuvieran.

John quedó en silencio unos minutos. Después volvió a hablar:

—Pero ¿cómo *sabe* que no hay Señor de la Tierra?

—¡¡¡Cristóbal Colón, Galileo, la tierra es redonda, la invención de la imprenta, la pólvora!!! —exclamó don Ilustración en voz tan alta que el caballo respingó.

—Usted perdone —dijo John.

—¿Eh?—contestó don Ilustración.

—No le he entendido bien —añadió John.

—Pues está más claro que el agua —declaró el otro—. La gente de tu Puritania cree en el Señor de la Tierra porque no ha tenido oportunidad de recibir una formación científica. Por ejemplo, pongamos por caso: no creo equivocarme si pienso que sería una novedad para ti saber que la tierra es redonda; ¡redonda como una naranja, muchacho!

—Bueno, no sería realmente novedad —dijo John sintiéndose un tanto decepcionado—. Mi padre siempre ha dicho que es redonda.

—No, no, muchacho —contestó don Ilustración—, seguramente lo has entendido mal. Es bien sabido que todos los de Puritania creen que la tierra es plana. No es probable que yo esté equivocado a este respecto. En realidad, no puede ser. Además, ahí está la evidencia paleontológica.

—¿Qué es eso?

—Pues que en Puritania te dicen que el Señor de la Tierra ha hecho todos los caminos. Pero eso es del todo imposible, porque los ancianos recuerdan la época en que los caminos no eran ni mucho menos tan buenos como ahora. Y es más, los científicos han encontrado rastros de antiguos caminos en todo el territorio que transcurren en direcciones muy diferentes. La deducción es obvia.

John no dijo nada.

—He dicho —repitió don Ilustración—, que la deducción es obvia.

—Sí, sí, claro —dijo John rápidamente, poniéndose un poquito colorado.

—Y está también la antropología.

—Me temo que no sé...

—Tonto de mí, pues claro que no. Ellos no quieren que sepas. Un antropólogo es un hombre que recorre las aldeas más atrasadas de esta región reuniendo las extrañas historias que los lugareños cuentan sobre el Señor de la Tierra. Hasta hay una aldea donde creen que tiene trompa de elefante. Vamos, cualquiera comprende que eso no puede ser verdad.

—Es muy improbable.

—Y lo mejor es que sabemos cómo llegaron los aldeanos a pensar así. Todo comenzó cuando un elefante se escapó de un zoológico cercano; y algún viejo de por allí, que probablemente estaba borracho, lo vio vagando por la montaña una noche, y así fue creándose la historia de que el Señor de la Tierra tiene trompa.

—¿Agarraron al elefante?

—¿Quién?

—Los antropólogos.

—No, no, chico, te estás confundiendo. Eso ocurrió mucho antes de que hubiera antropólogos.

—¿Entonces cómo lo saben?

—Bien, en cuanto a eso... veo que tienes una idea muy rudimentaria de cómo opera en realidad la ciencia. Por decirlo sencillamente, porque, como es natural, no podrías entender una explicación *técnica,* por decirlo sencillamente, saben que el elefante huido tiene que haber dado origen a la historia de la trompa porque saben que una serpiente evadida tuvo que ser el origen de la historia de la serpiente del pueblo de al lado; y así sucesivamente. Esto se llama método inductivo. La hipótesis, mi querido y joven amigo, se genera mediante un proceso acumulativo; o, por emplear la lengua popular, si te planteas la misma conjetura repetidamente, deja de ser conjetura y se convierte en hecho científico.

Después de meditar un poco, John dijo:

—Creo que lo entiendo. La mayoría de las historias sobre el Señor de la Tierra son probablemente falsas; por consiguiente, las restantes son probablemente falsas.

—Bueno, quizá un principiante no pueda llegar más lejos en este asunto. Pero cuando hayas recibido formación científica descubrirás que puedes tener gran certeza sobre toda clase de cosas que ahora te parecen solamente probables.

Por entonces el caballo rollizo había recorrido varias millas y habían alcanzado un punto donde un camino secundario se bifurcaba a la derecha.

—Si vas al oeste tenemos que separarnos aquí —dijo don Ilustración deteniendo el coche—. A menos que quieras venir a casa conmigo. ¿Ves esa magnífica ciudad?

John siguió el camino secundario con la mirada y vio, en una llanura muy plana sin árboles, una enorme aglomeración de casuchas con tejado de hierro acanalado, la mayoría de los cuales tenía aspecto viejo y oxidado.

—Esa —añadió don Ilustración— es la ciudad de Paparrucha. Te costará creerme si te digo que la recuerdo cuando era un pueblucho miserable. Cuando yo llegué aquí solo tenía cuarenta habitantes; ahora presume de una población de doce millones cuatrocientas mil trescientas sesenta y una almas, que incluye, cabría añadir, a la mayoría de nuestros más influyentes publicistas y divulgadores científicos. Me enorgullezco de decir que en este fenómeno sin precedentes yo he tenido una parte nada despreciable; pero no es falsa modestia añadir que la invención de la imprenta ha sido más importante que cualquier actuación meramente personal. Si te apetece sumarte a nosotros...

John se bajó del carruaje y se volvió para despedirse de don Ilustración. Entonces, tuvo una idea repentina y dijo:

—No estoy seguro de haber entendido todas sus explicaciones, señor. ¿Es absolutamente seguro que no hay Señor de la Tierra?

—Absolutamente. Te doy mi palabra de honor.

Con estas palabras se estrecharon las manos. Don Ilustración hizo al caballo girar hacia el camino secundario, le dio levemente con el látigo y en unos minutos había desaparecido de la vista de John.

2. LA COLINA

John abandona su religión con profundo alivio. Y a raíz de ello tiene su primera experiencia explícitamente moral.

Entonces vi a John avanzar por el camino con tanta ligereza que sin casi darse cuenta alcanzó la cima de una pequeña colina. Y se detuvo allí no porque la subida le hubiera cansado, sino porque se sentía demasiado feliz para moverse. «No hay Señor de la Tierra», gritó. Se había quitado tal peso de su espíritu que creía poder volar. A su alrededor la escarcha brillaba como la plata; el cielo era como cristal azul; había un petirrojo posado en un seto junto a él; un gallo cantaba en la distancia. «No hay Señor». Se echó a reír al recordar la vieja tarjeta de reglas colgada sobre la cama de su habitación, con su techo bajo y tan oscura, de la casa de su padre. «No hay Señor de la Tierra. No hay agujero negro». Se volvió y miró hacia el camino por el que había venido, y al hacerlo casi se ahoga de gozo. Porque allá en el Este, a la luz de la mañana, vio las montañas acumuladas como nubes hasta el cielo, verdes, violeta, rojo intenso; se veían sombras volar sobre las grandes cumbres redondeadas y el agua centellear en los lagos de montaña, y en la más alta de todas, el sol sonreía sin cesar sobre los últimos peñascos. Y, en efecto, la forma de estos riscos era tal que podrían fácilmente ser confundidos con un castillo; y entonces John recordó que nunca antes había visto las montañas, porque mientras creyó que el Señor de la Tierra vivía allí, las había temido. Pero ahora que no había Señor vio que eran hermosas. Durante un instante casi dudó de que la Isla pudiera ser más bonita, y si no sería más prudente ir al este, en lugar de ir al oeste. Pero le pareció que daría igual, porque, se dijo: «Si el mundo tiene las montaña en un extremo y la Isla en el otro, todos los caminos llevan a la belleza, y el mundo es una gloria entre las glorias».

En ese momento vio a un hombre subiendo la colina hacia él. Pues bien, en mi sueño yo sabía que su nombre era Vertud; y era de la edad de John, o algo mayor.

—¿Cómo se llama este lugar? —preguntó John.

—Se llama Jehová-Jireh —contestó Vertud.

Después ambos volvieron la espalda y siguieron camino hacia el oeste. Cuando habían caminado un rato, Vertud miró de reojo la cara de John y sonrió levemente.

—¿Por qué sonríes? —dijo John.

—Estaba pensando que pareces muy contento.

—Y también lo estarías tú si hubieras vivido con miedo a un Señor de la Tierra toda tu vida y acabaras de descubrir que eres un hombre libre.

—Ah, entonces es eso.

—¿Tú no crees en el Señor, verdad?

—No sé nada de él; excepto lo que se dice por ahí, como todos nosotros.

—A ti no te gustaría estar bajo su poder.

—¿No me gustaría? *Jamás* estaría en poder de nadie.

—Quizá no tuvieras más remedio, si tuviera un agujero negro.

—Prefiero que me metan en el agujero negro a obedecer órdenes si las órdenes no me parecen buenas.

—Pues me parece que tienes razón. Apenas puedo creérmelo todavía: no tengo por qué obedecer las reglas. Ahí está el petirrojo otra vez. Y pensar que podría haberlo matado si quisiera y nadie me lo habría impedido.

—¿Quieres?

—No estoy muy seguro —dijo John palpando su resortera. Pero cuando miró hacia la luz del sol y recordó su gran alegría y volvió a mirar al pájaro, añadió:

—No, no quiero. Nada hay que quiera menos que eso. Pero... podría hacerlo si se me antojara.

—O sea, que podrías si optaras por ello.

—¿Qué diferencia hay?

—Toda la diferencia del mundo.

3. UN POCO HACIA EL SUR

El imperativo moral no se entiende plenamente a sí mismo. John decide que lo que debe buscar es la experiencia estética.

Pensé que John habría seguido interrogándole, pero habían avistado a una mujer que caminaba más lentamente que ellos, por lo que pronto la alcanzaron y le dieron los buenos días. Cuando ella se volteó, vieron que era joven y bonita, aunque de tez un poco oscura. La chica era simpática y franca, pero no desvergonzada como las muchachas morenas, y el mundo entero se tornó más grato para los dos jóvenes por seguir viaje con ella. Pero primero le dijeron sus nombres, y ella les dijo el suyo, que era Media Mediastintas.

—¿Y hacia dónde se dirige el señor Vertud? —peguntó.

—Viajar con esperanza es mejor que llegar —contestó Vertud.

—¿Quiere decir que tan solo está paseando, haciendo ejercicio?

—Desde luego que no —dijo Vertud, que empezaba a sentirse un poco confuso—. Voy de peregrinación. He de admitir, ya que me apremias, que no tengo una idea muy clara del final. Pero eso no es lo importante. Estas especulaciones no te ayudan a caminar mejor. Lo mejor es hacer tus treinta millas al día.

—¿Por qué?

—Porque esa es la regla.

—¡Ah, ya! —dijo John—. O sea que *sí* crees en el Señor de la Tierra, después de todo.

—En absoluto. No he dicho que fuera una regla del Señor.

—¿Pues de quién, entonces?

—Es mi propia regla. Me la he impuesto yo.

—Pero ¿por qué?

—Bueno, esa es otra pregunta especulativa. Me he dado las reglas mejores que he podido. Si encuentro otras que las superen, las adoptaré. Entre tanto, lo bueno es tener reglas de algún tipo y cumplirlas.

—¿Y tú adónde vas? —preguntó Media, volviéndose hacia John.

Entonces John empezó a hablar a sus acompañantes sobre la Isla y cómo la había visto por primera vez, y que estaba resuelto a renunciar a todo por la esperanza de encontrarla.

—Entonces te conviene venir a ver a mi padre —dijo ella—. Vive en la ciudad de Emoción, y al pie de esta colina hay un desvío a la izquierda que nos llevará hasta allí en media hora.

—¿Tu padre ha estado en la Isla? ¿Conoce el camino?

—Habla a menudo de algo que se le parece mucho.

—Deberías venirte con nosotros, Vertud —dijo John—, puesto que no sabes adónde vas y no puede haber sitio mejor al que ir que la Isla.

—De ningún modo —respondió Vertud—. Tenemos que seguir en el camino. Tenemos que seguir adelante.

—No veo por qué —dijo John.

—Desde luego que no lo ves —declaró Vertud.

Durante todo este tiempo habían estado descendiendo por la colina, y al cabo llegaron a un pequeño sendero de hierba que salía a la izquierda y se internaba en un bosque. Entonces me pareció que John titubeaba un poco; pero, en parte porque el sol ahora calentaba y la piedra dura del camino empezaba a dolerle en los pies, en parte porque estaba un poco enojado con Vertud y, sobre todo, porque Media iba a tomar esa senda, decidió girar hacia el sendero. Se despidieron de Vertud y este siguió su camino subiendo a zancadas la siguiente colina sin volver la cabeza ni una sola vez.

4. CAMINO FÁCIL

Cuando estuvieron en el sendero caminaron con menos premura. La hierba era blanda bajo sus pies y el sol de la tarde calentaba aquel lugar umbrío. Pasado un rato oyeron un repique suave y melancólico.

—Son las campanas de la ciudad —dijo Media.

A medida que caminaban fueron acercándose el uno al otro, y pronto se entrelazaron del brazo. Después se besaron; y después de aquello siguieron camino besándose y hablando en voz queda de cosas tristes y hermosas. Y la sombra del bosque y la dulzura de la muchacha y el sonido soñoliento de las campanas recordaron a John un poco a la Isla, y un poco a las chicas morenas.

—Esto es lo que he estado buscando toda mi vida —dijo John—. Las chicas morenas eran demasiado vulgares y la Isla era demasiado fina. Esto es de verdad.

—Esto es Amor —dijo Media con un profundo suspiro—. Este es el camino hacia la *verdadera* Isla.

Entonces soñé que llegaron a la vista de la ciudad, muy antigua y llena de chapiteles y torres, toda cubierta de hiedra, asentada en un pequeño valle verde, construida a ambos lados de un río sinuoso y paciente. Y cruzaron la puerta de la ruinosa muralla y entraron y llamaron en una determinada puerta y les hicieron pasar. Entonces Media condujo a John a una habitación en penumbra con techo abovedado y ventanas con vidrieras de colores, y les trajeron viandas exquisitas. Con estas vino el viejo señor Mediastintas (Equidistante). Era un caballero de movimientos ágiles, cabello suave y plateado y voz tenue y argentina, vestido con una túnica larga y suelta; y su aspecto era tan serio, con su larga barba, que a John le recordó al Guardián cuando se ponía la máscara. «Pero es mucho mejor que el Guardián —pensó John—, porque nada hay que temer. Además, no necesita máscara. Su cara es realmente así».

5. LEA POR RAQUEL

La poesía «romántica» promete dar lo que hasta ahora John solo ha deseado. Por unos momentos parece cumplir su promesa. El arrobamiento no perdura, sino que se reduce a apreciación técnica y sentimiento.

Mientras comían, John habló sobre la Isla.

—Encontrarás aquí tu Isla —dijo Mediastintas, mirando a John a los ojos.

—¿Pero cómo puede estar aquí, en medio de la ciudad?

—No necesita lugar. Está en todas partes y en ninguna. A nadie que la solicita niega la entrada. Es una isla del alma —dijo el caballero—. Sin duda incluso en Puritania te dijeron que el castillo del Señor de la Tierra está dentro de ti.

—Pero yo no quiero el castillo —contestó John—. Y no creo en ese Señor.

—¿Cuál es la verdad? —añadió el anciano caballero—. Se equivocaron cuando te hablaron del Señor; y al mismo tiempo no se equivocaron. Lo que la imaginación aprehende como belleza tiene que ser la verdad, existiera previamente o no. El señor que ellos soñaron con encontrar lo encontramos en nuestros corazones; la Isla que tú buscas, ya la habitas. Los hijos de ese país nunca están lejos de su patria.

Cuando la comida hubo finalizado, el anciano tomó un arpa, y con el primer vuelo de su mano sobre las cuerdas John empezó a pensar en la música que había oído en la ventana del muro. Después vino la voz y no era ya solamente argentina y melancólica como la voz hablada de Mediastintas, sino fuerte y noble y plena de tonalidades extrañas, del ruido del mar y del de todos los pájaros y, a veces, el del viento y el trueno. Y John empezó a ver una imagen de la Isla con los ojos abiertos; pero era más que una imagen, porque pudo oler el aroma especiado y la salinidad penetrante del mar. Le pareció estar en el agua, a solo unos metros de la arena de la Isla. Y veía más de lo que había visto nunca. Pero cuando sus pies pisaron el fondo arenoso y empezó a caminar hacia la orilla, la canción cesó. Toda la visión se desvaneció, y John se encontró otra vez en la habitación en penumbra, sentado en un diván bajo, con Media a su lado.

—Ahora voy a cantarte otra cosa —dijo el señor Mediastintas.

—No, por favor —exclamó John, que estaba llorando—. Vuelva a cantar la misma. Por favor, vuelva a cantarla.

—No es conveniente que la oigas dos veces en la misma noche. Sé muchas otras canciones.

—Moriría por oír la primera otra vez —dijo John.

—Bien está —manifestó Mediastintas— quizá sepas lo que haces. Y además, ¿qué más da? El camino a la Isla es igualmente corto de una u otra forma.

Después sonrió con indulgencia y agitó la cabeza y John no pudo remediar el pensar que su voz y sus ademanes al hablar resultaban casi tontos después de haber cantado. Pero tan pronto comenzó otra vez, el muro denso y profundo de la música borró todo lo demás de su cabeza. A John le pareció que esta vez había extraído más deleite de las primeras notas, y hasta se percató de pasajes deliciosos que se le habían escapado antes; y se dijo: «Esta vez va a ser incluso mejor que la otra. Esta vez me mantendré sereno y beberé todo este placer con calma». Y vi que se acomodó más confortablemente para escuchar y que Media enlazó su mano con la de John. A este le complació pensar que iban a ir juntos a la Isla. Y una vez más surgió la visión de la Isla; pero esta vez había cambiado, porque John apenas percibió la Isla debido a una dama con corona en la cabeza que permanecía esperándolo en la orilla. Era rubia y blanca, divinamente blanca. «Por fin, se dijo John, una mujer sin rastro de piel morena». Y empezó otra vez a vadear hacia la orilla con los brazos abiertos para abrazar a aquella reina; y su amor por ella se le antojó tan grande y tan puro, y habían estado tanto tiempo separados, que casi le embargó la compasión que sintió por sí mismo y por ella. Y cuando estaba a punto de abrazarla cesó la música.

—Cántela otra vez, cántela otra vez —gritó John—. Me ha gustado más la segunda vez.

—Bien, si insistes —dijo Mediastintas encogiéndose de hombros—. Es agradable tener un público tan agradecido.

Así pues, cantó una tercera vez. En esta ocasión John apreció aún más cosas en la música. Empezó a ver cómo surgían algunos de los efectos y que algunas partes eran mejores que otras. Se preguntó si la pieza no sería un poquito larga. La visión de la Isla fue un poco brumosa esta vez, y no le prestó mayor atención. Enlazó a Media con el brazo y yacieron con las mejillas juntas. Luego empezó a preguntarse si el señor Mediastintas no iba a terminar nunca; y cuando finalmente concluyó el último pasaje, con un quiebro sollozante de la voz del cantante, el anciano levantó la mirada y vio que los dos jóvenes estaban abrazados. Entonces se levantó y dijo:

—Has encontrado tu Isla: la han encontrado en su abrazo.

Y salió de puntillas de la habitación, secándose los ojos.

6. IKABOD

El arrobamiento habría terminado por transformarse en lujuria, de no ser porque en ese preciso instante el movimiento literario «moderno» se ofrece a «desenmascararlo».

—Media, te amo —dijo John.

—Hemos llegado a la *auténtica* Isla —contestó Media.

—Pero, ¡ay! —añadió él—, ¿por qué durante tanto tiempo contenemos nuestros cuerpos?

—Así un gran príncipe languidece en prisión —suspiró ella.

—Nadie entiende el misterio de nuestro amor —dijo él.

En ese momento se oyó una pisada breve de un zapato con tachuelas y un joven muy alto entró en la habitación con una luz en la mano. Tenía el pelo negro como el carbón y la boca recta como la abertura de un buzón, y estaba vestido con varias clases de alambre metálico. En cuanto los vio soltó una gran risotada. Los enamorados se separaron al instante.

—Bien, Morenita —dijo—, ¿otra vez haciendo de las tuyas?

—No me llames así —dijo Media, dando una patada en el suelo—, ya te he dicho que no me llames así.

El joven dirigió a Media un gesto obsceno y después miró a John.

—Ya veo que ese viejo loco de mi padre ha estado entreteniéndote.

—No tienes derecho a hablar así de padre —dijo Media.

Después, volviéndose hacia John con las mejillas encendidas y el pecho agitado, dijo:

—Se acabó todo. Nuestro sueño... se ha hecho pedazos. Nuestro misterio... está profanado. Te habría enseñado todos los secretos del amor, y ahora te he perdido para siempre. Tenemos que despedirnos. Yo me mataré. —Y dicho esto salió apresuradamente de la habitación.

7. *NON EST HIC*

—No te preocupes por ella —dijo el joven—. Ha amenazado con eso cien veces. No es más que una chica morena, aunque no lo sabe.

—¡Una chica morena! —exclamó John—, y tu padre...

—Mi padre ha estado a sueldo de las morenas toda su vida. No lo sabe, el pobre botarate. Dice que son musas, o el Espíritu, o alguna otra bobada. Lo cierto del caso es que es un proxeneta de profesión.

—¿Y la Isla? —dijo John.

—Ya hablaremos de eso por la mañana. No es la clase de Isla que tú crees. Vamos a ver, yo no vivo con mi padre y mi querida hermana. Vivo en Escrópolis y vuelvo allí mañana. Te puedo llevar al laboratorio y enseñarte poesía de verdad. No fantasías. Poesía auténtica.

—Muchas gracias —contestó John.

El joven Mediastintas le llevó hasta su habitación y todos los moradores de la casa se fueron a dormir.

8. GRANDES PROMESAS

La poesía de la Era de la Máquina es tan tan pura.

Gus Mediastintas era el nombre del hijo de Mediastintas. Tan pronto como se hubo levantado por la mañana llamó a John para que desayunara con objeto de comenzar su viaje. Nadie había que se lo impidiera, porque el viejo seguía aún durmiendo y Media siempre desayunaba en la cama. Cuando terminaron el desayuno, Gus le llevó a un cobertizo contiguo a la casa de su padre y le mostró una máquina con ruedas.

—¿Qué es esto? —preguntó John.

—Es mi viejo autobús —contestó el joven Mediastintas. Después retrocedió unos pasos con la cabeza ladeada y lo contempló un rato; pero al cabo empezó a hablar con voz cambiada y hasta reverente.

—Es un poema. Es hijo del Espíritu de los Tiempos. ¿Cómo puede compararse la velocidad de Atalanta con la suya? ¿O su belleza con la belleza de Apolo?

Pues bien, la belleza nada significaba para John aparte de las visiones de su Isla, y aquella máquina no le recordaba en nada a su Isla; por tanto, no dijo palabra.

—¿No lo ves? —dijo Gus—. Nuestros padres hicieron imágenes de lo que llamaban dioses y diosas; pero no eran en realidad más que jóvenes morenos de ambos sexos con una capa de cal; como cualquiera puede descubrir si los mira el tiempo suficiente. Todo ello no era más que autoengaño y sentimiento fálico. Pero aquí tienes el verdadero arte. Nada erótico hay en *esto*, ¿verdad?

—Ciertamente no —dijo John, mirando las ruedas dentadas y los cables de alambre—, ciertamente no se parece nada a una chica morena.

En realidad, a lo que se parecía más era a un nido de erizos y serpientes.

—Desde luego que no —dijo Gus—. Pura potencia, ¿eh? Velocidad, rigor, austeridad, forma significativa. Además —y aquí bajó la voz—, es muy caro, carísimo.

Entonces hizo a John sentarse en la máquina y él se sentó a su lado. Después empezó a tirar de diversas palancas un buen rato y nada ocurrió; pero al fin se produjo un chispazo y un rugido y la máquina dio un bote y se precipitó camino adelante. Antes de que John pudiera recuperar el aliento habían recorrido velozmente una ancha carretera que él reconoció como el camino principal, y atravesaban volando la región que había al norte: un paisaje llano de campos cuadrados y pedregosos separados por alambradas. Un instante después se habían detenido en una ciudad donde todas las casas eran de acero.

Libro 3

EN LA PROFUNDA OSCURIDAD DE ZEITGEISTHEIM

Y todo acto astuto fue ensalzado entre los hombres... y la bondad sencilla, en la que siempre participa tanto la nobleza, fue desterrada con burlas y desapareció del todo.

Tucídides

Ahora viven los inferiores, como señores del mundo,
los laboriosos agitadores. Nuestra gloria ya no existe,
la excelencia de la Tierra envejece y se marchita.

Anónimo

Cuanto más ignorantes son los hombres, tanto más convencidos están de que su pequeña parroquia y su pequeña capilla son la cúspide hacia la cual se han esforzado la civilización y la filosofía.

Bernard Shaw

1. ESCRÓOLIS

La poesía de los necios años veinte. El «valor» y la lealtad mutua de los artistas.

Entonces soñé que Gus llevó a John a una gran habitación que recordaba a un cuarto de baño: estaba llena de acero y cristal y las paredes eran casi enteramente ventanas, y allí había una multitud de personas bebiendo algo que parecía un medicamento y hablando a voz en cuello. Todas ellas eran o bien jóvenes, o bien iban vestidas para parecer jóvenes. Las chicas llevaban el pelo corto y tenían el pecho y el trasero planos, de tal modo que parecían chicos; pero estos tenían rostros pálidos, en forma de huevo, y cinturas estrechas y caderas anchas de tal modo que parecían chicas; salvo algunos que tenían el pelo largo y barba.

—¿Por qué están tan enojados? —susurró John.

—No están enojados —dijo Gus—, están hablando de Arte.

Entonces llevó a John al centro de la habitación y dijo:

—¡Oigan, chicos! Aquí hay uno que se ha dejado engañar por mi padre y quiere música al cien por cien para depurarse. Será mejor que empecemos con algo neorromántico para hacer la transición.

Entonces todos los listos se agruparon en consulta y finalmente acordaron que era conveniente que la primera en cantar fuera Victoriana. Cuando Victoriana se levantó, John a primera vista pensó que era una niña de edad escolar; pero después de mirarla más detenidamente percibió que en realidad tenía unos cincuenta años. Antes de comenzar a cantar, Victoriana se puso un vestido que era una especie de copia exagerada de la túnica del señor Mediastintas, y una máscara que era como la del Guardián, salvo que tenía la nariz pintada de rojo vivo y uno de los ojos cerrado en un guiño permanente.

—¡Bárbaro! —exclamaron la mitad de los listos—. Puritania pura.

Pero la otra mitad, entre la que figuraban los hombres barbudos, adoptaron gestos desdeñosos y una actitud muy tiesa. Entonces Victoriana tomó una pequeña arpa de juguete y empezó. Los ruidos del artilugio eran tan extraños que John no conseguía tenerlos por música. Después, cuando comenzó a cantar, en su mente apareció una imagen que se parecía un poco a la Isla, pero comprendió de inmediato que no lo era. Y al rato vio gente que se parecía bastante a su padre, y al Guardián y al viejo Mediastintas, vestidos de payasos y ejecutando una especie de danza rígida. Había también una Colombina y se representaba algún tipo de historia de amor. Pero súbitamente toda la Isla se convirtió en una aspidistra metida en un tiesto y finalizó la canción.

—Bárbaro —dijeron los listos.

—Espero que te guste —dijo Gus a John.

—Pues —empezó John a decir con titubeos, porque no sabía realmente qué decir; pero no siguió porque en este momento recibió una enorme sorpresa. Victoriana se había despojado de la máscara y se acercó a él, y le dio dos bofetadas con todas sus fuerzas.

—Así es —dijeron los listos—, Victoriana tiene valor. Puede que no estemos de acuerdo contigo, Vicky querida, pero admiramos tu valor.

—Puedes perseguirme todo lo que quieras —dijo Victoriana a John—. Seguramente tenerme así, entre la espada y la pared, despierta en ti el ansia del cazador. Siempre seguirás la llamada de la mayoría. Pero yo lucharé hasta el fin. Para que lo sepas. —Y empezó a llorar.

—Lo siento en el alma —dijo John— pero...

—Y yo *sé* que era una buena canción —sollozó Victoriana— porque todos los grandes cantantes son perseguidos en vida; y yo soy per... perseguida; y por tanto debo de ser una gran cantante.

—Ahí te ha pillado —dijeron los listos mientras Victoriana abandonaba el laboratorio.

—Bueno —declaró uno de ellos—, hay que admitir, ahora que se ha ido, que eso que canta me parece un tanto *vieux jeu*.

—A mí, personalmente, me resulta insoportable —añadió otro.

—Yo creo que era *ella* quien se merecía las bofetadas —dijo un tercero.

—La han mimado y la han halagado toda su vida —alegó un cuarto—. Eso es lo que le pasa.

—Sin duda —dijeron a coro los demás.

2. VIENTO DEL SUR

La literatura cenagosa de los sucios años veinte. Fue un error de incultura mencionar lo más obvio del asunto.

—Quizá —dijo Gus— haya alguien más que quiera ofrecernos una canción.

—Yo, yo —gritaron treinta voces a la vez.

Pero uno de ellos gritó con voz mucho más alta que las demás y su propietario se había situado en el centro de la habitación antes de que nadie pudiera impedirlo. Era uno de los hombres con barba y no llevaba puesto más que una camisa roja y un braguero de piel de cocodrilo; y repentinamente empezó a tocar un tamtan africano y a cantar monótonamente con su propia voz, balanceando de un lado a otro su cuerpo delgado y apenas vestido, y mirando fijamente a todos con ojos como ascuas. Esta vez John no vio imagen alguna de la Isla. Le pareció estar en un lugar verde oscuro lleno de raíces enmarañadas y tubos vegetales peludos; y de pronto vio allí formas que se movían y retorcían, pero que no eran vegetales sino humanas. Y el verde se hizo aún más oscuro, y de él salió un calor intenso; y súbitamente todas las formas que se movían entre las sombras se fundieron para componer una sola imagen obscena que dominó toda la sala. Y la canción terminó.

—Bárbaro —dijeron los listos—. ¡Qué crudeza! ¡Qué virilidad!

John parpadeó y miró a su alrededor y cuando vio que los listos permanecían como si tal cosa, fumando sus cigarrillos y bebiendo los líquidos que parecían medicamentos como si nada extraordinario hubiera ocurrido, se sintió interiormente preocupado; porque pensó que la canción sin duda había significado algo diferente para ellos, y «si es así —se dijo— tiene que ser gente de espíritu muy puro». Sintiéndose en presencia de seres superiores, empezó a avergonzarse.

—¿Te ha gustado, *hein*? —preguntó el cantante barbudo.

—Creo... que no lo he entendido —respondió John.

—Yo haré que guste a ti, *hein* —dijo el cantante, volviendo a tomar su tambor—. Es lo que siempre has querido *en realidad*.

—No, no —exclamó John—. Me consta que en esto te equivocas. Te aseguro que... esa clase de cosas... es la que me viene siempre que pienso demasiado tiempo en la Isla. Pero no puede ser lo que *quiero*.

—¿No? ¿Por qué no?

—Si es lo que quiero, entonces, ¿por qué me siento tan decepcionado cuando lo tengo? Si lo que un hombre realmente quiere es comida, ¿cómo puede ser que se sienta decepcionado cuando se la dan? Y asimismo tampoco entiendo...

—¿Qué no entiendes tú? Yo te explico.

—Pues es así. Me pareció que ustedes eran contrarios a las canciones del señor Mediastintas porque siempre terminaban llevándote a las chicas morenas.

—Y así es.

—Pues entonces, ¿por qué es mejor que te lleven a chicas negras desde el principio?

Un silbido bajo recorrió todo el laboratorio. John comprendió que había cometido un terrible error.

—Oye, mira —dijo el cantante barbudo con voz distinta—, ¿qué quieres decir? No estarás sugiriendo que hay algo de esa índole en mi canción, ¿verdad?

—Supongo... que... quizá ha sido culpa mía —tartamudeó John.

—En otras palabras —dijo el cantante— todavía no eres capaz de distinguir entre arte y pornografía.

Y avanzando con gran deliberación hacia John, le escupió en la cara y dio media vuelta para salir de la habitación.

—Eso, eso, Falic —gritaron los listos—, le está bien empleado.

—Animales de mente puerca —dijo uno.

—¡Puritanio tenía que ser! —añadió una chica.

—Seguramente es impotente —susurró otro.

—No debemos juzgarlo con demasiada severidad —dijo Gus—. Está lleno de inhibiciones y todo lo que dice son solo racionalizaciones de ellas. Quizá se entienda mejor con algo más formal. ¿Por qué no cantas tú, Feola?

3. LIBERTAD DE IDEAS

La literatura, palabrería de los lunáticos años viente. John abandona «el Movimiento», aunque un tanto perjudicado por él.

Feola se levantó al instante. Era muy alta y flaca como un poste, y tenía la boca algo torcida en relación a la cara. Cuando estuvo en medio de la habitación y se hubo hecho silencio, empezó a hacer gestos. Primero puso los brazos en jarras y con habilidad giró las manos en sentido contrario de tal modo que las muñecas parecían rotas. Después caminó como un pato de un lado a otro con los pies hacia dentro. A continuación se retorció para que pareciera que se le había dislocado la cadera. Finalmente emitió unos gruñidos y dijo:

—*Globol abol ukle ogle globol glugle glu.* —Y terminó frunciendo los labios y haciendo un ruido vulgar como los que hacen los niños en sus juegos. Luego volvió a su sitio y se sentó.

—Muchas gracias —dijo John cortésmente.

Pero Feola no contestó, porque Feola no podía hablar debido a un accidente de infancia.

—Espero que te haya gustado —dijo el joven Mediastintas.

—No he entendido lo que ha dicho.

—Ah —exclamó una mujer con gafas que parecía ser la niñera o cuidadora de Feola—, eso es porque estás buscando belleza. Sigues pensando en tu Isla. Tienes que entender que la sátira es la fuerza motriz de la música moderna.

—Es expresión de una brutal desilusión —añadió otra persona.

—La realidad se ha desmoronado —dijo un chico gordo que había bebido una buena cantidad de medicamento y estaba tumbado boca arriba, sonriendo alegremente.

—Nuestro arte *tiene* que ser brutal —dijo la niñera de Feola.

—Perdimos los ideales cuando hubo guerra en este país —dijo un listo muy joven—; nos los arrancaron en el barro y en la marea y en la sangre. Por eso tenemos que ser tan crudos y tan brutales.

—Pero, una cosa —exclamó John—, esa guerra ocurrió hace años. Fueron sus padres los que lucharon en ella; y ellos están tranquilos y viven vidas normales.

—¡Puritanio! ¡Burgués! —gritaron los listos. Todo el mundo pareció ponerse en pie.

—No digas nada —susurró Gus al oído de John.

Pero ya alguien había golpeado a John en la cabeza y, al inclinarse bajo el peso del golpe, otro le dio por detrás.

—Fueron el barro y la sangre —sisearon entre dientes las chicas rodeándole.

—Bueno —dijo John agachándose para esquivar una retorta que le habían lanzado—, si tienen edad suficiente para recordar la guerra, ¿por qué pretenden ser tan jóvenes?

—Somos jóvenes —aullaron—; somos el movimiento nuevo; somos la revuelta.

—Hemos superado el humanitarismo —vociferó uno de los hombres de barba, dando una patada a John en la rótula.

—Y la mojigatería —dijo una solterona bajita y delgada intentando arrancarle la ropa por el cuello.

Y en aquel preciso momento seis chicas se abalanzaron sobre su cara arañándole, y le patearon la espalda y el vientre, y le pusieron zancadillas para que cayera de bruces y volvieron a pegarle cuando quiso levantarse, y todos los cristales del mundo parecieron romperse en torno a su cabeza mientras huía de aquel laboratorio para salvar la vida. Y todos los perros de Escrópolis se unieron a la persecución mientras John corría por la calle, y todo el mundo le siguió apedreándole con inmundicias y gritando:

—¡Puritanio! ¡Burgués! ¡Rijoso!

4. EL HOMBRE TRAS LA PISTOLA

¿De qué vivían los intelectuales revolucionarios?

Cuando John no pudo correr más, se sentó. El ruido de sus perseguidores se había desvanecido y, mirando hacia atrás, no vio ni rastro de Escrópolis. Estaba cubierto de porquería y de sangre, y le dolía al respirar. Algo parecía roto en una de sus muñecas. Como estaba demasiado cansado para caminar, permaneció quieto y pensativo un rato. Al principio pensó que le gustaría volver con Mediastintas. «Es cierto —se dijo— que si le escuchas demasiado tiempo termina llevándote a Media; y *había* algo de moreno en ella. Pero también vislumbraste la Isla antes de eso. Por otro lado, los listos te llevaron directamente a las chicas morenas (o algo peor) sin siquiera una visión fugaz de la Isla. Me pregunto si sería posible quedarse siempre en la etapa de la Isla con el señor Mediastintas. ¿Siempre ha de terminar así?». Entonces se le ocurrió que después de todo no quería las canciones del anciano, sino la Isla misma: y aquello era lo único que quería en el mundo. Y cuando recordó esto se levantó con mucho esfuerzo para continuar su viaje girando hacia el oeste. Seguía en la región llana, pero en la distancia parecía haber montañas y el sol se ponía sobre ellas. Un camino corría en aquella dirección, y John empezó a avanzar por él cojeando. Pronto el sol desapareció y el cielo se nubló y comenzó a caer una lluvia fría.

Cuando había cojeado alrededor de una milla pasó junto a un hombre que estaba reparando la cerca de su campo y fumando un gran puro. John se detuvo y le preguntó si conocía el camino al mar.

—No —dijo el hombre sin levantar los ojos.

—¿Conoce algún sitio en esta región donde pueda alojarme por la noche?

—No —dijo el hombre.

—¿Podría darme un trozo de pan? —preguntó John.

—Desde luego que no —dijo el señor Mammón—, sería contrario a todas las leyes económicas. Estaría pauperizándote.

Después, como John aún permanecía allí, añadió:

—Sigue tu camino. No quiero vagos por aquí.

John anduvo cojeando unos diez minutos. De pronto oyó la voz del señor Mammón llamándole. Se detuvo y se volvió para mirarle.

—¿Qué quiere? —gritó John.

—Vuelve —respondió el hombre.

John estaba tan cansado y tan hambriento que se humilló y regresó (y el camino le pareció muy largo) con la esperanza de que Mammón hubiera cedido. Cuando llegó al lugar donde habían hablado anteriormente, el hombre terminó su trabajo sin hablar y después dijo:

—¿Cómo se te ha roto la ropa?

—Tuve una pelea con los listos en Escrópolis.

—¿Los listos?

—¿No sabe quiénes son?

—Jamás he oído hablar de ellos.

—¿Conoce Escrópolis?

—¿Conocerla? Es propiedad mía.

—¿Qué quiere decir?

—¿De qué crees que vivo yo?

—Ni lo he pensado.

—Todos sus habitantes se ganan la vida escribiendo para mí o con porciones de mis tierras. Supongo que eso de los «listos» es alguna bobada que hacen en su tiempo libre, cuando no están dando palizas a los vagabundos. —Y echó una ojeada a John. Después reanudó su trabajo.

»Ya puedes irte —dijo por último.

5. ARRESTADO

John encuentra obstáculos para seguir con su búsqueda debido al clima intelectual de los tiempos.

Entonces di media vuelta en la cama e inmediatamente empecé a soñar otra vez y vi a John caminando pesadamente hacia el oeste en medio de la oscuridad y la lluvia, en estado de terrible aflicción, porque estaba demasiado cansado para continuar y tenía demasiado frío para detenerse. Y pasado un rato sopló un viento del norte que se llevó la lluvia y puso una pátina de hielo en los charcos e hizo que las ramas desnudas de los árboles entrechocaran. Y salió la luna. John levantó la mirada, castañeteándole los dientes, y vio que estaba entrando en un valle largo de piedra con escarpados riscos a derecha e izquierda. Y el fondo del valle estaba cerrado por un farallón muy alto que solo dejaba un estrecho paso en el centro. La luna iluminaba de blanco esta cumbre y en medio de ella había una enorme sombra con forma de cabeza de hombre. John miró hacia atrás por encima del hombro y vio que era la sombra de una montaña que había a su espalda, junto a la que había pasado en la oscuridad.

Hacía demasiado frío para soportar el viento, y soñé que John avanzó con gran esfuerzo por el valle hasta llegar a la muralla de piedra y estaba a punto de entrar por el paso. Pero al dar la vuelta a un gran peñasco y encontrarse de frente con el acceso vio a unos hombres armados sentados allí junto a un brasero; y se pusieron de pie al instante y le cerraron el paso.

—No se puede pasar por aquí —dijo el jefe.

—¿Por dónde puedo pasar? —dijo John.

—¿Adónde vas?

—Voy en busca del mar para navegar hacia la Isla que he visto al oeste.

—Entonces no puedes pasar.

—¿Por orden de quién?

—¿Acaso no sabes que toda esta región pertenece al Espíritu de los Tiempos?

—Lo siento mucho —dijo John—, no lo sabía. No pretendo entrar donde está prohibido, me iré por otro camino. No transitaré por parte alguna de su territorio.

—Si serás tonto —dijo el capitán— *ya estás* en su territorio. Este paso es la salida, no la entrada. Él acoge bien a los forasteros. Su discrepancia es con los que huyen.

Entonces llamó a uno de sus hombres y dijo:

—Oye, Ilustración, lleva a este fugitivo ante nuestro amo.

Un joven se adelantó y puso grilletes en las manos de John; después, colocando la cadena que pendía de ellos sobre su propio hombro y dándole un tirón empezó a caminar valle abajo arrastrando a John tras él.

6. ENVENENAR LAS FUENTES

John se ve especialmente entorpecido por el freudianismo. Todo es simple Deseo Realizado. Una doctrina que lleva a la prisión del gigante.

Entonces los vi descender el valle por el mismo camino por el que había ascendido John, con la luz de la luna en la cara; y a contraluz estaba la montaña que había proyectado la sombra, y ahora parecía un hombre más que antes.

—Don Ilustración —preguntó por último John—, ¿es realmente usted?

—¿Y por qué no iba a serlo? —dijo el guardia.

—Era muy diferente cuando le conocí.

—No nos conocemos de nada.

—¿Qué? ¿Acaso no nos conocimos en la posada de la frontera de Puritania y no me llevó cinco millas en su cabriolé?

—Ah, *eso* —contestó el otro—. Ese debió de ser mi padre, el viejo Ilustración. Es un anciano vanidoso e ignorante, casi un puritanio, y nunca hablamos de él en la familia. Yo soy Segismundo Ilustración y hace mucho tiempo que estoy peleado con mi padre.

Continuaron en silencio un trecho más. Entonces Segismundo volvió a hablar:

—Quizá nos ahorremos problemas si te digo ahora mismo el mejor argumento para que no intentes escapar: a saber, que no hay a donde ir.

—¿Cómo sabe que no existe mi Isla?

—¿Deseas con mucha fuerza que exista?

—Así es.

—¿Has imaginado alguna vez que algo es verdad porque lo has deseado con mucha fuerza?

John pensó un momento y después dijo:

—Sí.

—Y tu Isla es *como* una imaginación, ¿verdad?

—Supongo que sí.

—Es exactamente la clase de cosa que uno imagina simplemente porque la quiere; todo el asunto es muy sospechoso. Pero contéstame otra pregunta: ¿alguna vez, aunque sea una sola, has tenido una visión de la Isla que no acabara en muchachas morenas?

—Pues la verdad es que no. Pero no eran ellas lo que yo quería.

—No. Lo que querías era poseerlas, y con ellas la satisfacción de sentir que eras bueno. De ahí la Isla.

—Quieres decir...

—La Isla es la pretensión que utilizas para ocultarte a ti mismo tu lujuria.

—Aunque así sea, me sentí decepcionado cuando acabó así.

—Sí, te decepcionó descubrir que no podías quedarte con las dos cosas. Pero no perdiste un minuto en quedarte con lo que sí podías: no rechazaste a las chicas morenas.

Continuaron en silencio un trecho y la montaña de forma extraña crecía más y más frente a ellos; y ya se encontraban bajo su sombra. Entonces John volvió a hablar, medio dormido, porque estaba muy cansado.

—Después de todo, no es solo mi Isla. Quizá regrese; quizá regrese al este y pruebe con sus montañas.

—Las montañas no existen.

—¿Cómo lo sabe?

—¿Has estado allí alguna vez? ¿Las has visto alguna vez, salvo por la noche o en el deslumbramiento de la aurora?

—No.

—Y tus antepasados debieron de disfrutar pensando que cuando les llegara su hora subirían a las montañas para vivir en el castillo del Señor de la Tierra. Es una perspectiva más atractiva que no ir a ningún sitio.

—Supongo que sí.

—Es claramente una de esas cosas que la gente *quiere* creer.

—Pero ¿es eso lo único que hacemos? ¿Están ahí todas las cosas que en este momento veo porque yo quiero verlas?

—La mayoría —dijo Segismundo—. Por ejemplo, ¿te gustaría que eso que vemos ante nosotros fuera una montaña?

—Pues —exclamó John— ¿qué es?

Y entonces en mi pesadilla me pareció que John se había convertido en un niño aterrado y se cubrió los ojos con las manos para no ver al gigante; pero el joven Ilustración le apartó las manos bruscamente y le obligó a volver la cabeza y le forzó a ver al Espíritu de los Tiempos sentado como uno de los gigantes de piedra, tan grande como una montaña, con los ojos cerrados. Entonces Ilustración abrió una puertecita que había entre las rocas y arrojó a John a un pozo abierto en un costado del monte, justamente enfrente del gigante para que este pudiera mirar dentro a través de la reja.

—Abrirá los ojos dentro de un rato —dijo Ilustración.

Después cerró la puerta y dejó a John en su prisión.

7. ACEPTAR LOS HECHOS

John ve toda la humanidad como manojos de complejos.

John pasó toda la noche con sus grilletes en el frío y el hedor de la mazmorra. Y cuando llegó la mañana entró un poco de luz por la reja y, mirando a su alrededor, John vio que había muchos otros presos de todos los sexos y edades. Pero en lugar de hablarle, todos se arrebujaban juntos huyendo de la luz en lo más profundo del pozo, tan lejos de la reja como fuera posible. John, sin embargo, pensó que si conseguía respirar un poco de aire fresco se sentiría mejor, y trepó hasta la reja. Pero tan pronto miró fuera y vio al gigante, el corazón se le apretó en el pecho; y cuando aún le miraba, el gigante empezó a abrir los ojos y John, sin saber por qué lo hacía, retrocedió apartándose de la abertura. Entonces soñé que los ojos del gigante tenían una propiedad peculiar: que todo lo que miraban se volvía transparente. En consecuencia, cuando John volvió la mirada hacia la mazmorra, se apartó aterrado de los demás prisioneros, porque el lugar parecía atestado de demonios. Había una mujer sentada cerca de él, pero no sabía que era una mujer porque, a través de su cara, vio el cráneo y a través de este el cerebro y el conducto nasal, y la laringe, y la saliva moviéndose en las glándulas y la sangre corriendo por las venas; y más abajo los pulmones palpitando como esponjas, y el hígado, y los intestinos como serpientes enroscadas. Y cuando apartó de ella la vista sus ojos se posaron en un anciano, y fue aún peor porque este tenía cáncer. Y cuando John se sentó y bajó la cabeza para no ver aquellos horrores, solo vio sus propias entrañas funcionando. Entonces soñé con todas las criaturas que vivían en aquel agujero bajo el ojo del gigante muchos días y muchas noches. Y John miró a su alrededor y súbitamente cayó de bruces y se llevó las manos a los ojos gritando:

—Es el agujero negro. Puede que no haya Señor, pero lo del agujero negro es verdad. Estoy loco. Estoy muerto. Estoy en el infierno para la eternidad.

8. LA ENFERMEDAD DEL LORO

Al fin el sentido común de John se subleva.

Todos los días un carcelero llevaba comida a los prisioneros, y mientras dejaba los platos les decía alguna palabra. Si la comida era carne, les recordaba que estaban comiendo cadáveres, o les relataba cómo había sido la matanza; o, si eran entrañas de alguna bestia, les leía una lección de anatomía y les mostraba el parecido de la pitanza con las mismas partes de sí mismos, cosa que era fácil porque los ojos del gigante estaban constantemente fijos sobre la mazmorra a la hora de comer. O, si les daban huevos, les recordaba que estaban comiéndose el menstruo de alguna ave verminosa, y dirigía algún chascarrillo a las prisioneras. Así pasaba un día y otro día. Entonces soñé que un día no les dieron para comer más que leche, y el carcelero dijo al dejar el perol:

—Nuestras relaciones con la vaca no son delicadas, como puede verse si imaginas ingerir cualquiera de sus demás secreciones.

Pues bien, John llevaba en el pozo menos tiempo que ninguno de los demás y al oír aquellas palabras algo pareció estallarle en la cabeza y suspiró profundamente y habló súbitamente con voz clara y sonora:

—¡Gracias al cielo! Ahora por fin comprendo que no dices más que sandeces.

—¿A qué te refieres? —preguntó el carcelero, volviéndose para mirarle de frente.

—Pretendes hacernos creer que cosas disímiles son símiles. Quieres hacernos creer que la leche es la misma clase de cosa que el sudor o el estiércol.

—Y dime, ¿qué diferencia hay que no sea simple costumbre?

—¿Eres un embustero o solo un tonto que no ves la diferencia entre lo que la naturaleza desecha como residuo y lo que almacena como alimento?

—Ah, entonces la naturaleza es una persona, con finalidad y conciencia —dijo el carcelero con gesto desdeñoso—. Es, en realidad, una señora. Sin duda te tranquiliza imaginar que puedes creerte esas cosas.

Y se volvió para dejar la prisión con ademán muy digno.

—No sé nada de eso —le gritó John—. Hablo de lo que ocurre. La leche alimenta a los terneros y el estiércol no.

—Oye, tú —gritó el carcelero volviendo—, ya está bien. Esto es alta traición y te voy a llevar ante el amo.

Entonces dio un tirón a la cadena de John y empezó a tirar de él hacia la puerta; pero John, mientras era arrastrado, gritaba a los demás:

—¿No ven que es todo un engaño?

Entonces el carcelero le golpeó en los dientes con tal fuerza que se le llenó la boca de sangre y no pudo hablar más; y cuando él calló, el carcelero se dirigió a los prisioneros diciendo:

—Ya ven que intenta argumentar. Pues bien, díganme, alguno de ustedes, ¿qué es un argumento?

Se oyó un murmullo confuso.

—Venga, venga —añadió el carcelero—. Ya tendrían que saber el catecismo. Tú, el de allí —y señaló a un prisionero que era poco más que un niño, cuyo nombre era Maestro Loro—, ¿qué es un argumento?

—Argumento —dijo Maestro Loro— es el intento de racionalización de los deseos de quien argumenta.

—Muy bien —respondió el carcelero—, pero tienes que levantar los dedos de los pies y ponerte las manos a la espalda. Así está mejor. Ahora: ¿cuál es la respuesta apropiada a un argumento que demuestra la existencia del Señor de la Tierra?

—La respuesta apropiada es: «Dices eso porque eres un Guardián».

—Buen chico. Pero levanta la cabeza. Así. Y ¿cuál es la respuesta a un argumento que demuestre que las canciones del señor Falic son tan morenas como las del señor Mediastintas?

—Solo hay dos, generalmente necesarias para la condenación —dijo Maestro Loro—. La primera es «dices eso porque eres puritanio», y la segunda, «dices eso porque eres sensualista».

—Bien. Solo una más. ¿Cuál es la respuesta a un argumento contrario a la creencia de que dos más dos son cuatro?

—La respuesta es «dices eso porque eres matemático».

—Eres un chico muy bueno —dijo el carcelero—. Y cuando vuelva te traeré algo estupendo. Y ahora *tú* —añadió, y dio a John una patada mientras abría la reja.

9. EL ASESINO GIGANTE

El hechizo empieza a romperse. En el momento en que se permite la formulación de un argumento racional, el gigante está perdido.

Cuando salieron al aire John parpadeó un poco, pero no mucho, porque seguían aún a media luz bajo la sombra del gigante, que estaba muy, muy furioso y le salía humo por la boca, por lo que más parecía volcán que simple montaña. Y entonces John se dio por muerto porque en el momento mismo en que el carcelero le había arrastrado hasta los pies del gigante, había carraspeado y empezado decir: «La causa contra este prisionero...», se produjo una conmoción y se oyó el galopar de caballos. El carcelero volvió la cabeza y hasta el gigante apartó sus terribles ojos de John para mirar; y, en último lugar, John también se volvió. Y vieron a algunos de la guardia acercándose a ellos, llevando por la brida a un gran corcel negro montado por una figura envuelta en una capa color azul con una capucha que le tapaba la cabeza y escondía su cara.

—Otro prisionero, señor —dijo el jefe de la guardia.

Entonces, muy despacio, el gigante levantó un dedo enorme y pesado y señaló hacia la boca de la mazmorra.

—No tan pronto —dijo la figura embozada. Y repentinamente extendió sus manos sujetas con grilletes e hizo un movimiento de muñeca rápido. Se oyó un tintineo y sobre la piedra, al pie del caballo, cayeron fragmentos de la cadena rota: y los guardias soltaron las bridas y cayeron de espaldas, contemplándolo. Entonces el jinete se abrió la capa y un destello de acero deslumbró los ojos de John y la cara del gigante. John vio entonces que era una mujer en la flor de la vida; era tan alta que le pareció una Titana, una virgen luminosa totalmente vestida de acero, con una espada desnuda en la mano. El gigante se inclinó en su asiento y la miró.

—¿Quién eres? —preguntó.

—Mi nombre es Razón —contestó la virgen.

—Hacedle el pasaporte enseguida —dijo el gigante en voz baja—. Y dejadle paso franco por nuestros dominios y que se marche a toda la velocidad que quiera.

—Todavía no —dijo Razón—. Te presentaré tres adivinanzas antes de marchar, como apuesta.

—¿Qué apostamos? —quiso saber el gigante.

—Tu cabeza —dijo Razón.

Durante un tiempo hubo silencio entre las montañas.

—Bien —declaró el gigante por fin—, si ha de ser, sea. Pregunta pues.

—Esta es la primera adivinanza —dijo Razón—. ¿De qué color son las cosas en lugares oscuros, los peces en las profundidades del mar y las entrañas en el cuerpo del hombre?

—No lo sé —respondió el gigante.

—Bien —dijo Razón—. Escucha pues mi segunda adivinanza. Hubo una vez un hombre que iba a su propia casa y su enemigo iba con él. Y su casa estaba al otro lado de un río demasiado presuroso para atravesarlo a nado y demasiado profundo para vadearlo. Y no podía avanzar a más velocidad que su enemigo. Mientras iba de camino, su esposa le mandó un mensajero para decirle: «Ya sabes que no hay más que un puente sobre el río; dime, ¿quieres que lo destruya para que el enemigo no pueda cruzar, o lo dejo para que puedas cruzar tú?». ¿Qué debe hacer este hombre?

—Eso es demasiado difícil para mí —dijo el gigante.

—Bien —dijo Razón—. Intenta responder a mi tercera adivinanza. ¿Por qué regla te guías para distinguir la copia del original?

El gigante farfulló y rezongó y no pudo contestar, y Razón hincó espuelas a su corcel y este saltó sobre las rodillas musgosas del gigante y galopó por sus muslos hasta que ella hundió la espada en su corazón. Entonces se produjo un ruido y un desmoronamiento, como de un corrimiento de tierras, y la enorme carcasa quedó en el suelo: y el Espíritu de los Tiempos se transformó en lo que había parecido al principio, un desigual montículo de piedra.

Libro 4

DE VUELTA AL CAMINO

¿Duda alguien de que si se extrajeran de la cabeza de los hombres las opiniones vanas, las esperanzas ilusorias, los valores falsos, las imaginaciones que les son propias, y demás de esa índole, quedaría con certeza la cabeza de muchos hombres en estado pobre y disminuido; llena de melancolía e indisposición, y poco grata para sí mismos?

Bacon

1. Y LA REJA, REJA ES

Los que han sido demasiado tiempo freudianizados son incurables.

Los guardias habían huido. Razón desmontó de su caballo y limpió la espada en el musgo de las estribaciones que habían sido las rodillas del gigante. Entonces se volvió hacia la puerta del pozo y le asestó un golpe de tal modo que se rompió y pudo mirar en la oscuridad y oler la suciedad.

—Pueden salir todos —dijo.

Pero nada se movió dentro del pozo; aunque John pudo oír a los prisioneros lamentándose y repitiendo:

—Es otro sueño de deseo realizado; es otro sueño de deseo realizado. No nos dejemos engañar otra vez.

Pero al cabo Maestro Loro salió a la boca del pozo y dijo:

—De nada sirve intentar engañarnos. Gato escaldado del agua fría huye.

Después sacó la lengua y se retiró.

—Esta psitacosis es un trastorno muy obstinado —dijo Razón. Y se volvió para montar en su caballo negro.

—¿Puedo ir con usted, señora? —preguntó John.

—Puedes venir hasta que te canses —contestó Razón.

2. ARQUETIPO Y ECTIPO

Desenmascarado un argumento circular. Las ciencias dotan a los «hechos» de la filosofía que afirman deducir de ellos.

En mi sueño los vi marchar juntos, caminando John junto al caballo de la dama; y los vi ascender el valle rocoso al que había ido John la noche de su captura. Encontraron el paso sin vigilancia y resonó el eco de los cascos del caballo; pasado un momento, se encontraron fuera de la región montañosa y descendiendo por una ladera verde hacia la tierra del horizonte. Los árboles eran escasos y desnudos, y hacía frío; pero al cabo de un rato John miró a un lado y vio un tulipán en la hierba. Por primera vez durante muchos días la antigua emoción penetró en el corazón de John; y un instante después intentó rememorar el canto de los pájaros que sobrevolaban la Isla y el verde de las olas que rompían en la arena; porque todo ello había brillado a su alrededor tan rápidamente que desapareció antes de que pudiera darse cuenta. Los ojos de John se humedecieron.

Se volvió hacia Razón y habló así:

—Señora, ¿puede decirme si existe un lugar como la Isla en Occidente, o es simplemente un sentimiento de mi propio espíritu?

—No puedo decírtelo —dijo ella— porque no lo sabes.

—Pero usted sí lo sabe.

—Pero solo puedo decirte lo que *tú* sabes. Puedo trasladar cosas de la parte oscura de tu mente a la parte luminosa. Pero lo que ahora me preguntas ni siquiera está en la parte oscura.

—Aun si fuera un simple sentimiento de mi propio espíritu, ¿sería un mal sentimiento?

—Yo nada sé de bueno o de malo.

—Me refiero a lo siguiente —dijo John—. Y esto puede decírmelo: ¿es verdad que siempre tiene que acabar en muchachas morenas, o más bien que realmente *comienza* con las muchachas morenas? Dicen que es todo pretensión, todo ello disimulo de lujuria.

—¿Y qué piensas tú de eso que dicen?

—Pues que se aproximan mucho —contestó John—. Ambos son deleitosos. Ambos están plenos de anhelo. El uno se funde en el otro. Son *en efecto* muy parecidos.

—Así es —dijo la dama—. Pero ¿no recuerdas mi tercera adivinanza?

—¿Sobre la copia y el original? No conseguí entenderla.

—Pues bien, ahora lo entenderás. La gente de la región que acabamos de dejar ha visto que tu amor por la Isla es muy parecido a tu amor por las jóvenes morenas. Por consiguiente dicen que el uno es copia del otro. Te dirían también que me has seguido porque soy como tu madre, y que tu confianza en mí es una copia de tu amor por tu madre. Y además dirían que tu amor por tu madre es una copia de tu amor por las jóvenes morenas; y así cerrarían el círculo.

—¿Y que debería responderles?

—Dirías: quizá uno sea copia del otro. ¿Pero cuál es copia de cuál?

—No había pensado en eso.

—No tienes todavía edad para haber pensado mucho —dijo Razón—. Pero sin duda comprenderás que si dos cosas son parecidas, surgirá entonces la pregunta de si la primera es copia de la segunda, o la segunda copia de la primera, o ambas de una tercera.

—¿Y cuál sería esa cosa?

—Hay quien ha creído que todos estos amores son copia de nuestro amor por el Señor de la Tierra.

—Pero sin duda lo habrán considerado y después rechazado. Sus ciencias lo han refutado.

—No han podido hacerlo porque sus ciencias no se ocupan en absoluto de las relaciones generales de esta región con nada que pueda estar al este o al oeste de ella. Lo que en efecto te dirán es que sus investigaciones han demostrado que si dos cosas son similares, la bella es siempre copia de la fea. Pero su única razón para decir esto es que ya han decidido que las más bellas de todas las cosas —esto es, el Señor de la Tierra y, si quieres, las montañas y la Isla— son meras copias de *esta* región. Las ciencias pretenden que sus investigaciones conducen a esa doctrina, pero en realidad adoptan la doctrina primero e interpretan sus investigaciones en función de ella.

—Pero tienen razones para adoptarla.

—No tienen razón alguna, porque han dejado de escuchar a las únicas personas que pueden decirles algo al respecto.

—¿Quiénes son?

—Son mis hermanas pequeñas, y sus nombres son Filosofía y Teología.

—¡Hermanas! ¿Y quién es su padre?

—Lo sabrás antes de lo que deseas.

La tarde estaba ya cayendo y se encontraban cerca de una casita de campo, por lo que fueron hacia ella y pidieron al labrador alojamiento para la noche, lo cual les dio encantado.

3. *ESSE IS PERCIPI*

Es deber de la Razón no decidir (ni siquiera cuando está en juego la vida) sin evidencia. Por qué todas las explicaciones del inconsciente son engañosas. Aunque tienen también su utilidad.

A la mañana siguiente continuaron su viaje juntos. En mi sueño les vi atravesar una región de pequeñas colinas donde el camino serpenteaba de continuo siguiendo el contorno de los valles; y John caminaba junto al caballo de la dama. Los grilletes de sus manos se habían roto en el momento en que ella había matado al gigante, pero las esposas seguían en sus muñecas. De cada una de ellas pendía una mitad de la cadena rota. El aire era de una gran suavidad aquel día y los setos mostraban capullos ya totalmente formados.

—He estado pensando, señora —dijo John— sobre lo que dijo ayer y creo entender que aunque la Isla es muy parecida al lugar donde primeramente conocí a una joven morena, acaso ella sea la sombra y la Isla, la realidad. Pero hay una cosa que me preocupa.

—¿De qué se trata? —preguntó Razón.

—No consigo olvidar lo que he visto en la prisión del gigante. Si en realidad somos así interiormente, todo aquello que imaginemos será abominable por muy inocente que pueda parecer. Puede que, en general, sea verdad que la cosa horrenda no siempre sea el original y la cosa bella no siempre la copia. Pero cuando tenemos que tratar con imaginaciones humanas, con cosas que salen de *nosotros*, sin duda entonces el gigante tendrá razón. En ese caso al menos es mucho más probable que lo que parezca bueno sea solamente un velo que oculta lo malo; solo una parte de nuestra piel que hasta el momento ha evitado la mirada del gigante y no se ha vuelto aún transparente.

—Hay dos cosas que decir a ese respecto —respondió la dama— y la primera es esta: ¿quién te ha dicho que la Isla es una imaginación tuya?

—Bueno, usted no ha querido asegurarme que fuera algo real.

—Ni que no lo fuera.

—Pero tengo que pensar que es lo uno o lo otro.

—Por el alma de mi padre, eso es lo que *no* tienes que hacer... hasta que tengas alguna evidencia. ¿No puedes permanecer en la duda?

—Creo que no lo he intentado nunca.

—Pues has de aprender, si pretendes llegar lejos conmigo. No es difícil. En Escrópolis, no obstante, es imposible, porque la gente que vive allí tiene que dar su opinión una vez a la semana o una vez al día, si no quieren que Mammón les deje pronto sin alimentos. Pero aquí en el campo puedes caminar el día entero y al día siguiente también con una pregunta sin respuesta en la cabeza; no tienes por qué decir nada hasta que hayas llegado a una conclusión.

—Pero si un hombre quisiera saber algo con tanta intensidad que muriera a menos que la cuestión quedara aclarada, y no apareciera más evidencia al respecto...

—Entonces moriría, así de simple.

Después siguieron en silencio un trecho.

—Me dijo que había dos cosas que decir —dijo John—. ¿Cuál era la segunda?

—La segunda es esta: ¿Creíste que lo que viste en la mazmorra era *real*; que realmente somos así?

—Pues claro que sí. Solo nuestra piel lo oculta.

—Entonces he de hacerte la misma pregunta que le hice al gigante. ¿De qué color son las cosas en la oscuridad?

—Supongo que... de ningún color.

—¿Y en cuanto a su forma? ¿Tienes alguna noción de esta, aparte de lo que puede verse o tocarse, o lo que puedes colegir de haber visto y tocado muchas veces?

—No creo tenerla.

—¿Entonces no ves que el gigante te ha engañado?

—No acabo de verlo claramente.

—Te mostró mediante un truco cómo *serían* nuestras entrañas si fueran visibles. Es decir, te mostró algo que no es, pero algo que sería si en el mundo todo estuviera hecho de otra forma. Pero en el mundo real nuestras entrañas son invisibles. No son en modo alguno formas con color, son sensaciones. El calor de tus miembros en este momento, el aroma de tu aliento cuando inspiras, el bienestar de tu estómago porque has desayunado bien, y el hambre antes de la siguiente comida: estas son la realidad; todas esas esponjas y tubos que viste en la mazmorra son la mentira.

—Pero si abriera a un hombre, las vería.

—Un hombre cortado en dos, hasta ahora, no es un hombre, y si no lo cosieras de inmediato no estarías viendo órganos sino muerte. No estoy negando que la muerte sea fea; pero el gigante te hizo creer que la vida es fea.

—No puedo olvidar al hombre enfermo de cáncer.

—Lo que viste era irrealidad. El horrendo bulto fue un truco del gigante: la realidad era el dolor, que no tiene color ni forma.

—¿Es eso mucho mejor?

—Depende del hombre.

—Creo que empiezo a comprender.

—¿Es de sorprender que las cosas parezcan extrañas si las ves como no son? Si sacas un órgano del cuerpo de un hombre, o un anhelo de la parte oscura de su espíritu, y das a uno la forma y el color, y al otro la autoconciencia, que nunca tienen en realidad, ¿podrían ser otra cosa que monstruosos?

—¿No hay, pues, nada de verdad en lo que vi bajo la mirada del gigante?

—Esas imágenes son útiles para los médicos.

—Entonces, realmente estoy limpio —dijo John—. No soy... como esos.

Razón sonrió.

—También en esto —contestó— hay verdad mezclada con los trucos de magia del gigante. No te hará daño recordar de vez en cuando la fealdad de nuestro interior. Vienes de una raza que no puede permitirse el sentirse orgullosa.

Mientras Razón hablaba, John levantó la mirada, dudando sobre el significado de sus palabras; y por primera vez desde que caminaba en su compañía sintió miedo. Pero esta impresión duró solo un momento.

—Mire —dijo—, he aquí una pequeña posada. ¿No es hora ya de que descansemos y comamos algo?

4. ESCAPADA

Si la religión es un sueño que realiza un deseo, ¿de quiénes son los deseos que realiza? ¡Ciertamente no son los de John! Este decide dejar de razonar en este punto.

Volvieron a ponerse en camino en la calidez de la tarde, y a John se le ocurrió preguntar a la dama el significado de su segunda adivinanza.

—Tiene dos significados —dijo ella— y en el primero el puente representa el acto de Razonar. El Espíritu de los Tiempos quiere permitir el razonamiento y no permitir el razonamiento.

—¿Cómo puede ser?

—Ya oíste lo que dijeron. Si alguien argumenta con ellos dicen que está racionalizando sus propios deseos, y por consiguiente no hay por qué responder. Pero si alguien los escucha, entonces ellos mismos argumentarán para mostrar que sus propias doctrinas son verdaderas.

—Ya entiendo. ¿Entonces qué cura hay para esto?

—Tienes que preguntarles si cualquier tipo de razonamiento es válido o no. Si dicen que no, entonces sus doctrinas, puesto que son producto de la razón, caen por su peso. Si dicen que sí, entonces tendrán que examinar tus argumentos y refutarlos en función de sus méritos; porque si algún razonamiento es válido, no tienen forma de saber si el tuyo es uno de los válidos.

—Ya veo —dijo John—. Pero ¿cuál es la segunda interpretación?

—En la segunda —dijo Razón— el puente representa la doctrina preferida del gigante, que es la del sueño que realiza un deseo. Porque también esta quiere utilizarla y no utilizarla.

—No veo por qué va a querer *no* utilizarla.

—¿No dice sin cesar a la gente que el Señor de la Tierra es un sueño que realiza un deseo?

—Sí, sin duda eso es verdad; la única cosa cierta que dijo.

—Pues ahora piensa un poco. ¿Es realmente cierto que el gigante y Segismundo, y la gente de Escrópolis, y el señor Mediastintas viven embargados por el anhelo de que realmente exista el Señor, y las reglas, y una tierra montañosa al otro lado del arroyo, y la posibilidad de un agujero negro?

Entonces John se detuvo en medio del camino para pensar. Y primero agitó los hombros, y después se puso las manos en los costados, y después empezó a reír hasta casi desternillarse literalmente. Y cuando estaba a punto de dejar de reír, la inmensidad y la impudicia y la simplicidad del fraude que había sido pergeñado volvieron a él, y rio aún con más fuerza. Y en el momento en que casi se había recuperado y empezaba a recobrar el aliento, súbitamente vino a su mente la imagen de Victoriana y de Feola y de Gus Mediastintas y la cara que pondrían si les llegara el rumor de que en efecto *había* un Señor de la Tierra y este iba a llegar a Escrópolis. Esto fue ya demasiado y empezó a reír con tal fuerza que las cadenas rotas del Espíritu de los Tiempos cayeron de sus muñecas por sí solas. Pero durante todo aquello Razón le observaba sin cesar.

—Será mejor que escuches el resto del argumento —dijo al fin—. Quizá no sea un asunto tan irrisorio como tú crees.

—Ah, sí... el argumento —dijo John, secándose las lágrimas.

—¿Ves ahora el sentido en que el gigante *no* quiere que se utilice la teoría del deseo realizado?

—No estoy seguro del todo —contestó John.

—¿No ves lo que se sigue si adoptas las reglas que él impone?

—No —dijo John en voz muy alta; porque empezaba a penetrar en él una terrible aprensión.

—Pero sin duda comprendes —dijo Razón— que para él y todos sus súbditos la *descreencia* en el Señor de la Tierra es un sueño de deseo realizado.

—No adoptaré sus reglas.

—Sería una locura que no hubieras extraído *ningún* beneficio de tu estancia en su región —dijo Razón—. La doctrina del deseo realizado tiene algunos méritos.

—Algunos, quizá, pero muy pocos.

—Tan solo he querido dejar claro que cualquiera que sea su mérito, este es favorable a la existencia del Señor, no contrario; especialmente en tu caso.

—¿Por qué especialmente en el mío? —preguntó John malhumorado.

—Porque el Señor de la Tierra es aquello a lo que más has temido toda tu vida. No estoy diciendo que haya que aceptar cualquier teoría porque sea incómoda, pero si alguna se acepta, entonces habrá que aceptar primero la creencia en el Señor.

Mientras Razón pronunciaba estas palabras, habían llegado a la cima de una pequeño monte y John rogó que hicieran un alto, porque le faltaba el aliento. Miró hacia atrás y vio más allá del territorio verde y ondulado la línea oscura de las montañas que constituían la frontera de la tierra del gigante; pero detrás de ellas, y mucho más altas, se elevaban las viejas montañas del Este, resaltadas sobre un cielo oscuro por los rayos declinantes del sol. No parecían más pequeñas que cuando John las había contemplado hacía mucho tiempo desde Puritania.

—No sé adónde me lleva usted —dijo al fin—, y entre todos estos caminos sinuosos he perdido el sentido de la orientación. Además, el paso de su caballo me resulta fatigoso. Si me perdona, creo que desde aquí voy a seguir solo mi camino.

—Como desees —respondió Razón—. Pero yo te recomiendo vivamente que tomes este giro a la izquierda.

—¿Hacia dónde se dirige? —inquirió John, receloso.

—Te lleva otra vez al camino principal —dijo Razón.

—Eso me va bien —replicó John—. Y ahora, señora, deme su bendición antes de irme.

—No tengo bendiciones que dar —dijo la virgen—. Nada tengo que ver con bendiciones y maldiciones.

Entonces John se despidió de ella y tomó el camino que le había señalado. Tan pronto como la hubo perdido de vista, soñé que John bajó la cabeza y echó a correr; porque el muy necio creía que quizá le seguiría. Y continuó corriendo hasta descubrir que subía por un monte —un monte tan empinado que le dejó sin respiración para correr— y en la cumbre misma su camino se cruzaba con otro que corría a derecha e izquierda por la cresta montuosa. Entonces John lo siguió con la mirada hacia el este y después en la otra dirección hacia el oeste, y vio que este era, en efecto, el camino principal. Se detuvo un minuto para secarse la frente y después giró hacia la derecha, de frente al sol poniente, y reanudó su viaje.

LIBRO 5

EL GRAN CAÑÓN

Ni a pie por los caminos ni a vela en el océano
encontrarás un rumbo que te lleve
hasta el mundo que hay más allá del norte.

PÍNDARO

Los efímeros no tienen ayuda que dar. Miradlos;
carecen de hazañas y están tullidos;
como a un sueño esta clase de mortales
están atados con cadenas y con los ojos en la oscuridad.

ESQUILO

Mas, ¡ay!, qué pueden ellos enseñar sin confundir,
ignorantes de sí mismos, y mucho más de Dios,
y de cómo empezó el mundo, y cómo el hombre cayó.

MILTON

1. EL GRAN CAÑÓN

John decide vivir virtuosamente, pero topa de inmediato con un obstáculo. La conciencia le dice que puede y debe superarlo por su propio esfuerzo. El cristianismo tradicional dice que no puede.

El camino principal pronto empezó a ascender y, tras caminar un trecho, John se encontró en una meseta inhóspita que continuaba subiendo frente a él, aunque en pendiente más suave. Cuando hubo andado alrededor de una milla vio más adelante la figura de un hombre, recortada contra la luz del sol crepuscular. Primero la figura permaneció inmóvil; después dio unos pasos a la izquierda y a la derecha como si estuviera indecisa. Entonces se volvió para mirar a John de frente y, para su sorpresa, le saludó como si fuera un viejo conocido. Debido a que le daba la luz en la cara, John al principio no pudo ver quién era, y se estrecharon las manos antes de comprender que se trataba de Vertud.

—¿Qué ha podido retrasarte? —exclamó John—. Pensé por el paso que llevabas cuando nos separamos que a estas alturas me llevarías varias semanas de viaje.

—Si piensas eso —dijo Vertud— tu camino ha debido de ser más fácil que el mío. ¿No has cruzado por las montañas?

—Las he cruzado a través de un paso —respondió John.

—El camino principal las sigue sin un solo desvío —dijo Vertud—. Y a menudo apenas recorría diez millas en un día. Pero eso no es de importancia; he aprendido algo sobre escalar y he sudado una buena cantidad de carne fofa. Lo que realmente me ha retrasado ha sido esto: llevo aquí varios días.

Y diciendo esto hizo gestos a John para continuar, y ambos siguieron camino juntos hasta lo alto de la pendiente. Entonces vi a John retroceder un paso o dos con un grito, porque había descubierto que estaba al borde de un precipicio. Al cabo de un momento volvió a acercarse con precaución para mirar.

John vio que el camino ascendía sin avisar hasta el borde de una gran garganta o abismo y terminaba en el aire, como si lo hubieran partido. El abismo tendría unas siete millas de ancho y, en cuanto al largo, se extendía hacia el sur a la izquierda y hacia el norte a la derecha hasta perderse de vista a un lado y a otro. La luz del sol que le daba en la cara dejaba en sombra todo lo que había al otro lado, de modo que no podía ver nada con claridad. Le pareció, no obstante, una región rica por la frondosidad y el tamaño de los árboles.

—He estado explorando los riscos —dijo Vertud—. Y creo que podemos bajar hasta la mitad. Acércate un poco. ¿Ves ese saledizo?

—Tengo muy mala cabeza para las alturas —contestó John.

—Ese de ahí —añadió Vertud señalando hacia una faja estrecha de vegetación mil pies por debajo de ellos.

—Nunca podría alcanzarlo.

—No, *podrías* alcanzarlo sin dificultad. El problema es saber qué ocurre después. Me inclino a pensar que termina sobre el vacío; y aunque creo que podemos bajar hasta allí no estoy seguro de que pudiéramos volver si el resto del descenso es impracticable.

—Entonces sería una locura aventurarnos tan lejos.

—De eso no estoy seguro. Sería acorde con la regla.

—¿Qué regla?

—La regla dice —respondió Vertud— que si tenemos una posibilidad entre cien de sobrevivir debemos intentarlo; pero si no tenemos ninguna, absolutamente ninguna, entonces sería autodestrucción y no tenemos por qué hacerlo.

—Esa no es una regla mía —dijo John.

—Pues claro que lo es. En realidad tenemos las mismas reglas, de verdad.

—Si es una regla mía, no es una que yo pueda obedecer.

—Creo que no te entiendo —declaró Vertud—. Desde luego puede que seas tan mal escalador que *tú* no tengas ni una sola posibilidad... y en ese caso sería distinto, lo admito.

Entonces habló una tercera voz.

—No tienen ninguna posibilidad ninguno de los dos a menos que los lleve yo allí abajo.

Los dos jóvenes se volvieron ante aquel sonido. Una anciana estaba sentada en una especie de silla pedregosa al borde mismo del precipicio.

—Ah, eres tú Madre Kirk —dijo Vertud, y añadió en voz baja hablando con John—: la he visto por las escarpaduras más de una vez. Algunos de los lugareños dicen que es clarividente y otros dicen que está loca.

—Yo no me fiaría —contestó John en el mismo tono—. A mí me parece una bruja más que otra cosa.

Después miró a la anciana y dijo en voz alta:

—¿Y cómo podrías llevarnos hasta abajo, madre? Nosotros tenemos más fuerza para llevarte a ti.

—Y pese a todo podría llevarlos —dijo Madre Kirk— por el poder que me ha dado el Señor de la Tierra.

—¿De modo que también tú crees en el Señor? —preguntó John.

—¿Y cómo no iba a creer, querido mío —dijo ella—, si soy su nuera?

—Pues no te da ropas muy buenas —declaró John mirando la capa basta que cubría a la anciana.

—Me durarán el tiempo que viva —dijo la mujer plácidamente.

—Debemos intentarlo —susurró Vertud a John—. Siempre que haya alguna posibilidad no nos está permitido despreciarla.

Pero John frunció el ceño y volvió a dirigirse a la anciana.

—¿No te parece que este Señor tuyo es muy extraño? —preguntó.

—¿Por qué lo dices?

—¿Por qué hace un camino como este que lleva hasta el borde mismo de un precipicio; a menos que sea para inducir a los viajeros a romperse la crisma en la oscuridad.

—Ah, pobrecito mío, es que él no lo dejó así —dijo la mujer—. Era un buen camino que recorría todo el mundo cuando era nuevo, y esta garganta es muy posterior al camino.

—¿Quiere eso decir —preguntó Vertud— que se ha producido algún tipo de catástrofe?

—Bien, ya veo que no va a haber forma de llevarlos abajo esta noche, de modo que lo mismo me da contarles la historia. Vengan a sentarse a mi lado. Ninguno de los dos son tan sabios que puedan avergonzarlos por escuchar historias de vieja.

2. LA HISTORIA DE MADRE KIRK

El pecado de Adán. A causa de ello su descendencia encuentra un abismo que corta el camino.

Cuando estuvieron sentados, la anciana contó la siguiente historia.

—Sabrán que hubo un tiempo en que no había un solo arrendatario en esa región, porque el Señor de la Tierra la cultivaba por sí mismo. Solo había animales y el Señor se ocupaba de ellos, él y sus hijos e hijas. Todas las mañanas solían bajar de las montañas y ordeñar las vacas y llevar las ovejas a pastar. Y necesitaban menos vigilancia, porque todos los animales eran menos salvajes entonces; y no hacían falta vallados, porque si el lobo se metía entre el rebaño no hacía ningún daño al ganado. Y un día el Señor volvía de su jornada de trabajo cuando extendió la mirada por la región y sobre las bestias, y vio que los cultivos estaban germinando, y se le ocurrió pensar que todo aquello era demasiado bueno para poseerlo él solo. Por ello, decidió arrendar la tierra a labradores, y su primer arrendatario fue un joven casado. Pero antes, el Señor de la Tierra demarcó una parcela en el centro de la región donde el suelo era óptimo y el aire más benéfico, y ese es el mismísimo lugar donde ahora están ustedes. Los labradores iban a recibir toda la tierra, pero, como era demasiado grande para poder cultivarla toda, la idea del Señor era que cultivaran la parcela del centro y dejaran el resto en estado silvestre por el momento; posteriormente, podrían dividir esa tierra en parcelas entre sus hijos. Pero han de saber que escribió un contrato de arrendamiento muy diferente al que tienen ahora. Era un contrato a perpetuidad por su parte, porque prometió no expulsarlos nunca; pero por la otra parte, podían marcharse cuando quisieran, siempre que quedara allí uno de sus hijos para hacerse cargo de la tierra, y podían irse a vivir con el Señor en las montañas. Él creyó que sería una cosa buena porque la convivencia con forasteros abriría nuevos horizontes a sus propias criaturas de las montañas. Y los arrendatarios lo creyeron así también. Pero antes de entregar la tierra a los labradores tuvo que hacer una cosa. Hasta aquel momento la región había estado llena de cierto fruto que el Señor de la Tierra había plantado como refrigerio para él y sus hijos, en caso de que sintieran sed durante el día mientras trabajaban. Era una fruta muy buena y dicen que en las montañas es aún más abundante; pero es muy fuerte y solo quienes se han criado en las montañas deben comerla, porque únicamente ellos pueden digerirla debidamente. Hasta entonces, como solo había bestias en la región, ningún perjuicio habían hecho estas manzanas silvestres que crecían con gran espesura, porque saben que los animales no comen nada que pueda hacerles daño. Pero ahora que iba a haber hombres en la tierra, el Señor temía que pudieran autoinfligirse algún mal; sin embargo, no era cuestión de arrancar todo retoño del árbol y convertir la región en un desierto. Así pues, el Señor decidió que lo mejor sería ser franco con los jóvenes, y cuando encontró un gran manzano silvestre en el centro mismo de la parcela, dijo: «Tanto mejor. Si tienen que aprender a utilizar su buen juicio, que lo aprendan desde el principio; y si no es así, no hay nada que hacer; porque si no encuentran manzanas en la parcela pronto las encontrarían en algún otro sitio». Así pues, dejó el árbol en pie y puso al hombre y a la mujer en la tierra; pero antes les explicó el asunto, en la medida en que era explicable, y les advirtió que por nada del mundo comieran las manzanas. Después se fue a su casa. Y durante algún tiempo el hombre y la mujer se comportaron muy bien, ocupándose del cuidado de los animales y del cultivo de la tierra, y absteniéndose de las manzanas; y es muy posible que hubieran seguido siempre así de no ser porque la mujer había hecho una nueva amistad, no sabemos bien cómo. Este nuevo conocido era también propietario de tierras. Había nacido en las montañas y era uno de los propios hijos del Señor, pero se había peleado con su padre y se había establecido por su cuenta, y por entonces se había hecho con un patrimonio considerable en otro territorio. Ahora bien, sus posesiones son fronterizas con esta región, y como tenía una gran ansia de tierras, siempre ha querido poseer también esta parte; y está casi a punto de conseguirlo.

—Nunca he conocido a ninguno de sus arrendatarios —dijo John.

—No arrendatarios directos, querido —dijo la anciana—. A esos no los habrás conocido. Pero quizá conozcas a los listos, que son arrendatarios del señor Mammón; y él a su vez lo es del Espíritu de los Tiempos, que arrienda directamente al Enemigo.

—Estoy seguro de que los listos se sorprenderían mucho —declaró John— si supieran simplemente que están bajo un Señor de la Tierra. Y considerarían que ese Enemigo, como tú le llamas, es superstición en igual medida que ese Señor *tuyo*.

—Pero es así como funciona el asunto —replicó Madre Kirk—. La gente insignificante no conoce a la gente grande a la cual pertenece. Los grandes quieren que sea así. No podría llevarse a cabo ninguna transferencia importante de propiedad si los insignificantes de la base supieran lo que realmente está ocurriendo. Pero esto no forma parte de mi historia. Como decía, el Enemigo entabló conocimiento con la mujer del labrador y, como quiera que lo hiciera o lo que quiera que dijera, no pasó mucho tiempo antes de que la hubiera persuadido de que lo único que ella necesitaba era una apetitosa manzana silvestre. Y la mujer arrancó una y la comió. Y entonces —ya saben lo que pasa con los maridos— logró convencer al labrador de su forma de ver el asunto. Y en el momento en que él extendió el brazo y arrancó la fruta hubo un terremoto, y la tierra se partió de parte a parte, desde el norte hasta el sur; y, desde entonces, en lugar de la finca de cultivo ha estado esta garganta, que la gente de por aquí llama el Gran Cañón. Pero en mi lengua su nombre es Peccatum Adae.

3. LA AUTOSUFICIENCIA DE VERTUD

El miedo es en exceso receloso, y la conciencia natural en exceso orgullosa, para aceptar ayuda. Rechazando el cristianismo, John adopta una mundanidad culta.

—Y supongo —dijo John agriamente— que el Señor de la Tierra se enojó tanto que fue él quien inventó las reglas y el agujero negro.

—La historia no es tan sencilla —replicó la anciana—, pues muchas cosas ocurrieron después de comer la manzana. Para empezar, su sabor creó tal ansia en el hombre y en la mujer que creyeron no poder saciarse jamás de ella; y no se conformaron con todos los manzanos silvestres, sino que plantaron más y más, e injertaron manzanas silvestres en todos los demás árboles para que todas las frutas tuvieran algo de su aroma. Y lo hicieron tan bien que todo el sistema vegetal de la región está ahora infectado; y apenas hay fruto o raíz en la tierra, y desde luego ninguno a este lado del cañón, que no lleve en él un poco de esta manzana. Nunca han comido nada que esté totalmente libre de ella.

—¿Y qué tiene eso que ver con la tarjeta de las reglas? —preguntó John.

—Todo —contestó Madre Kirk—. En un país donde todos los alimentos están más o menos envenenados, pero algunos mucho menos que más, hacen falta sin duda reglas muy complicadas para mantenerse sano.

—Entre tanto —apuntó Vertud—, no estamos avanzando en nuestro viaje.

—Yo los llevaré allí abajo por la mañana, si quieren —dijo Madre Kirk—. Pero tengan presente que es un lugar peligroso, y deben hacer exactamente lo que yo les diga.

—Si el lugar es peligroso... —empezó a decir John, cuando Vertud, que había quedado impresionado por las últimas palabras de la anciana, interrumpió súbitamente:

—Me temo que es inútil, madre —dijo—. No puedo ponerme a las órdenes de nadie. He de ser yo el capitán de mi alma y el dueño de mi destino. Pero gracias por ofrecerte.

—Tienes razón —se apresuró a decir John.

Y añadió en un susurro:

—Es evidente que la pobre anciana está demente. Lo que de verdad tenemos que hacer es explorar este abismo de norte a sur hasta encontrar un punto donde el descenso *sea* practicable.

Vertud se había puesto en pie.

—Estamos pensando, madre —dijo— que nos gustaría cerciorarnos personalmente de que no hay ningún sitio por el que podamos bajar sin que nos tengan que llevar. Como ves, mis propias piernas me han servido hasta ahora; y no me gustaría tener que empezar a ser transportado.

—No les pasará nada por probar —respondió Madre Kirk—. Y no me extrañaría que encontraran un camino de bajada. Subir por el otro lado es otra cuestión, desde luego; pero quizá volvamos a encontrarnos cuando llegue ese momento.

Por entonces había ya oscurecido. Los dos jóvenes se despidieron de la mujer y volvieron sobre sus pasos por el camino principal para hacer planes. Dos caminos secundarios se bifurcaban a un cuarto de milla del precipicio aproximadamente, y como el que se dirigía al norte parecía algo mejor, y además retrocedía, apartándose un poco de los barrancos (que John tenía mucho empeño en no bordear en la oscuridad), se encaminaron hacia el norte. La noche era serena, con claridad de estrellas, y fue haciéndose más fría a medida que avanzaban.

4. DON SENSATO

La pretenciosidad y la fría frivolidad de la mundanidad culta. Lejos de atacar la vida espiritual, el mundo culto la trata con condescendencia. «La filosofía de todos los hombres sensatos». Su odio hacia todo razonamiento sistemático. Su escepticismo ignorante y diletante.

Cuando habían caminado algo más de una milla, John llamó la atención de Vertud hacia una luz a poca distancia del camino; y los vi seguirla hasta llegar a una portada y después a una puerta, y llamar a ella.

—¿De quién es esta casa? —preguntó Vertud cuando el criado les abrió.

—Esta casa es de don Sensato —dijo el criado—. Y si son viajeros sorprendidos por la noche, los recibirá encantado.

Entonces los llevó a una sala donde ardía una lámpara con claridad, pero no con mucha luminosidad, y un anciano caballero se encontraba sentado ante un alegre fuego de leña con su perro a los pies y su libro sobre las rodillas, y un rompecabezas extendido a un lado sobre un tablero de madera, y al otro un tablero de ajedrez con las piezas dispuestas para un problema. El hombre se levantó para saludarlos muy cordialmente, pero sin apresuramiento.

—Muy bienvenidos sean, caballeros —dijo don Sensato—. Por favor, acérquense para calentarse un poco. Forzado —en realidad llamaba al criado—, prepara comida para tres: la cena de siempre, Forzado. No puedo ofrecerles lujo, señores. El vino de mi tierra, vino de prímula, será lo que bebamos. Les resultará áspero al paladar, pero para el mío la bebida que sale de mi propio jardín y mi propia cocina siempre tendrá un sabor mejor que el agua de Hipocrena. Me atrevería a recomendar los rabanitos, también cultivados por mí. Pero veo por sus miradas que ya les he descubierto mi debilidad. Confieso que mi jardín es mi orgullo. Pero ¿y qué? Todos somos niños y tengo por el más sabio de todos nosotros a quien mejor sabe jugar con los juguetes que convienen a su condición, sin poner empeño en ir más allá. *Regum aequabit opes animis.*[8] Conformidad, amigos, la conformidad es la mayor riqueza. No deje que el perro le importune, señor. Está tiñoso. ¡Siéntate, *Rover*! ¡Pobre *Rover*! Poco entiendes que ya se ha dictado sentencia contra ti.

—No estará pensando en matarlo, señor —dijo John.

—Empieza a estar achacoso —dijo don Sensato—, y sería absurdo mantenerlo vivo. ¿Qué haría usted? *Omnes eodem cogimur.*[9] Ha descansado al sol y se ha espulgado bastante tiempo, y ahora, el pobre, tiene que irse *quod dives Tullus et Ancus.*[10] Debemos aceptar la vida en los términos en que se nos da.

—Extrañará a su viejo compañero.

—Pues a ese respecto, sabrá que el gran arte de la vida está en moderar nuestras pasiones. Los objetos de nuestro cariño son como otras pertenencias. Debemos amarlos lo bastante para enriquecer nuestra vida mientras los tenemos; pero no tanto que empobrezcan nuestras vidas cuando ya no están. ¿Ven este rompecabezas que tengo aquí? Mientras estoy ocupado con él se me antoja de importancia soberana el encajar las piezas; cuando está terminado no pienso más en ello; y si no lograra hacerlo, sin duda no me rompería el corazón. Maldito Forzado. ¡Eh!, hideputa, ¿tendremos que esperar la cena toda la noche?

—Ya viene, señor —dijo Forzado desde la cocina.

—Creo que el hombre se duerme entre los pucheros y las cacerolas —dijo don Sensato—, pero ocupemos el tiempo continuando con nuestra conversación. Tengo la buena conversación por uno de los más refinados deleites de la vida. Pero yo no incluiría la diatriba, la lección o la discusión persistente bajo esa categoría. El doctrinario es la ruina de toda charla. Aquí sentando escuchando sus opiniones (*nullius addictus*)[11] y siguiendo el hilo allí donde lleve, desafío a todo sistema. Me encanta explorar sus mentes *en déshabille*. Nada es inoportuno: *j'aime le jeu, l'amour, les livres, la musique, la ville et la champagne: en fin tout!* El azar es, después de todo, nuestra mejor guía; ¿necesito convocar mejor testigo que la afortunada carambola que los ha traído bajo mi techo esta noche?

—No ha sido exactamente el azar —dijo Vertud, que había estado impaciente esperando el momento de hablar—. Estamos de viaje y buscamos algún camino para cruzar el Gran Cañón.

—*Haud equidem invideo*[12] —replicó el anciano caballero—. ¿No insisten en que les acompañe?

—No se nos había ocurrido —dijo John.

—¡Entonces no tengo el menor inconveniente en que se vayan! —exclamó don Sensato emitiendo una risa melódica—. Ahora bien, ¿con qué propósito? A menudo me entretengo especulando sobre la curiosa inquietud mental que nos impulsa, especialmente en la juventud, a escalar una montaña con el único fin de bajarla después, o cruzar mares solo para pagar a un posadero por servirnos peores viandas de las que comeríamos en nuestra propia casa. *Caelum non animum mutamus.*[13] Y no es que yo quiera reprimir ese impulso, entiéndase, como no querría ahogar ninguna otra parte de mi naturaleza. Una vez más, el secreto de la felicidad estriba en saber dónde parar. Una porción moderada de viaje, suficiente para satisfacer, sin saciar, una generosa curiosidad, está muy bien. De vuelta te traes unos cuantos objetos raros para guardarlos en tu armario interior en previsión de un día tedioso. Pero el Gran Cañón... sin duda un modesto recorrido por los precipicios de *este* lado ofrece un paisaje muy parecido, y no arriesgas el cuello.

—No son paisajes lo que buscamos —contestó John—. Yo quiero encontrar la Isla del Oeste.

—Te refieres seguramente a alguna experiencia estética. Pues también ahí... no pediría a ningún joven que cerrara los ojos a esa clase de cosas. ¿Quién no ha sentido un anhelo inmortal ante el alargamiento de las sombras o el cambio de color de las hojas? ¿Quién no ha extendido la mano hacia la orilla ulterior? *Et ego in Arcadia!* Todos hemos sido necios algún día... sí, y nos alegramos de haberlo sido, además. Pero nuestras imaginaciones, como nuestros apetitos, necesitan disciplina; no, el cielo nos asista, en razón de alguna ética trascendental, sino en razón de nuestro cabal bien propio. Ese impulso desenfrenado ha de ser degustado, no obedecido. Las abejas tienen aguijón, pero nosotros les robamos su miel. Llevarnos a los labios ese imperioso deleite en la copa de un momento de perfección, sin perder ni el más sutil ingrediente del sabor de su μονόχρονος ἡδονή,[14] pero quedar nosotros, en cierto sentido, indiferentes: este es el verdadero arte. Así se domeñan, en servicio de una vida razonable, aun aquellos placeres cuya pérdida pueda parecer el precio más alto, pero necesario, que pagar por la racionalidad. ¿Es una audacia insinuar que para el paladar educado el sabor de esta bebida incluso debe su dulce regusto a la conciencia de que la hemos robado de una fuente renuente? Disociar el placer de las consecuencias y condiciones que tiene por naturaleza, separando, por así decirlo, la frase valiosa de su contexto irrelevante, es lo que distingue al hombre del bruto, y al ciudadano del salvaje. No puedo coincidir con esos moralistas que arremeten contra los eméticos romanos en sus banquetes; y menos aún con aquellos que quisieran prohibir los aún más benéficos artilugios contraceptivos de época posterior. Ese hombre que puede comer como le dicte el gusto, no la naturaleza, y no teme sin embargo el dolor de barriga, o que puede abandonarse a Venus sin temor al bastardo inoportuno, es un hombre civilizado. En él reconozco la urbanidad: el talante del centro.

—¿No conoce usted algún camino para cruzar el Cañón? —preguntó Vertud bruscamente.

—No lo conozco —contestó su anfitrión— porque nunca he hecho averiguaciones. El estudio propio de la humanidad es el hombre, y siempre he dejado las especulaciones inútiles en paz. Supongamos que hubiera un camino al otro lado, ¿con qué fin lo emplearía yo? ¿Por qué iba a bajar a trompicones este lado y a trepar por el otro para, después de tanto esfuerzo, encontrarme con la misma tierra bajo los pies y el mismo cielo sobre la cabeza? Sería irrisorio suponer que la región al otro lado del barranco puede ser diferente a la de este lado. *Eadem sunt omnia semper.*[15] La naturaleza ha hecho todo lo que puede en pro de nuestra comodidad y nuestro divertimento, y el hombre que no encuentra contento en su casa lo buscará en vano fuera de ella. ¡Maldito hombre! ¡¡¡Forzado!!! ¿Vas a traernos la cena o quieres que te rompa hasta el último hueso del cuerpo?

—Ya viene, señor —dijo Forzado desde la cocina.

—Quizá haya *personas* diferentes al otro lado del Cañón —sugirió John aprovechando el breve silencio que siguió.

—Eso es aún más improbable —dijo don Sensato—. La naturaleza humana es siempre la misma. Puede que varíen el traje y los modales, pero yo detecto idéntico corazón bajo el cambio de vestimenta. Si hay hombres al otro lado del Cañón, a buen seguro ya los conocen. Nacen y mueren; y en el intermedio son los mismos bribones adorables que conocemos aquí.

—Con todo —insistió John— no podemos tener verdadera seguridad de que no existe un lugar como mi Isla. Razón la consideró una cuestión abierta.

—¡Razón! —exclamó don Sensato—. ¿Se refiere a la loca que recorre la región a lomos de un caballo y vestida con armadura? Confío en que cuando hablé de una vida razonable no pensara usted que se trata de algo auspiciado por *ella.* Hay en esto una extraña confusión en nuestra lengua, porque ese carácter razonable del que hablo no tiene enemigo más peligroso que Razón. Quizá debiera abandonar del todo el uso de la palabra, y decir que mi deidad no es la razón sino *le bon sens.*

—¿Qué diferencia hay? —preguntó Vertud.

—El sentido común es fácil. La razón es difícil. El sentido común sabe dónde detenerse con amable incoherencia, mientras que Razón sigue servilmente una lógica abstracta sin saber adónde va a llevarla. La una busca el consuelo y lo encuentra, la otra busca la verdad y aún sigue buscándola. *Le bon sens* es padre de una familia prolífica; Razón es yerma y es virgen. Si estuviera en mi mano, yo arrojaría a esa Razón tuya a un correccional para que siguiera sus meditaciones en un jergón de paja. El empaquetado tiene una apariencia bonita, lo admito; pero nos desvía de nuestro verdadero objetivo: ¡gozo, placer, bienestar, contento o como quiera llamarse! Es una fanática que no aprendió nunca de mi maestro a seguir la proporción áurea y, siendo mortal, a tener pensamientos mortales. *Auream quis quis...*[16]

—Es muy raro que diga eso —interrumpió Vertud— porque a mí también me educaron con Aristóteles. Pero me parece que mi texto debe diferir del suyo. En el mío, la doctrina de la proporción no implica el sentido que usted le ha dado a todo el asunto. Aristóteles dice expresamente que no hay exceso en el bien. No se puede ir demasiado lejos en la buena dirección. La línea que debemos seguir puede comenzar en un punto medio de la base de un triángulo; pero cuanto más distante del eje, mejor. En esa dimensión...

—*Do manus!* —le interrumpió don Sensato—. No nos cuente el resto, joven. No estamos en clase, y no tengo inconveniente en admitir que su erudición es más reciente que la mía. La filosofía tendría que ser nuestra amada, no nuestra maestra; y la búsqueda de exactitud pedante entre la libertad de nuestros placeres sociales es tan repelente como...

—Y eso de tener pensamientos mortales —prosiguió Vertud, cuya experiencia social, según mi sueño, no era muy amplia—, eso de los pensamientos mortales lo dijo Aristóteles para declarar que disentía de ello. Él sostenía que el objeto de la vida mortal era el logro de toda la inmortalidad posible. Y también dijo que el más inútil de los estudios era el más noble.

—Veo que es usted impecable, joven —dijo don Sensato, con una sonrisa algo fría—, y estoy seguro de que estos fragmentos de información, repetidos ante sus profesores, le ganarían el aplauso que merecen. Aquí, si me permite decirlo, están un poco fuera de lugar. El conocimiento que tiene un caballero de los autores clásicos no es el del pedante, y creo que se equivoca con respecto al lugar que la filosofía debe ocupar en una vida razonable. Nosotros no memorizamos *sistemas*. ¿Qué sistema se sostiene? ¿Qué sistema no nos deja con el antiguo dicho: *que sais-je*? Es por su poder para recordarnos la extrañeza de las cosas, en el encanto opaco de sus solitarias meditaciones y, sobre todo, en su función decorativa, como la filosofía adquiere importancia decisiva para una buena vida. Vamos al Pórtico y a la Academia como espectadores, no como partidarios. ¡Forzado!

—La cena está servida, señor —dijo Forzado apareciendo en la puerta.

Entonces soñé que pasaron al comedor y se sentaron a la mesa.

5. CHARLA DE SOBREMESA

La dependencia no reconocida del mundo culto. «La religión de todo hombre sensato».

El vino de prímula llegó con las ostras. Era un poco áspero, como había pronosticado el caballero, y las copas eran tan pequeñas que Vertud vació la suya de un trago. John temía que no fuera a haber más y por ello se entretuvo más con su copa, en parte por temor a crear malestar a su anfitrión y en parte porque no le gustaba el sabor. Pero sus precauciones fueron innecesarias porque con la sopa sirvieron jerez.

—*Dapibus mensas onerabat inemptis!*[17] —dijo don Sensato—. Espero que esta cosecha de un jardín silvestre no sea desagradable a un paladar no adulterado.

—No querrá decir que tiene viñas —exclamó John.

—Me refería al vino de prímula —contestó Sensato—. Espero tener buenas vides en breve, pero por el momento dependo un poco de mis vecinos. ¿Es este jerez el nuestro, Forzado?

—No, señor —dijo el criado—. Este es del lote que nos mandó don Latitudinario.

—¡Halibut! —exclamó John—. No me dirá que...

—No —dijo don Sensato—. Confieso que el pescado de mar me lo tienen que mandar mis amigos de la costa.

Mientras prosiguió la comida, la buena educación de John le impidió hacer más preguntas, y cuando llegó la ensalada con uno o dos rabanitos muy pequeños se sintió literalmente aliviado de que su anfitrión pudiera afirmar que eran de su cosecha («su humilde salsa, un rábano o un huevo», dijo don Sensato). Pero en mi sueño tuve el privilegio de conocer el origen de toda la comida. El vino de prímula y los rabanitos eran cosecha propia; la carne había sido un regalo del señor

Mammón; los aperitivos y los entremeses eran de Escrópolis; el champán y los helados los había proporcionado el viejo señor Mediastintas. Algunos de los alimentos formaban parte de las despensas de las que don Sensato se había apropiado cuando se había trasladado a vivir allí, evacuando a sus predecesores, quienes habían ocupado la casa antes que él; porque en aquella meseta, y especialmente al norte del camino principal, el aire es tan leve y tan frío que las cosas se conservan mucho tiempo. El pan, la sal y las manzanas las había dejado Epicuro, constructor de la casa y el primero de sus habitantes. Un codillo de jamón muy bueno había pertenecido a Horacio. El clarete y también (según yo recuerdo) la mayor parte del servicio de plata eran de Montaigne. Pero el oporto, que era uno entre mil y lo mejor que había en la mesa, había pertenecido en su día a Rabelais, que a su vez lo había recibido como regalo de Madre Kirk cuando eran amigos. Entonces soñé que después de la cena el viejo don Sensato se puso en pie y pronunció un discurso en latín dando las gracias al Señor de la Tierra por todo lo que habían tomado.

—¿Qué? —dijo John—. ¿Cree *usted* en el Señor?

—No hay que reprimir ninguna parte de nuestra naturaleza —respondió don Sensato—. Y menos aún una parte que se ha consagrado en hermosas tradiciones. El Señor, como todo lo demás, tiene su función como un elemento más de la vida buena.

Pasado un momento, don Sensato, que se estaba poniendo muy colorado, fijó la mirada en John intensamente y repitió:

—Como un elemento. Como un elemento.

—Entiendo —dijo John, y se produjo un largo silencio.

—Además —prosiguió don Sensato con gran energía unos diez minutos después— de formar parte de los buenos modales. Αθανάτους μὲν πρῶτα θεούς νόμῳ ὡς διάκειται-Τιμα.[18] Mi querido Vertud, mi joven amigo, tiene la copa casi vacía. Más aún: absolutamente vacía. *Cras ingens iterabimus.*[19]

Hubo después otro silencio aún más largo. John empezó a preguntarse si don Sensato no se habría dormido, cuando repentinamente este dijo con gran convicción:

—*Pellite cras ingens tum-tum* νόμῳ ὡς διάκειται.[20]

Después les sonrió y finalmente se durmió. Y al cabo de un rato vino Forzado con aspecto viejo, delgado y sucio a la pálida luz del amanecer —porque me pareció que la madrugada empezaba ya a filtrarse a través de las rendijas de las contraventanas— para llevar a su amo a la cama. Después vi que volvía para conducir a los invitados a sus habitaciones. Y una tercera vez le vi regresar al comedor y verter los restos de clarete en una copa y bebérselos. Luego permaneció unos momentos parpadeando sus ojos enrojecidos y frotándose el mentón huesudo y la barba incipiente. Al fin bostezó y empezó a asear la habitación para el desayuno.

6. FORZADO

Los hombres «sensatos» son parasitarios. Su cultura es precaria.

Soñé que John se despertó con frío. La alcoba en la que descansaba estaba lujosamente amueblada y toda la casa estaba en silencio, por lo que John pensó que sería inútil levantarse, se tapó con toda su ropa e intentó volver a dormirse. Pero cada vez sentía más frío. Entonces se dijo: «Aun si no hay posibilidad de desayunar, quizá no llegue a congelarme paseando de un lado a otro». Así pues, se levantó y se cubrió con todas sus prendas de vestir y bajó a los salones, pero las chimeneas no estaban aún encendidas. Hallando abierta la puerta trasera, John salió. Era ya plena mañana en un día gris sin sol. Había nubes oscuras, bastante bajas, y en el momento de salir John, a sus pies cayó un copo de nieve, pero nada más. Descubrió que se encontraba en el jardín de don Sensato, pero era más un patio que un jardín. Estaba todo él cercado por un muro alto y era de tierra seca y parda, con unos cuantos senderos de piedra. Hurgando en el suelo con el pie, John comprobó que la capa de tierra solo tenía media pulgada; debajo había piedra sólida. A poca distancia de la casa encontró a Forzado de rodillas arañando con las manos lo que parecía un montoncito de polvo, pero que era en realidad la tierra del jardín. El pequeño montón se había formado a costa de dejar un gran círculo de piedra al descubierto —como una calvicie— alrededor de Forzado.

—Buenos días, Forzado —dijo John—. ¿Qué estás haciendo?

—Lechos para rabanitos, señor.

—Tu amo es un gran jardinero.

—Eso dice, señor.

—¿No es él quien se ocupa personalmente de trabajar el jardín?

—No, señor.

—La tierra aquí es muy pobre. ¿Consigue suficiente para alimentarse con lo que produce cuando el año es bueno?

—Me alimenta a mí con eso, señor.

—¿Qué cultivos hay en el jardín, además de rabanitos?

—Ninguno, señor.

John caminó hasta el final del jardín y se asomó al otro lado del muro, que en aquel punto era más bajo. Entonces retrocedió con algo de sobresalto porque descubrió que estaba mirando al abismo: el jardín estaba colgado al borde del Gran Cañón. A los pies de John, al fondo de la sima, había una selva, y al otro lado vio una mezcla de bosque y barrancada. Sobre los despeñaderos se veía una masa colgante de vegetación trepadora, y desde la tierra del otro lado descendían algunos arroyos que, por su distancia, parecían inmóviles a la vista. Incluso en el frío de la mañana, el lado opuesto tenía un aspecto más rico y más cálido que el suyo.

—Tenemos que salir de esto —dijo John.

En ese momento, Forzado le gritó.

—Yo no me asomaría a ese muro, señor. Son frecuentes los deslizamientos de tierra.

—¿Deslizamientos?

—Sí, señor. He reconstruido ese muro una docena de veces. La casa estaba antes ahí mismo, construida sobre el barranco.

—¿Entonces es que se está ensanchando el Cañón?

—En este punto, señor. En época del señor Epicuro...

—¿Así que has servido aquí a otros señores?

—Sí, señor. He visto ya a un buen número. Quienquiera que haya vivido aquí, siempre ha necesitado mis servicios. Antaño solían llamarme Coregia, pero ahora me llaman solamente Forzado.

—Háblame de tus anteriores amos —pidió John.

—El señor Epicuro fue el primero. Un enfermo mental, el pobre señor: tenía un miedo crónico al agujero negro. Algo horrible. Pero nunca he tenido mejor amo. Un hombre amable, generoso, de habla sosegada. Lo sentí mucho cuando cayó por el precipicio...

—¡Santo Dios! —exclamó John—. ¿Quiere eso decir que algunos de tus señores perdieron la vida en los deslizamientos de tierra?

—La mayoría, señor.

En ese momento, de una de las ventanas altas de la casa salió un rugido leonino.

—¡Forzado! ¡Hijo de mala madre! Trae agua caliente.

—Ya voy, señor —dijo Forzado poniéndose en pie con mucha resolución y dando una última palmadita a su montón de polvo—. Pronto me iré de aquí —prosiguió—. Estoy pensando en irme más al norte.

—¿Más al norte?

—Sí, señor. Hay vacantes con el señor Salvaje en las montañas. Me preguntaba si usted y el señor Vertud van en esa dirección...

—¡Forzado! —vociferó don Sensato desde la casa.

—Ya voy, señor —respondió Forzado, empezando a desatar los dos pedazos de cordel con que se había ajustado los pantalones debajo de la rodilla—. La verdad, señor John, es que les agradecería mucho que me permitieran viajar con ustedes.

—¡Forzado! ¿Voy a tener que llamarte otra vez? —gritó Sensato.

—Ya voy, señor. Si accedieran, le comunicaría mi cese a don Sensato esta misma mañana.

—Desde luego vamos a ir un trecho hacia el norte —dijo John—. Y yo no tengo ningún inconveniente, siempre que el señor Vertud esté de acuerdo.

—Es muy amable de su parte, señor —dijo Forzado—. Después dio media vuelta y entró lentamente en la casa.

7. LA TORPEZA DE VERTUD

Despójese al Mundo culto de su poder para servirse de mano de obra, y todo el asunto se viene abajo.

Don Sensato no estaba de buen humor cuando se vieron a la hora del desayuno.

—Ese bruto ingrato de criado mío me deja en la estacada —dijo—, y en los próximos días vamos a tener que apañarnos solos. Me temo que soy un cocinero atroz. Quizá, Vertud, me haría la merced de ocuparse usted de la cocina hasta que encuentre otro criado. Creo no equivocarme al pensar que podría ofrecernos una especie de vida campestre muy tolerable durante tres días.

Los dos jóvenes le informaron que iban a seguir viaje después de desayunar.

—Esto —declaró don Sensato— se está poniendo muy serio. ¿Quiere eso decir que tienen intención de abandonarme? ¿Es que voy a quedar reducido a la más absoluta soledad, privado de las comodidades elementales de la vida, obligado a pasar los días en ocupaciones serviles? Muy bien, señor, no estoy familiarizado con las costumbres modernas; sin duda esta es la forma en que los jóvenes corresponden hoy día a la hospitalidad.

—Le pido disculpas, señor —dijo Vertud—. No había considerado la cuestión bajo esa perspectiva. Desde luego actuaré como criado durante un día o dos si así lo desea. No tenía idea de que sería tanto esfuerzo para usted hacerse la comida. No recuerdo que dijera nada sobre criados cuando la noche pasada esbozaba la buena vida.

—Pero, señor —dijo don Sensato—. Cuando esbozo los principios de la máquina de vapor no declaro explícitamente que doy por descontado que el fuego arda o que la fuerza de la gravedad opere. Hay ciertas cosas que siempre se dan por sentadas. Cuando hablo del arte de la vida presupongo las condiciones ordinarias de vida que dicho arte utiliza.

—Como la riqueza —contestó Vertud.

—La suficiente, solo la suficiente —dijo don Sensato.

—¿Y la salud? —preguntó Vertud.

—Un grado moderado de salud.

—Así pues, su arte —dijo Vertud— parece enseñar a los hombres que la mejor manera de ser feliz es disfrutar de constante buena fortuna en todos los sentidos. No todos considerarían semejante consejo de utilidad. Y ahora, si Forzado me enseña su fregadero, lavaré las cosas del desayuno.

—Puede ahorrarse el esfuerzo, señor —dijo secamente don Sensato—. No puedo pretender su intensidad y no estoy dispuesto a que me lean la cartilla a la hora de desayunar. Cuando haya adquirido más conocimiento del mundo, aprenderá a no convertir el ámbito social en una aula escolar. Entre tanto, me perdonará si su compañía continuada me resulta un tanto pesada. La conversación ha de ser como la abeja que vuela rauda a otra flor antes de que la anterior haya dejado de mecerse a causa de su aérea visita: usted la convierte en algo más parecido a una carcoma comiéndose una mesa.

—Como desee —respondió Vertud—, ¿pero cómo se arreglará?

—Cerraré la casa —dijo Sensato— y practicaré la αὐτάρκεια[21] en un hotel hasta haber dotado a esta vivienda de los artilugios mecánicos necesarios para hacerme independiente a partir de ese momento. Veo que me he quedado rezagado con respecto a los tiempos. Tendría que haber hecho más caso a ciertos buenos amigos de la ciudad de Paparrucha que están al tanto de los inventos modernos. Ellos me aseguran que las máquinas pronto van a poner la buena vida fuera del alcance del azar: y si los mecanismos por sí solos no lo consiguen, conozco a un eugenista que promete criar una raza de peones que serán psicológicamente incapaces de hacerme una mala pasada como la de Forzado.

Así pues, ocurrió que los cuatro salieron juntos de la casa. Don Sensato se quedó pasmado de que Forzado (que se despidió muy educadamente de su amo) acompañara a los dos jóvenes. Pero se limitó a encogerse de hombros y a decir:

—*Vive la bagatelle!*[22] Han estado en mi casa, que se llama Thelema,[23] y cuyo lema es «haz *lo que quieras*». Tantos hombres, tantas cabezas. Espero poder tolerar cualquier cosa menos la intolerancia.

Después partió y no volvieron a verle.

LIBRO 6

HACIA EL NORTE SIGUIENDO EL CAÑÓN

Pues siendo distintos al hombre magnánimo, lo imitan no obstante; y lo hacen en todos los particulares que pueden.

ARISTÓTELES

Mucho del alma hablan, pero todo erróneo.
Y en sí mismos buscan la virtud.

MILTON

No admiro el exceso de una virtud determinada a menos que vea también exceso en la virtud contraria. El hombre no prueba su grandeza situándose en un punto extremado, sino tocando ambos extremos al mismo tiempo y llenando todo el espacio entre ellos.

PASCAL

El desdén es una reacción defensiva bien documentada.

I. A. RICHARDS

1. PRIMEROS PASOS HACIA EL NORTE

Acompañado por la pobreza y la virtud, John transita en regiones más serias del espíritu.

—Es inútil seguir el camino —dijo Vertud—. Tenemos que explorar el borde del abismo mientras avanzamos y hacer descensos tentativos de vez en cuando.

—Usted me disculpará —dijo Forzado—, pero yo conozco esta parte muy bien y no hay ninguna vía de descenso, al menos en unas treinta millas. No perderán nada por mantenerse en el camino durante el día de hoy, en todo caso.

—¿Cómo lo sabes? —preguntó Vertud—. ¿Lo has intentado alguna vez?

—Ay, pobre de mí —contestó Forzado—. Cuando era joven intenté a menudo cruzar el Cañón.

—Está claro que debemos seguir el camino —dijo John.

—No me siento del todo tranquilo —dijo Vertud—. Pero siempre podremos abordar los precipicios cuando volvamos. Tengo la idea de que si hay una manera de bajar será en el extremo norte, donde esta garganta se abre al mar; o, si no tenemos otro remedio, podemos arreglarnos con una barca en la desembocadura de la sima. Entre tanto, diría que seguir adelante por el camino es una buena alternativa.

—Estoy completamente de acuerdo —añadió John.

Entonces vi que los tres emprendieron la marcha más desoladora que hasta el momento había contemplado. A ambos lados del camino la meseta parecía totalmente plana, pero sus músculos y sus pulmones pronto les dijeron que había una cuesta leve, pero continua. La vegetación era escasa: aquí un matorral, allí algo de hierba; pero en su mayoría era tierra parda y musgo y roca, y el camino que pisaban era de piedra.

En ningún momento se abrió el cielo gris y no recuerdo que vieran un solo pájaro; y era todo tan inhóspito que si se detenían algún momento a descansar el sudor se enfriaba sobre su piel al instante.

Vertud no aflojaba nunca el paso y Forzado caminaba a su ritmo, aunque siempre a una respetuosa distancia detrás de él; pero vi que a John le dolían los pies y empezaba a rezagarse. Durante varias horas no cesó de inventar pretextos para hacer altos y por último dijo:

—Amigos, es inútil. No puedo seguir.

—Pero es necesario —contestó Vertud.

—El joven señor es blando, señor, muy blando —dijo Forzado—. No está acostumbrado a estas cosas. Vamos a tener que echarle una mano.

Así pues, cada uno le agarró de un brazo y le ayudaron a seguir unas cuantas horas. En aquel yermo no encontraron nada para comer o beber. Hacia el anochecer oyeron una voz desolada gritando «maiui-maiui» y miraron hacia arriba y vieron una gaviota flotando en las corrientes de viento, como si ascendiera lentamente por una escalera invisible hacia las cerradas nubes bajas.

—¡Estupendo! —exclamó Vertud—. Nos acercamos a la costa.

—Todavía falta un buen trecho, señor—dijo Forzado—. Estas gaviotas se adentran hasta cincuenta millas o más tierra adentro cuando hay mal tiempo.

Y siguieron avanzando pesadamente a lo largo de muchas millas más. Y el cielo empezó a pasar de un gris sin sol a un negro sin estrellas. Y miraron y vieron una pequeña casucha junto al camino y llamaron a la puerta.

2. TRES HOMBRES PÁLIDOS

El contrarromanticismo es una extraña pareja. El pensamiento moderno engendra freudianismo en las almas más toscas, negativismo en las más finas. Estos hombres están interesados en todo, no por lo que es, sino por lo que no es.

Cuando les franquearon la puerta encontraron en el interior a tres hombres jóvenes, todos muy delgados y muy pálidos, sentados en torno a una estufa en aquella choza de techo bajo. En el banco que recorría una de las paredes había arpilleras y muy pocas comodidades más.

—No se encontrarán bien aquí —dijo uno de los jóvenes—. Pero soy guardián, y forma parte de las obligaciones de mi cargo compartir mi cena con ustedes. Pueden entrar.

Su nombre era Neoangular.

—Siento mucho que mis convicciones no me permitan repetir la oferta de mi amigo —dijo otro de los tres—. Pero he tenido que abandonar las falacias humanitarias e igualitaristas.

Su nombre era Neoclásico.

—Espero—dijo el tercero— que sus andanzas por lugares solitarios no signifiquen que les queda algo del virus romántico en la sangre.

Su nombre era Humanista.

John estaba demasiado cansado y Forzado era demasiado respetuoso para responder; pero Vertud dijo a Neoangular:

—Son ustedes muy amables. Nos han salvado la vida.

—No tengo nada de amable —dijo Neoangular con algo de afectividad—. Estoy cumpliendo con mi obligación. Mi ética se funda en el dogma, no en las emociones.

—Te comprendo perfectamente —declaró Vertud—. ¿Puedo estrecharte la mano?

—¿Será posible —dijo el otro— que seas uno de nosotros? ¿Eres católico? ¿Escolástico?

—No sé nada de todo eso —respondió Vertud—, pero sé que las reglas han de ser obedecidas porque son reglas y no porque apelen a mis sentimientos en ese momento.

—Ya veo que no eres uno de nosotros —dijo Angular— y sin duda estás condenado. Virtutes paganorum splendida vitia.24 Ahora comamos.

Entonces soñé que los tres hombres pálidos sacaron tres latas de carne de vaca y seis galletas, y Angular lo compartió con sus huéspedes. Tocaban a muy poco cada uno y a mí me pareció que las partes mejores recayeron en John y Forzado, pues Vertud y el joven guardián iniciaron una especie de competencia a ver cuál de los dos dejaba más para los otros.

—Nuestras viandas son sencillas —dijo Neoclásico—. Y acaso poco apetecibles para paladares acostumbrados a las delicias de las regiones bajas. Pero véase la perfección de la forma. Esta carne es un cubo perfecto; estas galletas un auténtico cuadrado.

—Admitirán —dijo Humanista— que, al menos, nuestros alimentos están del todo libres de cualquier rastro de sabor de las viejas salsas románticas.

—Totalmente libres —dijo John, mirando la lata ya vacía.

—Es mejor que los rabanitos, señor —dijo Forzado.

—¿Viven ustedes aquí, caballeros? —preguntó Vertud cuando hubieron recogido las latas vacías.

—Así es —contestó Humanista—. Queremos fundar una nueva comunidad. Por el momento padecemos las privaciones de los pioneros y tenemos que importar lo que comemos, pero cuando tengamos la tierra cultivada, tendremos de todo en abundancia; justamente lo necesario para practicar la templanza.

—Siento un enorme interés en todo esto —dijo Vertud—. ¿Qué principios informan esta comunidad?

—Catolicismo, humanismo, clasicismo —contestaron los tres a coro.

—¡Catolicismo! ¿Entonces son todos guardianes?

—Desde luego que no —respondieron Neoclásico y Humanista.

—Al menos creen en el Señor de la Tierra.

—Es una cuestión que en nada me interesa —dijo Neoclásico.

—Y yo —añadió Humanista— sé a ciencia cierta que el Señor es una fábula.

—Y yo —dijo Angular— sé a ciencia cierta que es un hecho.

—Esto es muy sorprendente —declaró Vertud—. No entiendo cómo han llegado a juntarse, o qué principios pueden tener en común.

—Nos une un común antagonismo a un enemigo común —dijo Humanista—. Deben comprender que somos tres hermanos, hijos del viejo señor Ilustración de la ciudad de Paparrucha.

—Le conozco —dijo John.

—Nuestro padre se casó dos veces —prosiguió Humanista—. Una vez con una dama llamada Epicaricacia, y posteriormente con Euphuia. Con su primera mujer tuvo un hijo, de nombre Segismundo, que es por consiguiente nuestro hermanastro.

—También lo conozco —dijo John.

—Nosotros somos hijos de su segundo matrimonio —continuó Humanista.

—En ese caso —exclamó Vertud—, estamos emparentados; si les place reconocer el parentesco. Probablemente saben ya que Euphuia tuvo un hijo antes de casarse con su padre. Yo era ese niño; aunque confieso que nunca supe quién era mi padre y enemigos míos han insinuado que soy bastardo.

—Has dicho más que suficiente —replicó Angular—. No puedes realmente suponer que el tema sea de nuestro agrado.

Y añadiría que mi cargo, si no hubiera otras razones, me disocia incluso de mi parentela legítima.

—¿Y dónde queda el antagonismo común? —preguntó John.

—A todos nos educó nuestro hermanastro —contestó Humanista— en la Universidad de Escrópolis, y allí nos enseñaron a comprender que todo huésped del señor Mediastintas acaba por fuerza en Escrópolis o, de no ser así, permanece en Emoción como adlátere perpetuo de su hija morena.

—Entonces, ¿nunca han estado con el señor Mediastintas? —inquirió John.

—Desde luego que no. Hemos aprendido a odiarlo observando los efectos que su música tiene en otras personas. El odio hacia él es lo primero que nos une. Después descubrimos que residir en Escrópolis lleva inevitablemente a la mazmorra del gigante.

—Eso también lo sé yo —dijo John.

—Nuestro común odio, por tanto, nos une contra el gigante, contra Escrópolis y contra el señor Mediastintas.

—Pero sobre todo contra este último —dijo Clásico.

—Yo diría más bien —observó Angular— contra las acciones a medias y las componendas de todo tipo; y contra cualquier pretensión de que existe alguna bondad o decencia, algún lugar de descanso siquiera tolerable y temporal, a este lado del Gran Cañón.

—Y por eso —dijo Clásico— Angular es, en cierto sentido, mi enemigo pero, en otro, es *el* amigo. No puedo estar de acuerdo con sus ideas sobre el otro lado del Cañón; pero precisamente porque relega su autoengaño al *otro* lado, es libre de coincidir conmigo sobre este lado y de denunciar implacablemente (como yo) todo intento de endilgarnos cualquier bazofia trascendental, romántica u optimista.

—Yo por mi parte —dijo Humanista— creo más bien que Angular está conmigo en lo que respecta a vigilar frente a cualquier confusión de los *niveles* de experiencia. Él *canaliza* todas esas bobadas místicas (el *Sehnsucht* y el *Wanderlust* y la ninfolepsia) y las dirige hacia el otro lado: eso impide que circulen por este lado y obstruyan nuestra verdadera función; nos deja las manos libres para crear una civilización realmente tolerable y hasta confortable aquí en la meseta; una cultura basada tanto en esas verdades que reconoce don Sensato como en aquellas que revela el gigante, pero arrojando sobre ambas un delicado velo de ilusión. Y de esa forma seguiremos siendo humanos; no nos transformaremos en bestias junto al gigante, ni en ángeles frustrados junto al señor Mediastintas.

—El joven caballero duerme, señor —anunció Forzado; y, en efecto, John había caído rendido hacía un rato.

—Deben perdonarle —dijo Vertud—. El camino de hoy le ha resultado duro.

Entonces vi que los seis hombres se tumbaron sobre las arpilleras. La noche era mucho más fría que la que habían pasado en casa de don Sensato, pero como no había pretensión de comodidad y se arrebujaron muy juntos en la estrecha cabaña, John durmió aquí con más calor que en Thelema.

3. NEOANGULAR

Los hombres hablan como si hubieran «visto a fondo» cosas que ni tan siquiera han visto.

Cuando se levantaron por la mañana, John tenía los pies tan destrozados y le dolían tanto las extremidades que no sabía cómo iba a seguir viaje. Forzado les aseguró que la costa no podía estar muy lejos. Su idea era que Vertud llegara hasta allí y regresara pasado un día y que John le esperara en la cabaña. En cuanto a este, era reacio a constituir una carga para anfitriones que vivían en tan aparente pobreza, pero Angular le forzó a quedarse cuando le hubo explicado que la virtud laica de la hospitalidad era baladí y el cuidado de los afligidos un pecado si surgían de un sentimiento humanitario, pero que él estaba obligado a actuar como lo hacía por las reglas de su orden. Así pues, en mi sueño vi que Forzado y Vertud emprendían solos el camino hacia el norte, mientras John permanecía con los tres hombres pálidos.

Durante la mañana mantuvo una conversación con Angular.

—Entonces —dijo John— tú crees que hay un camino para cruzar el Cañón.

—Yo sé que lo hay. Si me permites que te lleve ante Madre Kirk, ella te transportará en un momento.

—Pese a ello, no estoy seguro de no estar actuando con falsedad. Cuando salí de casa, cruzar el Cañón no contaba entre mis planes; y mucho menos con Madre Kirk.

—Nada importa lo que contara entre tus planes.

—Me importa a mí. Verás, mi único motivo para cruzar es la esperanza de que algo que estoy buscando se encuentre al otro lado.

—Ese es un peligroso motivo subjetivo. ¿Qué es ese algo?

—He visto la Isla...

—Pues has de olvidarla lo antes posible. Las islas son asunto de los Mediastintas. Te lo aseguro: tienes que erradicar de tu cabeza toda huella de ese absurdo antes de que yo pueda prestarte mi ayuda.

—Pero ¿cómo vas a ayudarme después de eliminar lo único para lo que quiero ayuda? ¿De qué sirve decir a un hombre hambriento que le concederás sus deseos siempre que nada tengan que ver con comer?

—Si no *quieres* cruzar el Cañón no hay nada más que hablar. Pero, entonces, tienes que entender dónde estás. Sigue tras tu Isla, si quieres, pero no pretendas que es otra cosa que parte de la tierra de destrucción de este lado del Cañón. Si eres un pecador, por Dios Santo, ten al menos el buen gusto de ser también un cínico.

—¿Pero cómo puedes decir que la Isla es simplemente mala, cuando es el anhelo de la Isla, y nada más, lo que me ha traído hasta aquí?

—Da absolutamente igual. Todo a este lado del Cañón es más de lo mismo. Si te limitas a este lado, entonces tiene razón el Espíritu de los Tiempos.

—Pero eso no es lo que dijo Madre Kirk. Ella insistió de modo particular en que algunos alimentos eran mucho menos venenosos que los demás.

—O sea, que has conocido a Madre Kirk. No me extraña que estés confundido. No tenías que haber hablado con ella si no es con mediación de un guardián capacitado. Créeme, has malinterpretado todas y cada una de sus palabras.

—Y además está Razón, que se negó a decir que la Isla es una ilusión. Pero quizá sea que, como don Sensato, te has peleado con Razón.

—Razón es divina. ¿Pero cómo puedes tú entenderla? Eres un principiante; en tu caso, la única relación sana que puedes tener con Razón es aprender de tus superiores los dogmas en que sus pronunciamientos han sido codificados para uso general.

—Pero dime —inquirió John—, ¿has visto mi Isla alguna vez?

—Dios no lo quiera.

—¿Y tampoco has oído al señor Mediastintas?

—Nunca. Y nunca lo haré. ¿Acaso me tomas por un escapista?

—Entonces hay al menos un asunto en este mundo del que yo sé más que tú. Yo *he probado* lo que ustedes llaman la bazofia romántica; tú solo puedes hablar de ella. No necesitas decirme que hay peligro en ella, así como cierto elemento de maldad. ¿Crees que no he sentido ese peligro y ese mal mil veces más que tú? Pero también sé que el mal que hay ahí no es lo que yo fui a buscar, y que nada habría buscado, ni nada encontrado, sin todo ello. Sé esto por experiencia, como sé una docena de cosas sobre esa bazofia romántica en las que delatas tu ignorancia cada vez que hablas. Perdóname si soy descortés, pero ¿cómo es posible que puedas aconsejarme en este asunto? ¿Recomendarías a un eunuco como confesor de un hombre cuyas dificultades radican en el ámbito de la castidad? ¿Sería un ciego de nacimiento mi mejor guía frente a la lujuria de la mirada? Pero me estoy irritando. Y tú has compartido conmigo tu comida. Te pido perdón.

—Forma parte de las obligaciones de mi cargo el soportar los insultos con paciencia —dijo Angular.

4. HUMANISTA

Se jactan de rechazar lo que jamás estuvo realmente a su alcance.

Por la tarde, Humanista llevó a John fuera para enseñarle el jardín, con cuyos frutos, pasado un tiempo, la nueva cultura sería autosuficiente. Puesto que no había población humana, ni animal tampoco, a la vista, no se había creído necesario levantar muro ni valla, sino que la zona del jardín estaba demarcada por una línea de piedras y conchas en orden alterno; y esto era necesario porque, de otro modo, el jardín no se habría diferenciado del baldío. Unos cuantos senderos, también marcados con piedras y conchas, se habían trazado en un dibujo geométrico.

—Como ves —dijo Humanista—, hemos abandonado del todo las ideas de los viejos paisajistas románticos. Advertirás cierta severidad. Un paisajista habría colocado un bosquecillo cimbreante allí a la derecha, y un altozano a la izquierda, y senderos serpenteantes, y un estanque, y parterres. Habría llenado las partes oscuras con cultivos sensuales: la informe patata y el repollo románticamente irregular. Como ves, aquí no hay nada de eso.

—Nada de nada.

—De momento, como es natural, no es muy fértil. Pero somos pioneros.

—¿Alguna vez han probado a *cavar*?

—Pues no —dijo Humanista—, ya ves que hay pura piedra a dos centímetros de la superficie, o sea que no perturbamos el suelo. Hacerlo eliminaría el bonito velo de ilusión que tan necesario es para el punto de vista humano.

5. ALIMENTOS DEL NORTE

Esta región no tiene fuerza para hacer frente a filosofías más inhumanas que la suya propia.

Ya de noche se abrió la puerta de la cabaña y Vertud entró tambaleándose y se desplomó, sentándose junto a la estufa. Estaba totalmente agotado y pasó un rato largo antes de que recuperara el aliento para poder hablar. Cuando lo hizo, sus primeras palabras fueron:

—Tienen que irse de este lugar, caballeros. Están en peligro.

—¿Dónde está Forzado? —preguntó John.

—Se ha quedado allí.

—¿Y qué peligro es ese? —quiso saber Humanista.

—Voy a decírtelo. Visto lo visto, no hay ningún camino para cruzar el barranco hacia el norte.

—Entonces hemos seguido un sendero ilusorio —dijo John— desde que nos desviamos del camino principal.

—Salvo que ahora lo sabemos —respondió Vertud—. Pero he de comer algo antes de contar mi historia. Esta noche voy a poder corresponder a la hospitalidad de nuestros amigos.

Dicho lo cual sacó de diversas partes de sus prendas de vestir los restos de un estupendo pastel frío, dos botellas de cerveza fuerte y una botellita de ron. Durante algún tiempo hubo silencio en la cabaña, y cuando hubo terminado la comida e hirvieron un poco de agua y cada uno tomó un vaso de ponche caliente, Vertud comenzó su relato.

6. EL EXTREMO NORTE

Los subhombres revolucionarios, ya sean de izquierdas o de derechas, que son todos por igual vasallos de la crueldad. El nihilismo heroico se ríe de las formas menos concienzudas de tenacidad.

«Es todo igual hasta las montañas, unas quince millas, y nada hay que describir de nuestro viaje excepto piedra y musgos y unas cuantas gaviotas. Las montañas son terribles cuando vas aproximándote a ellas, pero el camino llega hasta un paso y no tuvimos muchas dificultades. Al otro lado de este paso se entra en un valle rocoso y fue allí donde primeramente encontramos indicios de asentamientos. El valle en sí es un auténtico laberinto de cuevas habitadas por enanos. Entiendo que estos son de varias especies, aunque yo solo pude distinguir dos: un tipo negro vestido con camisa negra y un tipo rojo cuyos miembros se autodenominan marxomanos. Son todos muy feroces y al parecer se pelean mucho entre sí, pero reconocen unánimemente una especie de vasallaje a un hombre llamado Salvaje. Al menos no me pusieron obstáculos para dejarme paso franco cuando les dije que quería ver a ese personaje, salvo su insistencia en escoltarme. Fue allí donde perdí a Forzado, el cual me dijo que había llegado hasta allí para unirse a los enanos rojos y si no me importaba seguir solo. Se comportó igual hasta el último momento, con la cortesía de siempre, pero se introdujo en uno de sus subterráneos y se acomodó como si estuviera en casa antes de que yo pudiera decir palabra. Entonces, los enanos que me acompañaban se ocuparon de mí. No es que me gustara mucho su compañía. Verán, no eran hombres, no eran hombres enanos, sino enanos auténticos: gnomos. Hablaban y caminaban sobre dos pies, pero su estructura debe de ser muy diferente a la nuestra. En aquel momento pensé que si me mataban no sería asesinato, como no lo sería si me matara un cocodrilo o un gorila. Es, a fin de cuentas, una especie distinta, llegara allí como llegara. Sus rostros son diferentes.

»Pues bien, me llevaron más y más arriba. El camino era todo un zigzag pedregoso, un giro tras otro. Afortunadamente yo no me mareo. Mi principal peligro era el viento cada vez que coronábamos una cresta; porque, como es natural, mis guías, no levantando más de tres pies del suelo, no ofrecían la misma resistencia. Estuve a punto de no contarlo una o dos veces. El nido de Salvaje es un lugar aterrador: es una gran sala alargada, como un granero, y cuando le eché la vista encima por primera vez —a medio camino del ascenso empinado por el que me estaban conduciendo— pensé para mis adentros que no sabía adónde íbamos, pero que no podía ser *allí*, porque parecía totalmente inaccesible. No obstante lo cual, seguimos subiendo.

»Algo que deben tener claro es que hay cuevas a lo largo de todo el camino de ascenso, todas ellas habitadas. La montaña entera debe de ser un laberinto de pasadizos. Vi miles de enanos, como un hormiguero; y ni un solo hombre excepto yo.

»Desde el nido de Salvaje se mira directamente al mar. Me atrevería a decir que es la caída a plomo más elevada de cualquier costa. Es allí donde vi la desembocadura del barranco, que no es más que una disminución del precipicio; aun así, el punto más bajo de esta salida está a mil pies sobre el mar. No hay descenso concebible. Solo es practicable para las gaviotas.

»Pero querrán que les hable de Salvaje. Estaba sentado sobre una silla alta al fondo de la sala; era un hombre muy grande, casi un gigante. Cuando digo esto no me refiero a su altura; sentí con él la misma sensación que con los enanos: la duda sobre su *especie*. Iba vestido con pieles y llevaba un casco de hierro con cuernos en la cabeza.

»Tenía además una mujer, una mujer enorme con cabello rubio y pómulos protuberantes. Funebrilda es su nombre. Y lo curioso es que Funebrilda es hermana de un viejo amigo tuyo, John. Es la hija mayor del señor Mediastintas. Al parecer, Salvaje descendió hasta Emoción y la raptó; y aún más extraño es que aquello pareció complacer tanto a la chica como al anciano, y no lo contrario.

»En cuanto los enanos me hicieron pasar, Salvaje golpeó la mesa y rugió: "Prepara comida para nosotros", y ella se afanó con los preparativos. Salvaje no me dirigió la palabra durante un buen rato; simplemente permaneció sentado mirándome y cantando. Solo cantaba una canción que repitió sin cesar todo el tiempo que estuve allí. Recuerdo algunos fragmentos:

Edad de viento, edad del lobo,
noche de la quiebra del mundo;
edad de añicos, edad de lanzas,
los escudos se rompen...

»Y había otra estrofa que empezaba así:

Al este mora el Viejo
en selva de hierro;
allí se nutren
los hijos de Fenris...

»Me senté al cabo de un rato, porque no quería que pensara que le tenía miedo. Cuando hubo comida sobre la mesa me pidió que comiera algo, y lo hice. Me ofreció una bebida dulce, muy fuerte, en un cuerno, y la bebí. Después gritó y bebió también y dijo que hidromiel en un cuerno era lo único que podía ofrecerme por el momento. "Pero pronto —añadió— beberé sangre de los hombres en sus cráneos". Hubo muchas palabras de este estilo. Comimos cerdo asado con las manos. El gigante no dejó de cantar y gritar. Hasta después de cenar no empezó a hablar coherentemente. Ojalá pudiera recordar todo lo que dijo. Esta es la parte importante de mi historia.

»Es difícil entenderla sin ser biólogo. Estos enanos son en efecto una especie diferente y más antigua que la nuestra. Pero ocurre que esa variación específica es siempre susceptible de reaparecer en las criaturas humanas, que revierten en enanos. En consecuencia, se están multiplicando con gran rapidez, porque aumentan mediante la procreación dentro de su misma especie y también fuera de ella, a través de esos regresivos o permutados. Salvaje habló de muchas subespecies además de los marxomanos: mussolimanos, esvásticos, bandimanos... No los recuerdo a todos. Tardé un buen rato en saber qué papel tenía él en todo aquello.

»Finalmente me lo dijo. Estaba criándolos y entrenándolos para un asalto a esta región. Cuando quise saber por qué, pasó mucho tiempo mirándome fijamente y entonando su canción. Por último —en la medida en que pude enterarme—, me pareció que su teoría era que la lucha es un fin en sí misma.

»Ojo, no estaba borracho. Dijo que entendía a las personas anticuadas que creían en el Señor de la Tierra y se atenían a las reglas y tenían esperanzas de subir a vivir en el castillo del Señor cuando tuvieran que dejar esta región. "Tienen algo por lo que vivir —dijo—. Y si su creencia fuera verdadera, su comportamiento sería totalmente razonable. Pero como su creencia no es verdadera, solo hay una forma de vida digna del hombre". Esta otra forma de vida era algo llamado heroísmo, o moral aristocrática, o violencia. "Todos los que viven entremedias están arando en el mar", añadió. Continuó después despotricando interminablemente contra la gente de Paparrucha, y también contra don Sensato. "Son la hez de los hombres —dijo—. Siempre están pensando en la felicidad. No hacen más que arañar de aquí y de allá, amontonar intentando *construir*. ¿No comprenden que la ley del mundo es contraria a ellos? ¿Dónde estará cualquiera de ellos dentro de cien años?". Yo le contesté que quizá estuvieran construyendo para la posteridad. "¿Y para quién construirá la posteridad? —preguntó—. No comprendes que está todo destinado a acabar en nada cuando llegue el fin. Y el fin puede llegar mañana; y aunque tarde mucho en llegar, a todo el que mire hacia atrás, su *felicidad* le parecerá un instante que ha pasado sin dejar nada tras de sí. No se puede cosechar felicidad. ¿Te vas a la cama con más cosas en la mano el día que has disfrutado de mil placeres?". Yo pregunté si ese "heroísmo" suyo dejaba algo tras de sí; y me dijo que sí. "La hazaña excelente es eterna. Solo el héroe tiene este privilegio: que la muerte para él no es derrota y las lamentaciones por él y su memoria forman parte del bien que él buscaba; y el momento de la batalla no teme nada del futuro porque ya ha arrojado a un lado la seguridad".

»Habló mucho en este tono. Le pregunté qué pensaba de los escropolitas y soltó una gran risotada y dijo: "Cuando los crueles se enfrenten a los listos no habrá ni asomo de batalla". Entonces le pregunté si los conocía a ustedes tres y rio aún con más fuerza. Dijo que Angular quizá resultara un enemigo digno del nombre cuando creciera. "Pero no sé —añadió—, es posible que no sea más que un escropolita al revés; un cazador furtivo convertido en guarda de caza. En cuanto al otro par, son lo último de lo último en hombre". Le pregunté qué quería decir. "Puede que los hombres de Paparrucha puedan excusar de algún modo su desvarío, porque al menos ellos siguen creyendo que tu región es un lugar donde la felicidad es posible. Pero tus dos amigos son locos sin paliativos. Pretenden haber tocado fondo, hablan de estar desilusionados. Creen que han llegado al Extremo Norte... como si no estuviera yo aquí, al norte de ellos. Viven en una roca que jamás dará alimento al hombre, entre un abismo que no pueden cruzar y la casa de un gigante a la que no se atreven a regresar, y pese a ello siguen divagando sobre cultura y sobre seguridad. Si todos los hombres que intentan construir no hacen sino bruñir el cobre de un barco que se hunde, entonces tus amigos pálidos son los locos supremos que bruñen con los demás y saben y admiten que el barco se está hundiendo. Su humanismo y todo eso no es más que el viejo sueño con otro nombre. La podredumbre del mundo es demasiado profunda y el agujero que se ha abierto en el mundo es demasiado grande. Pueden parchear y retocar todo lo que quieran: no lo salvarán. Es mejor rendirse. Es mejor cortar la madera siguiendo la veta. Si voy a vivir en un mundo de destrucción, sea yo su agente y no su paciente".

»Al final dijo: "Voy a hacerles una concesión a tus amigos. Es cierto que viven más al norte que nadie, exceptuándome a mí. Se parecen más a los hombres que los demás de su raza. Disfrutarán el siguiente honor cuando yo conduzca a los enanos a la guerra: en el cráneo de Humanista será en el primero que beberé la sangre de un hombre; y Funebrilda beberá en el de Clásico".

»Eso fue más o menos lo que dijo. Me obligó a salir con él a los precipicios. Apenas pude mantener el equilibrio. Me dijo: "Este viento sopla directamente desde el Polo; te hará un hombre". Creo que intentaba asustarme. Al fin conseguí marchar. Me cargó de comida para mí y para ustedes. "Dales de comer —me recomendó—. Por ahora no hay en ellos sangre suficiente para calmar la sed de una espada de enano". Entonces me fui. Y estoy muy cansado».

7. PARAÍSO DE NECIOS

Los subhombres no tienen respuesta para esto.

—Me gustaría conocer a ese Salvaje —dijo Angular—. Parece un hombre muy lúcido.

—Yo no diría eso —dijo Humanista—. Él y sus enanos se me antojan precisamente aquello contra lo que estoy luchando: la conclusión lógica de Escrópolis contra la que he levantado la bandera del humanismo. Todas las desenfrenadas emociones atávicas que el viejo Mediastintas libera con falsas pretensiones (no me extraña nada que le guste tener una hija valquiria) y que el joven Mediastintas desenmascara, pero atesora cuando las ha desenmascarado, ¿en qué pueden acabar si no es en el total abandono de lo *humano*? Me alegro de saber de su existencia. Salvaje demuestra hasta qué punto soy necesario.

—Estoy de acuerdo —dijo John con gran entusiasmo—, pero ¿cómo vas a luchar? ¿Dónde están tus soldados? ¿Dónde tu base de avituallamiento? No puedes alimentar a un ejército con un huerto de piedras y conchas.

—Es la inteligencia lo que cuenta —dijo Humanista.

—La inteligencia no mueve nada —dijo John—. Mira bien que Salvaje está al rojo vivo y tú estás frío. Necesitas calentarte para enfrentarte a su calor. ¿Crees que puedes derrotar a un millón de enanos armados siendo un «no romántico»?

—Si Vertud no se ofende —dijo Clásico—, yo diría que ha soñado todo eso. Vertud es un romántico; está pagando por sus sueños de deseos realizados, y pagará siempre con un sueño de miedo realizado. Es bien sabido que nadie vive más al norte que nosotros.

Pero Vertud estaba demasiado cansado para defender su relato y pronto todos los ocupantes de la choza estuvieron dormidos.

Libro 7

HACIA EL SUR SIGUIENDO EL CAÑÓN

Siete inviernos ha que cayó Troya, y nosotros
seguimos aún buscando bajo estrellas hostiles, por todos
[los mares
e islas desiertas, las huidizas riberas de Italia.
Mas henos aquí en región de parientes, tierra de Acestes;
¿Qué nos impide construir una ciudad y aquí permanecer?
Oh patria, oh Penates en vano resguardados
de nuestros enemigos, ¿no se levantará una nueva Troya?
¿No fluirá allí un nuevo Simois, nombrado así en memoria
[de Héctor?
¡Mas venid! ¡Quemad conmigo las naves que tanto nos
[afligen!

Virgilio

Por esta y no por otra falta caímos nosotros,
y después de la caída, otro dolor que este no tenemos:
el de vivir eternamente sin esperanza y sin deseo.

Dante

Algunos han deseado también que fuera este el camino
siguiente a casa de su Padre, para no tener más que
inquietarse por subir cerros y alcanzar montañas;
pero el camino es siempre el camino: tiene fin.

Bunyan

1. VERTUD ESTÁ ENFERMO

En presencia de estas reflexiones vacila la moral tradicional. Sin deseo, esta no encuentra motivo: con deseo, no encuentra moral.

Vi a los dos viajeros levantarse de su camastro y despedirse de sus anfitriones, y partir hacia el sur. El tiempo no había cambiado, ni vi otra cosa que nubes y viento sin lluvia en aquella parte del territorio. Vertud no se sentía muy bien y se apresuraba sin ánimo para apresurarse. Al cabo abrió finalmente su corazón a su compañero y dijo:

—John, no sé lo que me está sucediendo. Hace tiempo me preguntaste —o acaso fuera Media— adónde iba y por qué; y recuerdo que no di consideración alguna a la pregunta. En aquel momento me parecía mucho más importante seguir mis reglas y hacer mis treinta millas al día. Pero empiezo a descubrir que no puedo seguir así. Antaño era siempre cuestión de hacer lo que elegía en lugar de lo que quería; pero ahora empiezo a no estar seguro de qué es lo que he elegido.

—¿Cómo ha ocurrido esto? —preguntó John.

—¿Sabes que a punto estuve de decidir quedarme con Salvaje?

—¿Con Salvaje?

—Suena a delirio, pero piénsalo bien. Supongamos que no hay Señor de la Tierra, ni montañas del Este, ni Isla del Oeste, nada sino esta región. Hace unas semanas yo habría dicho que todas esas cosas no cambian nada. Pero ahora... no lo sé. Está muy claro que las formas comunes de vivir aquí conducen a algo que ciertamente *no* es lo que yo elijo. Eso lo sé aun si no sé lo que *en efecto* estoy eligiendo. Sé que no quiero ser un Mediastintas, ni un listo, ni un Sensato. Por otra parte, está la vida que he llevado: siempre marchando hacia no sé dónde. No le veo ningún mérito salvo el mero hecho de imponer mi voluntad a mis inclinaciones. Y esto parece un buen *entrenamiento*, pero ¿entrenamiento para qué? Supongamos que, después de todo, fuera entrenamiento para la batalla. ¿Es totalmente absurdo pensar que quizá sea eso para lo que hemos nacido? Una pelea en un espacio estrecho, la vida o la muerte; ese debe ser el acto definitivo de la voluntad: la conquista de la más profunda de todas las inclinaciones.

—Creo que se me va a romper el corazón —dijo John, después de caminar un largo trecho en silencio—. Yo vine aquí para encontrar mi Isla. No soy altruista como tú, Vertud; nada me ha impulsado aparte del dulce deseo. No he olido el aire de esa Isla desde... desde... hace tanto tiempo que no lo recuerdo. La vi más veces cuando estaba en casa. Y ahora mi único amigo me habla de venderse a los enanos.

—Lo siento por ti —dijo Vertud— y lo siento por mí. Lo siento por cada brizna de hierba y por esta roca yerma sobre la que caminamos y por el mismísimo cielo que nos cubre. Pero no tengo ayuda que ofrecerte.

—Quizá —dijo John— haya cosas al este y al oeste de esta región, después de todo.

—¡Tan mal me entiendes todavía! —exclamó Vertud, volviéndose a mirarlo—. ¡Cosas al este y al oeste! ¿No comprendes que esa es la otra posibilidad fatal? ¿No ves que estoy atrapado en cualquier caso?

—¿Por qué? —preguntó John; y después—: Sentémonos. Estoy cansado y no tenemos que apresurarnos hacia ningún sitio... ya no.

Vertud se sentó como alguien que no se percata de hacerlo.

—¿No comprendes? —dijo—. Supongamos que hay algo al este y al oeste. ¿Por qué iba a darme eso una razón para seguir? ¿Porque algo grato aguarda más adelante? Eso es un soborno. ¿Porque algo horrendo acecha detrás? Esa es una amenaza. Yo he querido ser un hombre libre. He querido elegir las cosas porque quería elegirlas, no porque me pagaran por ello. ¿Crees que soy una criatura a la que asustar con palos y atraer con golosinas? Es por esta razón por lo que nunca inquirí siquiera si las historias sobre el Señor de la Tierra eran ciertas: vi que su castillo y su agujero negro existían para corromper mi voluntad y matar mi libertad. Si era verdad, era una verdad que un hombre honrado no debe saber.

La tarde iba oscureciendo sobre la meseta y permanecieron sentados mucho tiempo, inmóviles.

—Creo haber perdido el juicio —dijo Vertud al cabo—. El mundo no puede ser como a mí me parece. Si hay algo hacia lo que ir es un soborno, y no puedo ir allí; y si en efecto puedo ir, entonces no hay nada hacia lo que ir.

—Vertud —dijo John—, cede. Por una vez cede al deseo. Deja de elegir. *Desea* algo.

—No puedo —dijo Vertud—. Tengo que elegir porque elijo, porque elijo, y así hasta el infinito, y en todo el mundo no encuentro una razón para levantarme de esta piedra.

—¿No es una razón que el frío acabará por matarnos si nos quedamos aquí?

La oscuridad era profunda y Vertud no contestó.

—¡Vertud! —dijo John, y después repitió súbitamente en voz más alta, asustado—: ¡Vertud! —Pero no hubo respuesta.

Buscó a su amigo a tientas en la oscuridad y tocó el polvo frío del suelo. Se incorporó y agitó los brazos, llamándolo. Pero estaba confundido y ni siquiera fue capaz de volver a encontrar el sitio donde había estado sentado. No sabía cuántas veces podría haber tanteado en el mismo espacio o si se estaba alejando del lugar donde antes descansaban. No podía estarse quieto porque el frío era intenso. Así pues toda la noche fue de acá para allá entre las tinieblas, llamando a Vertud por su nombre; y con frecuencia tuvo la idea de que Vertud no había sido nunca más que un fantasma de un sueño y que había estado siguiendo a una sombra.

2. JOHN ES GUÍA

La conciencia no puede ya guiar a John. «Enfermo, agotado por las contrariedades, renuncia a cuestiones morales en desesperación». (Wordsworth, *Prelude*).

Soñé que amaneció sobre la meseta, y vi a John levantarse, pálido y sucio, en la luz nueva y nebulosa. Miró a su alrededor y no vio nada más que matorral bajo. Entonces caminó aquí y allá, buscando aún, y así pasó un tiempo largo. Y por último se sentó y lloró; también durante largo tiempo. Y cuando hubo llorado bastante se puso en pie como un hombre resuelto y reanudó su viaje hacia el sur.

Apenas había caminado veinte pasos cuando se detuvo con un grito, porque Vertud yacía allí a sus pies. En mi sueño entendí que durante sus búsquedas nocturnas, John se había alejado más y más del lugar donde se habían sentado.

Al instante, John se arrodilló y escuchó el corazón de Vertud. Seguía latiendo. Acercó la cara a los labios de Vertud. Aún respiraban. Le agarró por los hombros y le sacudió.

—Despierta —gritó—, ya es de día.

Entonces Vertud abrió los ojos y sonrió a John, con expresión algo ausente.

—¿Te encuentras bien? —preguntó John—. ¿Estás en condiciones de viajar?

Pero Vertud solo sonreía. Estaba sordo. Entonces John le agarró de las manos y tiró de él hasta ponerlo en pie; y Vertud pareció vacilante, pero tan pronto dio el primer paso se tambaleó y cayó, porque estaba ciego. Pasó un rato largo antes de que John se percatara. Entonces vi por fin que John tomaba a Vertud de la mano y, guiándole, reiniciaba el viaje hacia el sur. Y John se sintió embargado por la soledad última, la que sobreviene cuando quien da consuelo está necesitado también de consuelo y el guía ha de ser guiado.

3. OTRA VEZ EN EL CAMINO PRINCIPAL

Encontraron vacía la casa de don Sensato, como John había previsto, con las contraventanas cerradas y la chimenea sin humo. John decidió seguir avanzando hasta volver al camino principal y después, si la situación se agravaba, podían dirigir sus pasos hacia Madre Kirk; pero esperaba que no fuera necesario.

Todo su viaje hacia el sur había sido un descenso, desde las montañas del Norte hasta casa de don Sensato; pero a partir de ahí el terreno empezó a elevarse ligeramente otra vez hasta el camino principal, que corría paralelo a una cresta baja, de tal modo que, cuando hubieron alcanzado el camino, la región que había al sur se abrió súbitamente ante ellos. En aquel mismo instante brilló un rayo de sol, el primero desde hacía muchos días. El camino no estaba vallado por la parte del baldío en el lado norte, pero en el lado sur había un muro con un portón; y lo primero que John vio a través del portón fue un túmulo de tierra largo y bajo. No era hijo de labrador en balde. Habiendo llevado a Vertud al borde del camino y habiéndolo sentado allí no perdió un minuto en trepar sobre la puerta y cavar con ambas manos en la tierra. Dentro, como él suponía, había rábanos; y en un instante estuvo sentado junto a Vertud, cortando un estupendo bulbo en pedazos, dando de comer al ciego y enseñándole a comer por sí mismo. El calor del sol aumentaba por momentos. La primavera parecía más avanzada en este lugar, y el seto que había a su espalda era ya más verde que marrón. Entre muchos trinos de pájaros, John creyó percibir los de una alondra. Habían desayunado a gusto y, mientras sus cansados miembros iban calentándose agradablemente, se quedaron dormidos.

4. HACIA EL SUR

John mira anhelante hacia modos de pensamiento más consoladores.

Cuando John despertó, miró en primer lugar hacia Vertud, pero este seguía dormido. John se estiró y se levantó; no tenía frío y se sentía bien, aunque un poco sediento. Era una encrucijada de cuatro caminos donde habían descansado, porque el camino del norte, al que John miró con un estremecimiento, no era sino la continuación del camino del sur. John extendió la mirada a este último. A sus ojos, mucho tiempo acostumbrados a las polvorientas planicies de la meseta norte, la región hacia el sur se le antojó una colcha colorida. El sol había pasado el cenit hacía una hora aproximadamente, y la luz de la tarde punteaba de sombras redondeadas una región verde que se extendía ante él hasta el horizonte, descendiendo en profundos valles y, más allá, en nuevos y más hondos valles, de tal modo que los lugares que estaban al mismo nivel donde él se encontraba eran cimas de montes en la lejanía. Más cerca había campos y setos, roja tierra arada, bosques serpenteantes y frecuentes casas de campo, blancas entre los árboles. Volvió y levantó a Vertud y a punto estaba de mostrarle todo aquello cuando recordó su ceguera. Entonces, con un suspiro, le tomó de la mano y siguió camino adelante.

Antes de haberse alejado mucho oyeron un borboteo junto al camino y descubrieron un pequeño manantial que vertía en un arroyo, el cual fluía junto al camino desde aquel punto, unas veces a la izquierda y otras a la derecha, y a menudo lo cruzaba. John llenó su sombrero de agua y dio de beber a Vertud. Después bebió él y continuaron, siempre cuesta abajo. El camino iba hundiéndose cada media milla entre bordes de hierba. Había prímulas, primero eran una o dos, después racimos y por último un sinfín. Desde muchos recodos del camino John divisaba los profundos valles a los que iban descendiendo, azules en la distancia y ondeados de árboles; pero a menudo algún bosquecillo les cerraba toda perspectiva de la lejanía.

La primera casa a la que llegaron era roja, vieja y cubierta de hiedra, y muy retirada del camino, y John pensó que su aspecto recordaba a la casa del guardián; cuando se aproximaron, allí estaba el guardián en persona, sin máscara, ocupado en algún trabajo ligero de jardinería en el lado soleado del seto. John se asomó por la puerta y pidió hospitalidad, explicando simultáneamente el estado de su amigo.

—Entren, entren —dijo el guardián—. Será un gran placer.

Entonces soñé que este guardián era el mismísimo don Latitudinario que había enviado una caja de jerez a don Sensato. Tendría alrededor de sesenta años.

5. TÉ EN EL JARDÍN

John conoce la Iglesia latitudinaria, que moderniza la «religión». Es amiga del mundo y no hace peregrinaciones. Es amante de las flores silvestres.

—La tarde es casi lo bastante buena para tomar el té en el jardín —dijo don Latitudinario—. Marta, creo que tomaremos el té en el jardín.

Se sacaron sillas al exterior y los tres se sentaron. En el césped cuidado, rodeados de laureles y laburnos, el ambiente era más cálido aún que en el camino y súbitamente de entre la espesura surgió un dulce trino de pájaro.

—¡Escuchen! —dijo don Latitudinario— es un zorzal. Creo de verdad que es un zorzal.

Unas criadas con delantales níveos abrieron los grandes ventanales de la biblioteca y cruzaron sobre la hierba trayendo mesas y bandejas, la tetera de plata y la bandeja de pasteles. Había miel para el té. Don Latitudinario le hizo algunas preguntas a John sobre sus viajes.

—¡Qué barbaridad! —exclamó cuando le hablaron de don Salvaje—, ¡qué barbaridad! Voy a tener que ir a verle. Y es un hombre muy listo. Por lo que cuentas... es una verdadera pena.

John pasó después a describir a los tres hombres pálidos.

—Ah, claro —dijo don Latitudinario—. Conocí bien a su padre. Un hombre muy capaz. Hubo un momento en que contraje una considerable deuda con él. Es más, siendo yo joven formó mi espíritu. Supongo que tendría que hacer una visita a sus chicos. Conozco al joven Angular. Es un buen tipo, encantador..., un tanto estrecho de miras, me atrevería a decir, y hasta un tanto anticuado, aunque yo por nada del mundo... A los otros dos hermanos les van las cosas espléndidamente, sin duda. Realmente tendría que ir a verlos. Pero me hago mayor y confieso que aquello nunca me sienta bien.

—Es un clima muy diferente a este —dijo John.

—Siempre he creído que puede haber sitios tonificantes *en exceso*. La llaman la Tierra de los Tenaces, aunque más bien serían los Pielduras. Y si eres propenso al lumbago... Pero qué digo, si han venido de allí habrán conocido a mi viejo amigo Sensato.

—¿También usted lo conoce?

—¿Conocerlo? Es mi amigo más antiguo. Es como si dijéramos una conexión mía, y sabrán que además somos vecinos bastante cercanos. Él está a una sola milla al norte del camino y yo estoy una milla al sur. Cómo no lo voy a conocer. He pasado muchas muchas horas felices en su casa. El pobre Sensato; está envejeciendo deprisa. Creo que nunca me ha perdonado del todo que yo haya conservado la mayor parte de mi pelo.

—Yo diría que sus ideas difieren en gran medida de las de usted.

—Ah, desde luego, desde luego. Quizá él no sea muy ortodoxo, pero a medida que me hago viejo soy más propenso a conceder cada vez menos importancia a la simple ortodoxia. Es tan frecuente que la perspectiva ortodoxa signifique perspectiva inerte, fórmula baldía. Yo cada vez presto más atención al lenguaje del corazón. La lógica y las definiciones nos dividen; son las cosas que nos acercan las que ahora valoro por encima de todo: nuestros afectos comunes, nuestro esfuerzo común en pos de la luz. Sensato tiene el corazón bien puesto.

—Me pregunto —dijo John— si da un trato bueno a sus criados.

—Su lenguaje es un tanto brusco, supongo. Pero hay que ser generosos. Los jóvenes son tan exigentes. Ay de mí, recuerdo cuando yo era joven... Y además un hombre de la edad de Sensato sufre mucho. Ninguno de nosotros somos perfectos. ¿Un poco más de té?

—Gracias —contestó John—, pero si me diera alguna orientación creo que prefiero seguir viaje. Estoy intentando encontrar una isla al oeste...

—Es una hermosa idea —dijo don Latitudinario—. Y si confías en un viajero mayor que tú, te diré que buscar es hallar. ¡Cuántos días felices te aguardan!

—Y quisiera saber —prosiguió John— si es realmente necesario cruzar el Cañón.

—Desde luego que sí. Por nada del mundo quisiera retenerte. Al mismo tiempo, mi joven amigo, creo que es realmente peligroso a tu edad intentar hacer las cosas demasiado definitivas. Ese ha sido el gran error de mi profesión en tiempos pasados. Hemos intentado encerrarlo todo en fórmulas, convertir la poesía en lógica, y la metáfora en dogma, y ahora que empezamos a percatarnos de nuestro error nos vemos encadenados por las fórmulas de hombres muertos. No digo que no fueran adecuadas en su día; pero han dejado de serlo para nosotros, que tenemos conocimientos más extensos. Cuando me hice hombre dejé a un lado las cosas infantiles. Estas grandes verdades necesitan ser reinterpretadas en cada nueva época.

—No estoy seguro de entenderle del todo —dijo John—. ¿Quiere eso decir que debo cruzar el Cañón o no?

—Veo que quieres obligarme a definirme —dijo don Latitudinario con una sonrisa— y me encanta comprobarlo. Yo fui así un día. Pero se pierde fe en la lógica abstracta cuando te haces mayor. ¿Nunca sientes que la verdad es tan grande y tan simple que las meras palabras no pueden contenerla? Ni el cielo, ni el cielo de los cielos... tanto menos esta casa que he construido.

—Bueno, en fin —dijo John, decidido a intentar otra pregunta—. Supongamos que un hombre tuviera por fuerza que cruzar el Cañón. ¿Es verdad que tendría que recurrir a Madre Kirk?

—¡Ah, Madre Kirk! La quiero y la respeto desde el fondo de mi alma, pero confío en que quererla no signifique ser ciego a sus defectos. Nadie es infalible. Si ahora creo en ocasiones que tengo que disentir de ella, se debe a que siento tanto más respeto por la *idea* que representa, aquello que todavía puede llegar a ser. Por el momento, no se puede negar que se ha desfasado un poco. Sin duda para muchos de nuestra generación hay un mensaje más verdadero, más aceptable, en todo este hermoso mundo que nos rodea. No sé si tienes nociones de botánica. Si quisieras...

—Yo quiero mi isla —contestó John—. ¿Puede decirme cómo alcanzarla? Me temo que no tengo demasiado interés en la botánica.

—Te abriría un mundo nuevo —dijo don Latitudinario—. Una nueva ventana al infinito. Pero quizá esto no sea lo tuyo. Después de todo, cada cual debe encontrar su propia llave para el misterio. Por nada del mundo...

—Creo que debo ponerme en camino —dijo John—. Y lo he pasado muy bien. Si sigo este camino ¿encontraré algún sitio donde pasar la noche en las próximas millas?

—Ah, fácilmente —respondió don Latitudinario—. Estaré encantado de alojarte todo el tiempo que quieras. Pero si no, a poca distancia de aquí está don Sabiduría. Comprobarás que es un hombre encantador. Yo solía ir a verlo a menudo cuando era más joven, pero ahora me queda un poco lejos. Es un hombre estupendo... un tanto persistente, quizá... En ocasiones me pregunto si está libre de todo resto de estrechez de miras... ¡Hay que oír lo que dice Sensato de él! Pero en fin, nadie es perfecto, y en términos generales es un hombre muy bueno. Ya verás que te resulta muy grato.

El viejo guardián se despidió de John con afecto casi paternal y este, aún guiando a Vertud, prosiguió su viaje.

6. EN CASA DE SABIDURÍA

John emprende el estudio de la metafísica.

El arroyo que habían seguido hasta el hogar del guardián no era ya un riachuelo junto al camino, sino un río que unas veces se aproximaba y otras se alejaba de él, describiendo presurosos meandros ambarinos y precipitándose en rápidos de plata. En esta parte, el arbolado era más denso y de especies más grandes; y a medida que el valle iba ahondándose, a cada lado se escalonaban terrazas boscosas. Caminaban a la sombra, pero muy alto sobre sus cabezas el sol seguía luciendo en las cumbres montañosas, por encima de las laderas frondosas y de los últimos campos en pendiente, donde había cimas redondeadas de hierba verde pálido y serpenteantes cañadas fluviales, y precipicios del color de las palomas, y precipicios del color del vino. Las mariposas nocturnas volaban ya cuando alcanzaron un lugar abierto. El valle se ensanchaba en ese punto y un giro del río dejaba un espacio de césped, amplio y llano, entre su ribera y las montañas boscosas. Entre la hierba vieron una casa baja con pilares a la que se accedía por un puente, y la puerta estaba franca. John condujo al enfermo hasta ella y vio que las lámparas estaban ya encendidas en su interior; y entonces vio a Sabiduría sentado entre sus hijos, como un anciano.

—Pueden quedarse hasta que les plazca —contestó en respuesta a la pregunta de John—. Y cabe la posibilidad de que curemos a tu amigo si su enfermedad no es incurable. Siéntense y coman, y cuando hayan comido nos contarás tu historia.

Entonces vi que traían sillas para los viajeros y algunos de los jóvenes de la casa traían agua para que se lavaran. Y cuando se hubieron lavado, una mujer puso una mesa ante ellos y sobre ella colocó una hogaza de pan, y queso y una fuente de fruta, algo de requesón y crema de leche en una jarra.

—Porque aquí no encontramos vino —dijo el anciano con un suspiro.

Cuando terminaron de comer, la casa quedó en silencio y John vio que esperaban su historia. Así pues, se serenó y retrocedió dentro de su mente, durante un largo rato, en silencio; y cuando finalmente habló, contó todo en orden, desde la primera vez que había divisado la Isla hasta el momento mismo de su llegada a esta casa.

Entonces separaron a Vertud de John, y este fue conducido a una celda donde había una cama, y una mesa y un jarro de agua. John se tumbó en la cama, cuyo colchón era duro, pero no desigual, y de inmediato se sumió en un profundo sueño.

7. A TRAVÉS DEL CAÑÓN A LA LUZ DE LA LUNA

La imaginación de John vuelve a despertar.

En mitad de la noche abrió los ojos y vio la luna llena, muy grande y baja, brillar por su ventana; y junto a su cama había una mujer con ropajes oscuros que se llevó un dedo a los labios para que callara cuando John iba a hablar.

—Mi nombre es Contemplación —dijo—, y soy una de las hijas de Sabiduría. Debes levantarte y venir conmigo.

Entonces John se levantó y la siguió fuera, caminando sobre la hierba fresca a la luz de la luna. Ella le condujo a través de aquel espacio hasta el borde occidental donde la montaña iniciaba su ascenso bajo su capa selvosa. Pero cuando llegaron al saledizo donde comenzaba el bosque, John vio que había una hendidura o grieta en la tierra que los separaba de él, cuyo fondo no podía divisar, y aunque no muy ancha, lo era para saltarla.

—Es un salto demasiado grande para hacerlo de día —dijo la dama— pero se puede saltar a la luz de la luna.

John no dudó de ella y se preparó y saltó. El salto le llevó más lejos de lo que había previsto —aunque no le sorprendió— y se encontró volando sobre las copas de los árboles y los campos empinados, y no volvió a tocar tierra hasta llegar a la cumbre de la montaña; y la dama seguía allí junto a él.

—Vamos —dijo—, aún tenemos mucho camino por delante.

Entonces siguieron juntos por montes y valles, con gran premura, a la luz de la luna, hasta llegar al borde de un barranco, y John miró hacia abajo y vio el mar al fondo; y en ese mar estaba su Isla. Y debido a que era luz lunar y era de noche, John no la vio tan bien como en otras ocasiones, pero, ya fuera por esto, ya por alguna otra razón, le pareció más real.

—Cuando hayas aprendido a volar más lejos, podemos saltar desde aquí hasta la propia Isla —dijo la dama—. Pero por esta noche es suficiente.

Cuando John se volvió para responder, la Isla y el mar y la dama habían desaparecido, estaba despierto en su celda del hogar de Sabiduría, era de día y sonaba una campana.

8. ESTE LADO A LA LUZ DEL SOL

La filosofía idealista rechaza la verdad literal de la religión. Pero también rechaza el materialismo. El abismo no ha sido aún cruzado. Pero esta filosofía, si bien niega la esperanza, perdona el deseo de cruzarlo.

Al día siguiente, don Sabiduría solicitó que tanto John como Vertud se sentaran junto a él en el porche de su casa mirando hacia el oeste. El viento soplaba en el sur y el cielo estaba algo nublado, y sobre las montañas occidentales pendía una delicada neblina, de tal modo que producían la impresión de estar en otro mundo, aunque no distaban más de una milla. Y don Sabiduría le instruyó como sigue.

—En cuanto a esta Isla del Oeste y esas montañas del Este, y en relación también al Señor de la Tierra, así como al Enemigo, existen dos errores, hijos míos, que deben combatir por igual, y pasar exactamente entre ambos, antes de poder ser sabios. El primer error es del pueblo meridional, y consiste en sostener que estos lugares al este y al oeste son reales: reales como es real este valle, y lugares como es un lugar este valle. Si aún pervive en su espíritu alguna idea de esa clase, les pediría que la erradicaran totalmente y no dieran cuartel a semejante pensamiento, ya los amenace con temores, ya los tiente con esperanzas. Porque esto es superstición, y todo el que crea en ella terminará finalmente en los pantanos y las junglas del Extremo Sur, donde vivirá en la ciudad de los Magos, transportado en el deleite de cosas que no son de ayuda, y perseguido por el terror a lo que no puede herir. Y forma parte del mismo error el pensar que el Señor de la Tierra es un hombre real: real como yo soy real, hombre como yo soy hombre. Ese es el primer error. Y el segundo es el contrario, y predomina sobre todo al norte del camino: es el error de quienes dicen que las cosas del este y el oeste son meras ilusiones de nuestra imaginación. También esto deseo que lo rechacen absolutamente; y deben estar en guardia para no abrazar jamás este error por temor al otro, o pasar del uno al otro siguiendo los impulsos de su corazón, como algunos que dicen ser materialistas (pues este es el nombre del segundo error) cuando se asustan con la historia del agujero negro a causa de su vida desenfrenada, o cuando tienen miedo de espectros, y al día siguiente dicen creer en el Señor de la Tierra y en el castillo porque las cosas de esta región les son contrarias, o porque expira la vida de algún amigo querido y esperan con anhelo volver a encontrarlo. Pero el hombre sabio, que gobierna sus pasiones con la razón y una imaginación disciplinada, se retira hasta el punto medio entre estos dos errores, habiendo descubierto que la verdad reside ahí, y permanece inamovible. Pero lo que la verdad es lo aprenderán mañana; y por el momento se darán cuidados a este hombre enfermo, y tú que estás del todo sano puedes hacer lo que te plazca.

Entonces vi que don Sabiduría se ponía en pie y los dejaba, y que Vertud era conducido a otro lugar. John pasó la mayor parte del día caminando por los alrededores de la casa. Atravesó el espacio llano de hierba hasta el borde occidental, donde la montaña iniciaba su ascenso bajo su capa selvosa. Pero cuando llegó al saledizo donde comenzaba el bosque, John vio que entre él y los primeros árboles había una hendidura o grieta en la tierra cuyo fondo no podía divisar. Era muy estrecha, pero no lo bastante estrecha para saltarla. Parecía también surgir de ella una especie de vapor que difuminaba la otra orilla; pero el vapor no era tan denso ni la sima tan ancha que le impidieran ver aquí una mancha de follaje y allá una piedra con musgo jugoso, y en un punto una caída de agua en la que centelleaba el sol. El deseo de cruzar y seguir hasta la Isla era agudo, pero no hasta al extremo de producirle dolor. Las palabras de don Sabiduría de que las cosas del Este y el Oeste no eran ni enteramente reales ni enteramente ilusorias habían esparcido en su espíritu un sentimiento de consuelo intenso, si bien sereno. Algún miedo se había despejado: la sospecha, nunca antes totalmente desechada, de que sus andanzas pudieran dejarlo antes o después bajo el poder del Señor de la Tierra, se había disipado, y con ella la lacerante angustia de que acaso la Isla nunca hubiera existido. El mundo se le antojó pleno de expectación, aun si el velo neblinoso entre él y el bosque parecía a un tiempo cubrir y descubrir sublimidades carentes de terror y bellezas carentes de sensualidad; y de vez en cuando arreciaba el viento sur dejando un instante de claridad que le mostraba, alejados en inesperada profundidad, extremos remotos de los valles de montaña, desolados campos de flores, y un destello de nieve al fondo. John se tumbó en la hierba. Al cabo, uno de los jóvenes de la casa pasó por allí y se detuvo a hablar con él. Charlaron de unas cosas y de otras, despaciosamente y a largos intervalos. Unas veces hablaron sobre la región más al sur, donde John nunca había estado; otras veces, de sus propios viajes. El joven le dijo que si hubiera seguido el camino unas cuantas millas después del valle, habría llegado a una bifurcación. El ramal izquierdo le llevaría, dando un gran rodeo, hasta las cercanías de Paparrucha; el derecho continuaba hasta los bosques meridionales, hacia la ciudad de los Magos y el país de Nycteris.

—Y más allá no hay más que pantanos y caña de azúcar —dijo—, y cocodrilos y arañas venenosas hasta que el terreno desemboca todo él en el último pantano salino que deviene finalmente en el océano sur. No hay población allí salvo unos pocos moradores del lago, teosofistas y otros de su estilo, y es muy palúdico.

Mientras hablaban de las partes que John ya conocía, preguntó a su interlocutor si los de la casa de Sabiduría sabían algo del Gran Cañón o del camino para penetrar en él.

—¿Es que no sabes —respondió el otro— que nos encontramos en el fondo del Cañón?

Entonces pidió a John que se incorporara y le mostró la disposición del terreno. Los costados del valle iban juntándose hacia el norte, y al mismo tiempo se volvían más escarpados, de tal modo que al final confluían en una gran «V».

—Y esa «V» es el Cañón, y lo estás mirando desde el final del Extremo Sur. La cara oriental del Cañón es suave y estuviste bajando por ella ayer durante todo el día, aunque no te percataste de ello.

—Es decir que ya estoy en el fondo del Cañón —dijo John—. Y ahora nada me impide cruzarlo.

El joven movió la cabeza.

—No hay modo de cruzarlo —contestó—. Cuando te dije que estabas en el fondo me refería al punto más bajo accesible al hombre. El verdadero fondo, por supuesto, es el fondo de esta sima al borde de la cual estamos sentados; y ese, naturalmente... en fin, sería un malentendido hablar de llegar hasta allí. Es impensable cruzar o alcanzar lo que estás viendo al otro lado.

—¿No habría manera de poner un puente? —preguntó John.

—En cierto sentido no hay puente posible; no hay ningún sitio al que ese puente pueda llegar. No debes tomarte literalmente el espectáculo de bosques y montaña que creemos ver cuando miramos al otro lado.

—¿No querrás decir que es una ilusión?

—No. Lo entenderás mejor cuando lleves más tiempo con mi padre. No es una ilusión, es una apariencia. Es además, en algún sentido, una apariencia cierta. *Tienes* que verlo como la ladera de un monte o algo similar, una continuación del mundo que *sí* conocemos; y no significa que tengas algún defecto en los ojos o alguna forma mejor de verlo que esté a tu alcance. Pero no creas que puedes llegar allí. No creas que hay algún significado en la idea de que tú (el hombre) vayas *allí*, como si fuera realmente un sitio.

—¿Cómo? ¡Y la Isla también! Pretendes que renuncie al anhelo de mi corazón.

—De ningún modo. No quisiera que dejaras de fijar todos tus deseos en el otro lado, porque desear cruzar allí es simplemente ser un hombre, y perder ese deseo es ser una bestia.

No es el deseo lo que la doctrina de mi padre mata: es solo la esperanza.

—¿Y cómo se llama este valle?

—Ahora lo llamamos sencillamente el valle de Sabiduría; pero los mapas más antiguos lo rotulan con el nombre de valle de la Humillación.

—La hierba está muy húmeda —dijo John después de una pausa—. Está cayendo el rocío.

—Es hora de ir a cenar —dijo el joven.

9. SABIDURÍA-EXOTÉRICA

¿De dónde proceden las categorías lógicas? ¿De dónde, los valores morales? Filosofía dice que la existencia de Dios no respondería a esta pregunta. Filosofía no está dispuesta a explicar el atisbo de John de lo trascendente. Lo deseado es real precisamente porque nunca es experiencia.

Al día siguiente, como antes, Sabiduría quiso que John y Vertud se sentaran junto a él en el porche y continuó instruyéndolos:

—Les ha sido dicho que no piensen en las cosas del este y el oeste; y ahora descubramos qué es lo que, en la medida que permite la imperfección de nuestras facultades, debemos pensar. Antes, consideren esta región en la que vivimos. Ven que abunda en caminos, y no hay hombre que recuerde cuándo se hicieron; ni tenemos tampoco modo alguno de describir y ordenar el territorio en nuestra cabeza si no es con referencia a ellos. Han visto que determinamos la posición de uno u otro lugar mediante su relación con el camino principal, y aunque se puede decir que tenemos mapas, deben considerar que los mapas serían inútiles sin los caminos, porque localizamos el lugar donde estamos en el mapa mediante la red de caminos que es común al mismo y a toda la región. Vemos que acabamos de pasar este recodo hacia la derecha o la izquierda, o que nos aproximamos a esta otra vuelta, y por ello sabemos que estamos más cerca de algún otro lugar del mapa que no es aún visible sobre el terreno. La gente dice, en efecto, que el Señor de la Tierra hizo los caminos; y los paparruchenses dicen que los trazó primero en los mapas para proyectarlos, mediante algún extraño proceso, desde ellos al terreno mismo. Pero yo les digo que se atengan a la verdad: que encontramos los caminos y no los hacemos; pero también que ningún *hombre* podría hacerlos. Porque para hacerlos tendría que disponer de una vista de pájaro de toda la región, lo cual solo sería posible desde el cielo. Pero ningún hombre puede vivir en el cielo. Además, esta región abunda en reglas. Los paparruchenses dicen que los guardianes hicieron las reglas. Los criados del gigante dicen que las hicimos nosotros mismos para contener con ellas las concupiscencias de nuestros vecinos y para dar una coloración grandilocuente a las nuestras. La gente dice que las hizo el Señor de la Tierra.

»Consideremos estas doctrinas una por una. ¿Las hicieron los guardianes? ¿Cómo llegaron ellos entonces a ser guardianes, y por qué el resto de nosotros dimos nuestro consentimiento a sus reglas? En cuanto planteamos esta pregunta, nos vemos obligados a hacer otra: ¿cómo puede ser que aquellos que rechazaron a los guardianes se aprestaran de inmediato a formular nuevas reglas y que estas sean en esencia las mismas que las anteriores? Un hombre dice: "No quiero saber nada más de reglas; de ahora en adelante voy a hacer lo que quiera"; pero descubre que su deseo más íntimo, el único constante durante las fluctuaciones de sus apetitos y sus abatimientos, de sus momentos de sosiego o de pasión, es el de mantener reglas. Porque estas son un disfraz de sus deseos, dicen los adeptos al gigante. Pero yo pregunto: ¿qué deseos? No cualquiera ni todos ellos; las reglas son a menudo negaciones de esos deseos. El deseo de autoaprobación, pongamos por caso. Pero ¿por qué habríamos de aprobar nuestra propia conducta por obedecer las reglas, a menos que previamente pensáramos que las reglas son buenas? Un hombre acaso encuentre placer en suponerse más rápido o más fuerte de lo que es en realidad, pero solo si previamente admira la rapidez o la fortaleza. La doctrina del gigante, por consiguiente, se destruye a sí misma. El que queramos dar un color decoroso a nuestras concupiscencias significa que tenemos ya una idea de lo decoroso, y lo decoroso resulta no ser más que aquello que es acorde con las reglas. El deseo de obedecer las reglas, por tanto, se presupone en toda doctrina que considera nuestra obediencia a ella, o a las reglas mismas, como autohalago. Volvamos pues al viejo relato sobre el Señor de la Tierra. Un hombre poderoso, en un lugar remoto, ha hecho las reglas. Supongamos que así sea; entonces, ¿por qué las obedecemos?

Sabiduría se volvió hacia Vertud y dijo:

—Esta parte es de gran importancia para ti y para tu curación. —Y prosiguió así—: Solo puede haber dos razones. O bien que respetamos el poder del Señor de la Tierra y nos mueve el temor a los castigos y la esperanza de los premios con los que sanciona las reglas; o bien porque libremente estamos de acuerdo con él, porque pensamos que son buenas las mismas cosas que él cree buenas. Pero ninguna de las dos explicaciones nos sirve. Si obedecemos en razón de esperanzas y temores, en el acto mismo estamos desobedeciendo, porque la regla que más veneramos, ya habite en nuestro corazón o en la tarjeta del guardián, es la regla que dice que el hombre ha de actuar desinteresadamente. Obedecer al Señor de la Tierra, por ello, sería desobedecerla. Pero ¿y si obedecemos libremente porque coincidimos con él? Ay, esto es aún peor. Decir que estamos de acuerdo y obedecemos porque estamos de acuerdo equivale a decir otra vez que encontramos esa misma regla escrita en nuestros corazones y *esa* es la que obedecemos. Si el Señor encarece *eso*, está simplemente encareciendo lo que ya teníamos intención de hacer, y su voz es ociosa; si encarece cualquier otra cosa, su voz también es ociosa, porque le desobedeceremos. En ninguno de los dos casos se resuelve el misterio de las reglas, y el Señor de la Tierra es una adición sin sentido al problema. Si él habló, las reglas estaban ahí antes de que hablara. Si nosotros y él estamos de acuerdo en cuanto a ellas, ¿dónde está el original común que él y nosotros imitamos? ¿Qué es aquello que es verdadero, tanto en su doctrina como en la nuestra?

»De las reglas, como de los caminos, hemos de decir que lo cierto es que los encontramos y no los hacemos, pero que no nos ayuda en nada el suponer un Señor como su hacedor. Y hay una tercera cosa (y en este punto miró a John) que tiene especial interés para ti. ¿Y qué hay de la Isla del Oeste? La gente de nuestra época prácticamente la ha olvidado. El gigante diría que, también aquí, se trata de un engaño de nuestra propia mente pergeñado para disimular la lujuria. Entre los guardianes, algunos ignoran que exista semejante cosa; algunos coinciden con el gigante, y denuncian tu Isla calificándola de maldad; algunos dicen que es una visión borrosa y confusa muy alejada del castillo del Señor de la Tierra. No hay una doctrina común, pero consideremos la cuestión por nosotros mismos.

»Previamente, quisiera que apartaras cualquier sospecha de que el gigante tiene razón; y ello te resultará más fácil porque has hablado ya con Razón. Dicen que la Isla está ahí para ocultar la lujuria. Pero no la oculta. Si es una pantalla, es una pantalla muy mala. El gigante querría que la parte oscura de nuestra mente fuera tan fuerte y tan sutil que nunca escapáramos a sus engaños; y, sin embargo, cuando este prestidigitador omnipotente ha hecho todo lo que está en su mano, produce una ilusión que un niño solitario, en las fantasías de su adolescencia, puede desenmascarar y descifrar en dos años. Todo esto no es más que charla demencial. No hay ni un solo hombre ni una sola nación, capaces de ver la Isla, que no hayan aprendido por experiencia, y pronto, la facilidad con que esa visión termina en concupiscencia; y no hay nadie, no corrompido, que no haya sentido la decepción de ese final, que no haya comprendido que es la quiebra de la visión, no su consumación. Las palabras que hablaste con Razón son verdad. Lo que no nos satisface cuando lo encontramos no era aquello que deseábamos. Si el agua no serena al hombre, entonces con seguridad no era la sed, o no era solo la sed, lo que lo atormentaba: quería ebriedad para curar su tedio, o conversación para curar su soledad, o algo similar. ¿Cómo hemos de conocer nuestros deseos si no es mediante su satisfacción? ¿En qué momento los conocemos si no es cuando decimos: «Ah, *esto* es lo que quería»? Y si hubiera algún deseo que el hombre sintiera de manera natural pero que le fuera imposible satisfacer, ¿no le resultaría siempre ambiguo el carácter de dicho deseo?

Si las viejas historias fueran verdad, si un hombre pudiera, sin abandonar su humanidad, atravesar en efecto las fronteras de nuestra región, si pudiera estar, sin dejar de ser hombre, en esos fabulosos este y oeste, entonces sin duda en el momento de cristalización, de levantar las copas, de asumir la corona, del beso conyugal... entonces, previamente, los largos caminos del deseo que había recorrido se harían manifiestos con todas sus vueltas y revueltas a su mirada retrospectiva, y cuando encontrara sabría qué era lo que había buscado. Yo soy viejo y estoy lleno de lágrimas, y veo que también tú empiezas a sentir la pena que nace con nosotros. Abandona la esperanza; no abandones el deseo. No te extrañes de que estos atisbos de tu Isla se confundan tan fácilmente con cosas más inmundas, y sean tan fácilmente objeto de blasfemia. Ante todo, nunca quieras guardarlos, nunca intentes volver a visitar el mismo lugar o el mismo tiempo en que se te otorgó una visión. Pagarás el castigo de todos los que están dispuestos a ligarse a un lugar o a un tiempo de nuestra región que nuestra región no puede contener. ¿No te han hablado los guardianes del pecado de idolatría y cómo, en sus viejas crónicas, el maná se agusanaba si alguien pretendía acapararlo? No seas codicioso, no seas apasionado; no harás sino aplastar hasta la muerte en tu propio pecho, con manos ardientes y brutales, las cosas que amabas. Pero si alguna vez te inclinaras a dudar de que lo que anhelas es cosa real, recuerda lo que te ha enseñado tu propia experiencia. Piensa que es *sentimiento*, y de inmediato el sentimiento pierde su valor. Sé centinela de tu propio espíritu, vigilando ese sentimiento, y descubrirás —¿cómo decirlo?— una palpitación en el corazón, una imagen en la cabeza, un sollozo en la garganta; ¿y era *eso* tu deseo? Sabes que no lo era, y que ningún sentimiento posible puede apaciguarte; ese *sentimiento*, por más que lo refines, no es más que otro pretendiente espurio; espurio como la grosera lujuria de la que habla el gigante. Concluyamos, pues, que lo que deseas no es en modo alguno un estado del yo, sino algo, por la misma razón, Otro y Exterior. Y sabiendo esto te parecerá tolerable la verdad de que no puedes alcanzarlo. El que la cosa en sí *sea* es un bien tan grande que cuando recuerdes que *es* olvidarás apenarte de no poder poseerla jamás. Digo más, cualquier cosa que pudieras poseer sería tan deficiente en relación a esto, que su disfrute sería inconmensurablemente inferior a la simple ansia de esto. Desear es mejor que tener. La gloria de cualquier mundo en que podamos vivir es al fin apariencia; pero eso, como ha dicho uno de mis hijos, hace al mundo más glorioso aún.

10. SABIDURÍA-ESOTÉRICA

John descubre que la verdadera fortaleza de la vida de los filósofos proviene de fuentes mejores, o peores, que cualquiera de las que sus filosofías reconocen. Marx es realmente un enano; Spinoza, un judío; Kant, un puritano.

John pasó aquel día igual que había pasado el otro, caminando y a menudo durmiendo en los campos. En este valle, el año avanzaba con botas de siete leguas; hoy la ribera del río rebosaba de liliáceas, volaba el martín pescador y cruzaban raudas las libélulas, y cuando se sentaba lo hacía a la sombra. En su interior se asentaba una placentera melancolía, y una gran indolencia. Aquel día habló con muchas de las personas de la casa, y cuando por la noche se retiró a su celda, su espíritu estaba lleno de sus voces resignadas, y de sus rostros, tan serenos y no obstante tan alerta, como si esperasen con expectación horaria algo que nunca ocurriría. Cuando volvió a abrir los ojos, la luz de la luna bañaba su celda; y mientras yacía despierto oyó un silbido quedo al otro lado de la ventana. John se asomó. Bajo la sombra de la casa vio una figura oscura.

—Ven fuera, vamos a jugar —dijo.

Simultáneamente, se oyó el sonido de una risa ahogada en un rincón de sombra más profunda detrás de quien hablaba.

—La ventana está demasiado alta para saltar al jardín —contestó John.

—Olvidas que luce la luna —dijo el otro, y extendió los brazos—. ¡Salta! —exclamó.

John se puso algo de ropa y dio un salto desde la ventana. Para su sorpresa, llegó al suelo sin daño ni conmoción, y un instante después se encontró avanzando por el césped mediante una serie de grandes saltos entre una multitud sonriente de hijos e hijas de la casa; de tal modo que el valle a la luz de la luna, si alguien lo hubiera contemplado, se hubiera parecido mucho a una gran bandeja convertida en arena para una *troupe* de pulgas amaestradas. Su danza o carrera les llevó hasta el borde oscuro de un bosque vecino y cuando John rodó sin aliento hasta el pie de un espino oyó sorprendido a su alrededor sonidos de cubertería y cristal, de cestas al abrirse y botellas al descorcharse.

—Las ideas de mi padre sobre la comida son un tanto estrictas —le explicó quien presidía el convite—, y a los jóvenes nos hace falta complementar las comidas de la casa.

—Aquí está el champán de don Mediastintas —dijo uno.

—Pollo frío y lengua del señor Mammón. ¿Qué haríamos sin nuestros amigos?

—Hachís del sur. La propia Nicterys lo envió personalmente.

—Este clarete —dijo una chica sentada a su lado con bastante timidez— es de Madre Kirk.

—Yo creo que no deberíamos beberlo —dijo otra voz—, porque realmente sería ir demasiado lejos.

—No más lejos que con el caviar de los teosofistas —respondió la chica de antes—. Y además lo necesito. Es lo único que me mantiene viva.

—Prueba mi *brandy* —dijo otra voz—. Está hecho todo él por los enanos de Salvaje.

—No sé cómo puedes beber esa cosa, Karl (1). Lo que hace falta es comida simple y sencilla de Paparrucha.

—Eso es lo que *tú* dices, Herbert (2) —respondió otro hablante—. Pero a algunos de nosotros nos resulta bastante pesada. Para mí, un bocado de cordero del país del Pastor con un poquito de salsa de menta: eso es todo lo que hay que añadir a la mesa de nuestro padre.

—Todos sabemos lo que a ti te gusta, Benedict (3) —contestaron varios.

---

(1) Marx.

(2) Spencer.

(3) Spinoza.

—Yo he terminado —anunció Karl—. Esta noche me voy con los enanos. ¿Alguien quiere acompañarme?

—Allí no —gritó otro—. Yo esta noche me voy al sur con los magos.

—Ni se te ocurra, Rudolph (4) —apuntó alguien—. Unas cuantas horas tranquilas en Puritania conmigo te irían mucho mejor... mucho mejor.

—Ni hablar, Immanuel (5) —dijo otra voz—. Es mejor que vayas directamente con Madre Kirk.

—Eso es lo que hace Bernard (6) —añadió la chica que había llevado el clarete.

Por entonces, el grupo iba decreciendo rápidamente, porque la mayoría de los jóvenes, tras intentar en vano ganar adeptos a sus diversos planes de diversión, se habían alejado solos, lanzándose de un árbol a otro, y pronto incluso el breve resonar argentino de sus risas se había desvanecido. Los que quedaban se arremolinaron en torno a John solicitando su atención para una u otra clase de esparcimiento. Algunos se sentaron más allá de la sombra del bosque para hacer rompecabezas a la luz de la luna; otros se dedicaron en serio a saltar a pídola; los más frívolos corrían de aquí para allá persiguiendo mariposas nocturnas, luchando entre ellos, haciéndose cosquillas, hasta que todo el bosque resonó con sus agudos gritos de júbilo. Los juegos se prolongaron mucho tiempo y si algo más había en aquel sueño, John no lo recordó al despertar.

(4) Steiner.
(5) Kant.
(6) Bosanquet.

11. PUNTO EN BOCA

Mientras desayunaban a la mañana siguiente, John dirigió muchas miradas furtivas a los hijos e hijas de Sabiduría, pero no veía ningún indicio de que fueran conscientes de haber estado con él en actitudes tan diferentes durante la noche. Es más, ni en ese momento ni en ningún otro durante su estancia en el valle, encontró John evidencia alguna de que fueran conscientes de sus escarceos nocturnos; y unas cuantas preguntas tentativas le convencieron de que, a menos que fueran unos embusteros, todos ellos creían vivir exclusivamente de la austera dieta de la casa. Immanuel admitía, en efecto, como verdad especulativa, que los sueños existían, y que era concebible que él mismo soñara; pero también disponía de una compleja prueba (que John no llegó a entender del todo) de la imposibilidad de que alguien recordara los sueños; y aunque su aspecto y su constitución eran los de un luchador profesional, él lo atribuía a la excelente calidad de la fruta del lugar. Herbert era un tipo de hombre patoso que no conseguía nunca abrir apetito para las comidas; pero John descubrió que Herbert achacaba esto a su hígado y no tenía ni noción de que se había atiborrado hasta las cejas de carne en salsa paparruchense durante la noche. Otro miembro de la familia, de nombre Bernard, tenía una salud radiante. John le había visto beber el vino de Madre Kirk con enorme gusto y vigor a la luz de la luna; pero el Bernard despierto sostenía que el vino de Madre Kirk no era más que un primer, y defectuoso, precursor de la admirable agua de cebada que su padre en ocasiones servía en cumpleaños y grandes ocasiones; y «a esta agua de cebada —decía— debo mi salud. Me ha hecho lo que soy». Menos aún pudo John descubrir, por más trampas que les tendió, si los miembros jóvenes de la casa tenían algún recuerdo de sus saltos a pídola y otros retozos nocturnos. Finalmente, se vio obligado a concluir que, o bien todo el asunto había sido un sueño solo suyo, o bien se mantenía muy bien el secreto. La leve irritación que algunos mostraban cuando les interrogaba parecía favorecer la segunda hipótesis.

12. MÁS SABIDURÍA

Enseñan a John que el yo finito no puede entrar en el mundo numenal. La doctrina del Absoluto o del Espíritu —como tal— cubre mayor número de hechos que cualquier otra que John haya conocido hasta el momento.

Cuando estuvieron sentados en el porche, Sabiduría continuó su discurso:

—Han aprendido que hay tres cosas, la Isla, los caminos y las reglas, que son sin duda reales en cierto sentido y que no las hemos hecho nosotros; y, además, que no nos sirve de ayuda inventar a un Señor de la Tierra. Y no es tampoco posible que haya realmente un castillo en un extremo del mundo y una isla en el otro, porque el mundo es redondo y en todas partes estamos en el fin del mundo, dado que el fin de una esfera es su superficie. El mundo es *todo él* final, pero nunca podemos traspasar ese fin. No obstante lo cual, estas cosas que nuestra imaginación sitúa de modo imposible en un mundo más allá del fin del mundo son, como hemos visto, en cierto sentido reales.

»Me han contado que Razón refutó las mentiras del gigante preguntando de qué color eran las cosas en la oscuridad. Por ella aprendieron que no hay color si no se ve, ni dureza si no se toca, ni *cuerpo* alguno, para decirlo de una vez, salvo en las mentes de quienes lo perciben. Se sigue, pues, que todo este coro celestial y amueblamiento terrenal son imaginaciones; no imaginaciones de ustedes o mías, porque aquí nos hemos encontrado en el mismo mundo, lo cual no sería posible si ese mundo estuviera encerrado en mi mente o en la de ustedes. Es indudable, pues, que todo este espectáculo de tierra y cielo flota en el interior de alguna potente imaginación. Si preguntasen de quién, tampoco esta vez el Señor les serviría de ayuda. Es un hombre: por mucha grandeza que le atribuyamos, sigue siendo otro, no nosotros, y su imaginación inaccesible a nosotros, como la vuestra sería para mí. Más bien tendríamos que decir que el mundo no está en esta o aquella mente, sino en la Mente misma, en ese principio impersonal de conciencia que fluye eternamente a través de nosotros, sus formas perecederas.

»Ya ven cómo esto explica todas las preguntas que hemos tenido entre manos desde que empezamos. Encontramos los caminos, la red razonable de la región, las líneas conductoras que nos permiten tanto trazar mapas como utilizarlos cuando los hemos hecho, porque nuestra región es hija de lo racional. Consideremos también la Isla. Todo lo que sabes es esto: que tu primera visión de ella fue anhelo o deseo y que nunca has cesado de desear esa primera visión, como si desearas el desear, como si desear fuera tener, y tener, desear. ¿Qué significa esta saciedad hambrienta y ese vacío que es relleno óptimo? Sin duda se hace evidente cuando ya sabes que ningún hombre dice "yo" de manera ambigua. Yo soy un anciano que pronto iré al otro mundo y nadie volverá a verme. Yo soy espíritu eterno en que están contenidos el tiempo y el espacio en sí. Yo soy el Imaginador; yo soy una de sus imaginaciones. La Isla no es más que la perfección e inmortalidad que yo poseo en tanto que espíritu eterno, y en vano ansío en tanto que alma mortal. Sus voces resuenan en mi propio oído y están más allá de las estrellas; está bajo mi mano y nunca será mía; la tengo y he aquí que el mismo tener es perderla: porque en todo momento yo, como espíritu, estoy en realidad abandonando mi rico patrimonio para devenir en esa criatura perecedera e imperfecta en cuyas repetidas muertes y nacimientos reside mi eternidad. Y como hombre en todo momento gozo aún de la perfección que he perdido, puesto que, en la medida en que soy, soy espíritu y solo siendo espíritu mantengo mi breve vitalidad como alma. Vean que la vida se nutre de la muerte y la una deviene en la otra: pues el espíritu vive muriendo perpetuamente en cosas como nosotros, y también nosotros alcanzamos nuestra vida más verdadera con la muerte de nuestra naturaleza mortal y la vuelta, en todo lo posible, a la impersonalidad de nuestro origen; pues este es el significado último de todos los preceptos morales, y lo bueno de la templanza y la justicia y el amor mismo es que devuelven el calor al rojo vivo de nuestras pasiones propias e individuales al arroyo helado del espíritu, para allí tomar eterna templanza, aunque no infinita perdurabilidad.

»Lo que les digo es el *evangelium eternum*. Este ha sido siempre conocido: antiguos y modernos dan constancia de ello. Las historias del Señor de la Tierra en nuestro tiempo no son más que jeroglíficos que muestran a la gente tanta parte de la verdad como pueden entender. Los guardianes les habrán contado —aunque al parecer ni prestaron atención ni comprendieron— la leyenda del Hijo del Señor. Dicen que después de probar la manzana silvestre y del terremoto, cuando las cosas se habían torcido en nuestra región, el propio Hijo del Señor de la Tierra se convirtió en uno de los colonos de su Padre y vivió entre nosotros, con el único propósito de que lo mataran. Los propios guardianes no saben con claridad cuál es el significado de esta historia; de ahí que, si se les pregunta cómo puede ayudarnos el asesinato del Hijo, recurren a respuestas monstruosas. Pero para nosotros el significado es claro y la historia hermosa. Es un cuadro de la vida del espíritu. Lo que es el Hijo en la leyenda es cada hombre en la realidad; porque el mundo entero no es nada más que lo Eterno entregándose a la muerte para vivir... para que nosotros vivamos. La muerte es el modo de la vida, y el aumento de vida se produce mediante la repetición de la muerte.

»¿Y qué decir de las reglas? Habrán visto que es fútil convertirlas en mandamientos arbitrarios del Señor de la Tierra; sin embargo, los que así las vieron no estaban completamente errados, porque es igualmente equivocado pensar que son elección personal de cada cual. Recordad lo que hemos dicho de la Isla. Porque yo soy y no soy el espíritu, tengo y no tengo, en consecuencia, lo que deseo. El doble carácter mismo de la palabra "yo" explica las reglas. Yo soy el legislador pero, también soy el súbdito. Yo, el espíritu, impongo al alma en que me convierto las leyes que ella ha de obedecer desde ese momento; y todo conflicto entre las reglas y nuestras inclinaciones no es sino un conflicto entre los deseos de mi yo mortal y aparente, frente a los de mi yo real y eterno. "Debería pero no deseo hacerlo": ¡qué faltas de sentido son las palabras, que próximas a decir "quiero y no quiero"! Pero en cuanto aprendemos a decir "yo, y no obstante no yo, deseo" el misterio es evidente.

»Y ahora, tu amigo está casi sano y es casi mediodía.

LIBRO 8

ACORRALADO

El mejor hombre es aquel que por sí mismo conoce;
bueno es aquel que en su pecho, acoge la sapiencia de su
[hermano.
Pero aquel que ni conoce, ni aprender quiere
de los sabios el saber; ese hombre nada es.

HESÍODO

La persona sin instrucción ciertamente no precisará
ni de agudeza ni de fortaleza mental en lo que a sí misma
[atañe,
o en cosas que observan de manera inmediata;
pero no tiene capacidad de abstracción:
siempre ve los objetos cerca, nunca en el horizonte.

HAZLITT

1. DOS CLASES DE MONISTA

Pero suponiendo que intentáramos vivir por la filosofía panteísta. ¿Conduce esta a un complaciente optimismo hegeliano? ¿O a un pesimismo oriental y al autotormento? El acoplamiento entre ambas perspectivas parece imposible.

Aquella tarde, cuando John paseaba por el prado ribereño vio a un hombre que venía hacia él y que caminaba tambaleándose, como si sus piernas no fueran propias. Al acercarse, John vio que era Vertud con la cara muy pálida.

—¡Qué! —exclamó John—. ¿Estás curado? ¿Puedes ver? ¿Puedes hablar?

—Sí —contestó Vertud con voz débil—, supongo que puedo ver —y se apoyó pesadamente en el cercado y jadeó con fuerza.

—Has caminado demasiado —dijo John—. ¿Estás enfermo?

—Aún estoy débil. No es nada. Enseguida recupero el aliento.

—Siéntate a mi lado —dijo John—. Y cuando hayas descansado volveremos despacio a la casa.

—Yo no vuelvo a la casa.

—¿Que no vuelves? No estás en condiciones de viajar; ¿y adónde irás?

—Al parecer no estoy en condiciones para nada —dijo Vertud—. Pero tengo que seguir.

—¿Seguir hacia dónde? ¿No abrigarás todavía esperanzas de cruzar el cañón? ¿Es que no te crees lo que nos ha dicho Sabiduría?

—Sí lo creo. Por eso tengo que seguir.

—Al menos siéntate un momento —contestó John— y explícate.

—¡Está muy claro!

—No está nada claro.

Vertud habló con impaciencia.

—¿Es que no oíste lo que decía Sabiduría sobre las reglas? —preguntó.

—Desde luego que sí —respondió John.

—Pues bien; él me ha devuelto las reglas. *Ese* enigma está resuelto. Las reglas han de ser obedecidas, como siempre he pensado. Ahora lo sé mejor que nunca.

—¿Y bien?

—¿Y no ves en qué ha quedado todo lo demás? Las reglas provienen de un espíritu, o como quiera que él lo llame, que de algún modo soy yo también. Y cualquier renuencia a obedecer las reglas es la otra parte de mí: la parte moral. ¿No se sigue de ello, y de todo lo demás que dijo, que la verdadera desobediencia a las reglas empieza con el hecho de estar en esta región? Esta región, sencillamente, *no* es la Isla, *no* son las reglas: esa es su definición. Mi yo mortal, es decir, a todos los efectos, yo, solo puede ser definido como la parte de mí que es contraria a las reglas. Del mismo modo que el espíritu responde al Señor, todo este mundo responde al agujero negro.

—Yo lo entiendo de forma exactamente contraria —dijo John—. Más bien este mundo corresponde al castillo del Señor. Todo es imaginación de ese espíritu y, por consiguiente, todo, debidamente entendido, es bueno y feliz. Que la gloria del mundo sea finalmente apariencia hace al mundo más glorioso aún. Coincido totalmente en que las reglas (la autoridad de las reglas) se refuerzan más que nunca; pero su contenido ha de ser... en fin, más llevadero. Quizá debiera decir más rico, más concreto.

—Su contenido ha de hacerse más riguroso. Si el bien verdadero es simplemente «lo que no está aquí» y *aquí* significa simplemente «el lugar donde el bien no está», ¿cuál puede ser la regla sino vivir aquí lo menos posible, comprometernos lo menos posible con el sistema de este mundo? Yo solía hablar de placeres inocentes; necio de mí. Como si algo pudiera ser inocente para nosotros, cuya mera existencia es una caída; como si todo lo que el hombre come, o bebe, o engendra no fuera una maldición propagada.

—Verdaderamente, Vertud, la tuya es una opinión muy extraña. El efecto que han tenido en mí las lecciones de don Sabiduría ha sido exactamente el opuesto. He estado pensando hasta qué punto sigo siendo portador del virus de Puritania para haberme alejado tanto tiempo de la generosidad inocente de los pechos de la naturaleza. ¿No es la cosa más mezquina, en su intensidad, un espejo del Uno?; ¿no es el placer más leve o más desenfrenado tan necesario para la perfección del todo como el sacrificio más heroico? Yo tengo la certeza de que en el absoluto siguen vivas las llamas de toda pasión, incluso la carnal...

—¿Puede justificarse siquiera el comer, hasta el alimento más tosco o la cantidad más exigua? La carne no es más que corrupción viva...

—Después de todo, mucho se puede decir a favor de Media...

—Ya veo que Salvaje es más inteligente de lo que él cree...

—Bien es verdad que tenía la piel morena, marrón. Y sin embargo, ¿no es el marrón tan necesario en el espectro como cualquier otro color?

—¿No son todos los colores por igual una corrupción del resplandor blanco?

—Lo que llamamos el mal, nuestra mayor maldad, entendida en su verdadero contexto, es un elemento del bien. Yo soy el dubitante y la duda.

—Lo que llamamos nuestra rectitud es un harapo mugriento. Eres un necio, John, y yo me voy. Me voy a las rocas hasta encontrar el lugar donde el viento sea más frío y el suelo más duro y la vida del hombre más alejada. Mi notificación de que abandone aún no ha llegado y tengo que seguir algún tiempo manchado con el tinte de nuestra región. Seguiré siendo parte de la nube oscura que ofende a la luz blanca, pero haré esa parte de la nube que se llama «yo» tan delgada, tan próxima a no ser nube, como pueda. Cuerpo y espíritu pagarán por el crimen de su existencia. Si hay algún ayuno o vigilia, alguna mutilación o autotormento más cruel con la naturaleza que otro, sabré encontrarlo.

—¿Te has vuelto loco? —exclamó John.

—Acabo de recuperar la cordura —dijo Vertud—. ¿Por qué me miras de ese modo? Sé que estoy pálido y el pulso me late como un martillo. ¡Pero tanto más cuerdo! La enfermedad es mejor que la salud y ve con mayor claridad, porque está un grado más cerca del espíritu y un grado menos implicada en la locura de nuestra existencia animal. Pero harán falta dolores más agudos que este para matar la obscena ansia de vida que bebí con la leche de mi madre.

—¿Por qué hemos de abandonar nosotros este grato valle? —empezó a decir John, pero Vertud le interrumpió al punto.

—¿Quién ha dicho nada de *nosotros*? ¿Crees que te he pedido o esperado de ti que me acompañes? ¿*Tú* vas a dormir sobre espinos y a comer bayas?

—No querrás decir que vamos a separarnos —dijo John.

—¡Bah! —dijo Vertud—. Tú no podrías hacer lo que quiero hacer yo; y si pudieras, yo no querría tu compañía. La amistad, el afecto, ¿qué son sino las más sutiles cadenas que nos atan a nuestra presente región? Sería un loco redomado quien mortificara el cuerpo y dejara el espíritu en libertad para ser feliz y con ello afirmara, deleitándose en ello, la voluntad finita de ese espíritu. No se trata de este o aquel placer, sino que *todos* han de ser arrancados. Ningún cuchillo podrá cortar lo bastante hondo para extirpar el cáncer. Pero yo voy a cortar todo lo profundo que pueda.

Se levantó, aún tambaleante, y siguió su camino por el prado en dirección norte. Con una mano se apretaba el costado, como si le doliera. Una o dos veces a punto estuvo de caer.

—¿Por qué me sigues? —gritó a John—. Vuelve.

John se detuvo un momento, inmovilizado por el odio en el rostro de su amigo. Después siguió, tentativamente, pensando que la enfermedad de Vertud le había dañado el cerebro y con la vaga esperanza de poder encontrar algún medio para seguirle la corriente y recuperarlo. Sin embargo, cuando habían caminado unos cuantos pasos, Vertud se volvió otra vez y agarró una piedra.

—Vete —dijo— o te la tiraré. No tenemos nada que decirnos, tú y yo. Mi propio cuerpo y mi propia alma son enemigos, ¿crees que no lucharé contra ti?

John paró en seco, indeciso, y después se agachó porque Vertud había arrojado la piedra. Y vi que continuaron de este modo durante un trecho, siguiendo John a Vertud a cierta distancia, deteniéndose y después reanudando el paso, mientras Vertud de vez en cuando le lanzaba una piedra y le vilipendiaba. Pero finalmente la distancia entre ellos fue demasiado grande para voz y piedra.

2. JOHN GUIABA

John se habría vuelto. Cristo le obliga a seguir.

Mientras así continuaban, John vio que el valle se estrechaba y sus costados se iban empinando. Al mismo tiempo, la grieta que a su izquierda le separaba del bosque occidental iba ensanchándose cada vez más, de tal modo que, debido a esto y al estrechamiento del valle en general, la parte llana por la que caminaban disminuía de manera constante. Pronto no fue ya el fondo del valle, sino simplemente una cornisa de su lado este; y la grieta se reveló como el propio fondo, y no una abertura en él. John vio que estaba, en efecto, caminando por una repisa a medio descenso de uno de los costados del Gran Cañón. El precipicio se alzaba sobre su cabeza.

Al cabo de un rato surgió de la escarpadura una especie de espolón o raíz de piedra que les impidió el paso, un promontorio de granito atravesado en la cornisa. Y mientras Vertud empezaba a trepar por la base de esta protuberancia, intentando afianzarse aquí y allá para subir, John le alcanzó a una distancia en que podía oírle. Pero antes de que alcanzara el pie de los peñascos, Vertud había empezado a trepar. John oía su jadear mientras pugnaba por aferrarse entre un punto y otro. En una ocasión resbaló hacia atrás y dejó un pequeño reguero de sangre donde la roca le había desollado el tobillo; pero siguió de inmediato y John pronto le vio erguirse, sacudiéndose y secándose el sudor de los ojos, al parecer ya en la cima. Miró hacia abajo e hizo gestos amenazadores, y gritó, pero estaba demasiado lejos para que John pudiera oír sus palabras. Un momento después, John saltó a un lado para salvar las piernas, porque Vertud había hecho rodar una gran peña hacia abajo; y cuando cesó su eco atronador en la sima y John volvió a mirar hacia arriba, Vertud había superado la cima y se había perdido de vista, y no volvió a verlo.

John se sentó en aquel lugar desolado. Allí la hierba era más fina y más corta, como esa hierba que tanto gusta a las ovejas y que crece en los tranquilos remansos que hay entre las rocas. Los giros del barranco habían ya ocultado la vista del valle de Sabiduría, pero vi que John no pensaba más que en volver. En su espíritu había, en efecto, una confusión, mezcla de vergüenza, pena y desconcierto, pero dejó todo ello a un lado y se centró en su miedo a las rocas y a encontrarse a Vertud, que había enloquecido, en algún lugar estrecho en el que no hubiera retirada posible. John pensó: «Me sentaré aquí un rato a descansar, hasta recuperar el aliento, y después me volveré. Tengo que vivir el resto de mi vida lo mejor que pueda». Entonces, repentinamente, oyó que lo llamaban por su nombre desde lo alto. Un hombre descendía por donde Vertud había subido.

—Hola —gritó el hombre—. Tu amigo se ha ido. Sin duda querrás seguirle.

—Se ha vuelto loco, señor —dijo John.

—No está más loco que tú, ni más cuerdo —contestó el hombre—. Ambos se recuperarán si siguen juntos.

—No puedo trepar por las rocas —alegó John.

—Yo te daré la mano —dijo el hombre. Y bajó hasta quedar al alcance de John y le extendió la mano. Y John se puso pálido como el papel y le sobrevino una gran náusea.

—Es ahora o nunca —dijo el hombre.

Entonces John apretó los dientes y tomó la mano que le ofrecían. Tembló con el primer asidero al que el hombre le hizo trepar, pero no podía volver porque llegaron con gran rapidez a tanta altura que no se atrevía a intentar la bajada solo y, empujando y tirando de él, el hombre le llevó hasta la cima y después John se desplomó de bruces sobre la hierba jadeando y gimiendo por el dolor que sentía en el pecho. Cuando se incorporó, el hombre había desaparecido.

3. JOHN PIERDE EL PULSO

En cuanto intenta en serio vivir bajo la filosofía, esta se transforma en Religión.

John miró hacia atrás y apartó la mirada con un estremecimiento. Había que descartar de una vez por todas cualquier idea de descender de nuevo. «Ese hombre me ha dejado en un buen aprieto», se dijo amargamente. Después miró hacia delante. Los precipicios se alzaban aún hasta gran altura y se precipitaban a gran profundidad. Pero había una cornisa a la altura donde él se encontraba, un saledizo angosto, de unos diez pies donde era más ancho y dos pies donde era más estrecho, que seguía el contorno del precipicio hasta convertirse en un hilo verde. Sintió desfallecer el corazón. Entonces intentó recordar las lecciones de don Sabiduría, por ver si sacaba fuerzas de ellas. «Soy simplemente yo», dijo. «Soy yo, espíritu eterno, quien empuja a este yo, el esclavo, por esta cornisa. No tendría que importarme si se cae y se rompe la crisma. No es él quien es real, soy yo... yo... yo. ¿Podré recordar eso?». Pero lo cierto es que se sentía tan diferente del espíritu eterno que ya no lograba llamarlo *yo*. «A *él* todo esto le parecerá muy bien —dijo John—, pero ¿por qué no me da auxilio? Necesito auxilio. Auxilio». Entonces levantó la vista hacia los paredones de piedra y hacia el cielo estrecho, azul y remoto entre ellas, y pensó en ese espíritu universal y en la luminosa tranquilidad oculta en algún lugar tras los colores y las formas, en el silencio preñado bajo todos los sonidos y pensó: «Si una gota de todo ese océano fluyera dentro de mí ahora; si yo, el mortal, pudiera al menos comprender que yo *soy* eso, todo sería como debe ser. Sé que hay algo allí. Sé que el telón sensual no es un engaño». Y en la amargura de su alma volvió a mirar arriba diciendo:

—Auxilio. Auxilio. Quiero auxilio.

Pero tan pronto las palabras salieron de su boca le asaltó un temor nuevo, mucho más hondo que el miedo a los precipicios, desde el escondite, muy cercano a la superficie, donde había aguardado a la espera este momento. Como un hombre en sueños habla sin miedo a su amigo muerto, y solo después se dice: «¡Era un fantasma! ¡He hablado con un fantasma!» y se despierta gritando, así John se agitó cuando comprendió lo que había hecho.

—He estado *orando* —dijo—. Es el Señor de la Tierra con otro nombre. Son las reglas y el agujero negro y la esclavitud vestidos con ropa nueva para atraparme. Me han atrapado. ¿Quién habría pensado que la vieja tela de araña sería tan sutil?

Pero esto le resultó insoportable y se dijo que simplemente había caído en una metáfora. Incluso don Sabiduría había confesado que Madre Kirk y los guardianes ofrecían una explicación de la verdad en jeroglíficos. Y era necesario utilizar metáforas. Los sentimientos y la imaginación necesitaban esa ayuda. «Lo grande —pensó John— es mantener el intelecto libre de todas ellas: recordar que *son* metáforas».

4. JOHN ENCUENTRA SU VOZ

De panteísmo a teísmo. El «yo» trascendental se transforma en «tú».

John se sintió muy reconfortado con esta idea de la metáfora, y como también estaba ya descansado, empezó su viaje por el sendero del precipicio con cierto grado de tímida resolución. Pero le resultaba aterrador en los puntos más estrechos y tenía la impresión de que su valor decrecía en lugar de crecer a medida que avanzaba. Aún más: pronto descubrió que solo podía continuar si recordaba incesantemente el absoluto de don Sabiduría. Fue necesario, mediante repetidos esfuerzos de voluntad, recurrir a ello para extraer conscientemente de esa reserva ilimitada la pequeña porción de vitalidad que necesitaba para el siguiente estrechamiento. Era consciente de que estaba orando, pero creía haber quitado los colmillos a esa conciencia. En cierto sentido, se dijo, el espíritu no es. Yo soy él, pero no soy todo él. Cuando vuelvo a esa parte de él que no es *yo* —esa parte mucho mayor, que mi alma no agota— sin duda esa parte es *Otro* para mí. Debo ser, para mi imaginación, no realmente *yo,* sino *Tú*. Una metáfora; quizá más que una metáfora. Claro que no hay la menor necesidad de confundirla con el Señor mítico... Lo piense como lo piense, lo pienso de modo inadecuado.

Entonces algo nuevo le ocurrió a John, y empezó a cantar; y esta es en general su canción como yo la recuerdo de mi sueño:

> Solo aquel ante quien me inclino sabe ante quién me inclino
> cuando intento decir el inefable nombre, murmurando Tú;
> y sueño con fantasías fidianas y abrazo de corazón

significados que no pueden ser, lo sé, lo que eres Tú.
Todas las plegarias, siempre, si les tomas la palabra, blasfeman,
pues invocan con frágil imaginería un sueño de vieja tradición;
y todos los hombres son idólatras que claman sin ser oídos
a ídolos sin sentido, si les tomas la palabra.
Y todo hombre en sus rezos, autoengañado, se dirige
a Uno que no es (así decía aquel viejo reproche) a menos que
Tú, por gracia pura, te apropies y hacia ti desvíes
las flechas de los hombres, lanzadas al azar, más allá del desierto.
No escuches, oh Señor, nuestro sentido literal, mas traduce
a tu magno y perfecto lenguaje nuestra entrecortada metáfora.

Cuando se detuvo a reflexionar sobre las palabras que habían salido de su boca, empezó otra vez a sentir miedo de ellas. El día empezaba a declinar y en la estrecha sima ya casi era de noche.

5. ALIMENTO COSTOSO

John ha de aceptar la gracia de Dios o morir. Habiendo aceptado su gracia, ha de reconocer su existencia.

Algún tiempo avanzó con cautela, pero no podía apartar de su mente la imagen de un lugar donde se abriría una grieta en el sendero cuando estuviera demasiado oscuro para que John pudiera ver, de modo que pisaría en el aire. Este temor le hacía detenerse con progresiva frecuencia para examinar el suelo; y cuando proseguía, lo hacía cada vez con mayor lentitud, hasta que al fin se detuvo del todo. No parecía haber otra alternativa que descansar donde se encontraba. La noche era cálida, pero John tenía hambre y sed. Y se sentó. Por entonces la oscuridad era profunda.

Entonces soñé que otra vez llegó hasta él un hombre en la oscuridad y dijo:

—Debes pasar la noche donde estás, pero te he traído una hogaza y si te arrastras diez pasos por la cornisa encontrarás una pequeña caída de agua que baja por el precipicio.

—Señor —dijo John—. No conozco su nombre y no veo su cara, pero le doy las gracias. ¿No quiere sentarse a comer conmigo?

—Estoy saciado y no tengo hambre —dijo el hombre—. Y voy a seguir. Una sola palabra antes de irme. No puedes quedarte con la soga y con la cabra.

—¿Qué quiere decir, señor?

—Tu vida se ha salvado todo este día porque has apelado a algo que llamas por muchos nombres, y te has dicho a ti mismo que utilizas metáforas.

—¿Me equivoqué, señor?

—Quizá no. Pero tienes que jugar limpio. Si te ayuda no es metáfora, ni lo son sus mandamientos. Si puede responder cuando llamas, entonces puede hablar sin que lo pidas. Si puedes ir a ello, ello puede venir a ti.

—Creo comprender, señor. ¿Quiere decir que no soy mi propio dueño; que en cierto sentido tengo un Señor, a fin de cuentas?

—Aun así. ¿Pero qué es lo que te consterna? Sabiduría ya te dijo que las reglas eran tuyas y no eran tuyas. ¿No tenías intención de obedecerlas? Y si era así, ¿puede asustarte que haya uno que te hará posible obedecerlas?

—Pues bien —dijo John—, supongo que me ha descubierto. Quizá no tenía la total intención de obedecerlas, no todas, o no todas en todo momento. Y no obstante, en un sentido, creo que sí la tenía. Es como una espina clavada en el dedo, señor. Sabes, cuando te dispones a sacarla por ti mismo, y tienes intención de sacarla, sabes que te va doler, y te duele, pero en cierto modo no es un asunto muy serio... digo yo que porque sabes que *puedes* parar si empieza a doler mucho. No es que tengas intención de parar. Pero es muy distinto extender la mano para que un médico te haga tanto daño como a *él* le parezca oportuno. Y a *su* ritmo.

El hombre rio.

—Veo que me entiendes muy bien —dijo—. Pero lo bueno es sacar la espina.

Y se fue.

6. ATRAPADO

El terror del Señor. ¿Dónde está ahora el Dulce Deseo?

John no tuvo dificultad para encontrar el arroyo y cuando hubo bebido se sentó a su orilla y comió. El pan tenía un sabor algo soso que le resultaba por alguna razón familiar y no muy agradable, pero no estaba en condiciones de poner reparos. Su extrema fatiga le impedía pensar mucho en la conversación que acababa de mantener. Las palabras del desconocido descansaban en el fondo del corazón de John como un peso frío que algún día tendría que aceptar y llevar consigo; pero su mente estaba llena de imágenes de riscos y simas, de interrogantes sobre Vertud, de temores menores sobre el mañana y el momento, y, ante todo, de la bendición del alimento y de permanecer en reposo; y todo esto se mezclaba en confusión muy velada, hasta que, por último, no pudo recordar ya en cuál de estas cosas había estado pensando el instante anterior; y entonces supo que estaba dormido; y al final se quedó profundamente dormido y nada más supo.

Por la mañana no fue así. Al despertar, con su primer pensamiento le asaltó la envergadura del horror. El cielo azul sobre los riscos lo observaba; los precipicios mismos lo aprisionaban; las rocas que había a su espalda le cortaban la retirada; el sendero ante él le ordenaba que siguiera. En una noche, el Señor —llamémosle por ese nombre o por el que queramos— había vuelto al mundo, y llenado el mundo, del todo, sin dejar ranuras. Sus ojos contemplaban, su mano señalaba y su voz imperaba en todo lo que podía oírse y verse, incluso desde el punto en que John se encontraba hasta el fin del mundo; y si seguías más allá del fin del mundo, Él estaría allí también.

Todas las cosas eran, en efecto, una —más verdaderamente una de lo que Sabiduría soñaba— y todas las cosas decían una palabra, ATRAPADO: atrapado otra vez en la esclavitud de caminar cauteloso y doliente todos sus días, de no estar nunca solo; de no ser nunca dueño de su propia alma, de no tener intimidad, ni un rincón en el que poder decir a todo el universo: «Esto es mío, aquí puedo hacer lo que me plazca». Bajo esa mirada universal y escrutadora, John se amilanó como un animal pequeño atrapado en las manos de un gigante y colocado bajo una lupa.

Cuando hubo bebido y se lavó la cara en el arroyo, continuó su camino y al cabo de un rato compuso esta canción:

Te posas sobre mí todos mis días.
Ojo inevitable,
terrible y fijo como el fulgor
de algún cielo de Arabia;

donde, del todo inmóviles en su asfixiante tienda,
los pálidos viajeros se arrebujan, y, luminoso
en torno a ellos, el prolongado Asombro de mediodía
golpea las rocas con su luz.

Ay, quién pudiera respirar aire fresco una vez de cada siete,
un aire de climas nórdicos,
¡el cielo mudable con castillos de nubes
de mis viejos tiempos paganos!

Pero te has apoderado de todo en tu cólera
de Unicidad. Girando,
batiendo mis alas, en todas direcciones, dentro de tu jaula
aleteo, mas no fuera.

Y mientras caminaba, el día entero, con la fuerza del pan que había comido, sin atreverse muchas veces a mirar hacia el vacío, con la cabeza casi siempre ligeramente vuelta hacia dentro, hacia la roca, tuvo tiempo de reflexionar sobre su tribulación y descubrir en ella aspectos nuevos. Ante todo, fue embargándole la idea de que el regreso del Señor había borrado la Isla; porque si aún existía semejante lugar, él ya no era libre para dedicar su alma a buscarlo, sino que tenía que seguir los designios que el Señor tenía para él. Y en el mejor de los casos le parecía ahora que el final de las cosas era al menos más como una persona que como un lugar, de tal modo que la sed más profunda de su interior no se ajustaba a la naturaleza más profunda del mundo. Pero algunas veces se consolaba diciendo que ese Señor nuevo y real tenía con todo que ser muy diferente de aquel que proclamaban los guardianes y, en realidad, de todas las imágenes que los hombres podían hacer de él. Cabía la posibilidad de que todavía flotara a su alrededor algo de aquella prometedora oscuridad que había cubierto el absoluto.

7. EL ERMITAÑO

John empieza a aprender algo sobre la historia del pensamiento humano. La historia ha visto personas como los contrarrománticos en muchas épocas.

Al poco oyó el tañido de una campana y miró, y vio junto a él una pequeña ermita en una cueva del risco; y en ella vio sentado a un ermitaño cuyo nombre era Historia, tan viejo y delgado que tenía las manos transparentes y John pensó que un poco de viento se lo llevaría.

—Entra, hijo mío —dijo el ermitaño—, y come pan y después seguirás tu camino.

John se alegró de oír la voz de un hombre entre aquellas peñas, y entró y se sentó. El ermitaño le dio pan y agua, pero él mismo no comió nada y bebió un poco de vino.

—¿Hacia dónde te diriges, hijo mío? —preguntó.

—Me parece, padre, que voy a donde no quiero ir; porque me puse en camino para encontrar una Isla y en vez de ello he encontrado al Señor de la Tierra.

Y el ermitaño siguió mirándolo, cabeceando casi imperceptiblemente a causa de los temblores de la edad.

—Los listos tenían razón y los hombres pálidos tenían razón —dijo John, pensando en voz alta—, porque el mundo no puede aplacar la sed con la que he nacido, y al parecer la Isla no era, después de todo, más que una ilusión. Pero olvidaba, padre, que usted no conoce a esa gente.

—Conozco todos los rincones de esta región —dijo el ermitaño— y el genio de los lugares. ¿Dónde viven estas personas?

—Al norte del camino. Los listos están en la región de Mammón, donde un gigante de piedra es dueño de la tierra, y los hombres pálidos están en la meseta de los Tenaces.

—He estado en esos lugares mil veces, pues en mi juventud fui vendedor ambulante y no hay ningún territorio en que no haya estado. Pero dime, ¿conservan aún sus viejas costumbres?

—¿A qué costumbres se refiere?

—Pues a todas las surgidas de la propiedad de la tierra, pues más de la mitad de la región al norte del camino está hoy en manos de arrendatarios del Enemigo. Hacia el este era el gigante, y bajo su mando Mammón y otros. Pero hacia el oeste, en la meseta, había dos hijas del Enemigo... espera un poco... sí, Ignorantia y Superbia. Ellas siempre imponían costumbres extrañas a los pequeños labradores. Recuerdo a muchos de los arrendatarios de allí: estoicos y maniqueos, espartanos, una gran variedad. En una época tuvieron la idea de comer mejor pan que el que se hace de trigo. En otro momento, sus propias nodrizas adoptaron el extraño ritual de tirar siempre el agua del baño con el niño dentro. Y una vez el Enemigo mandó un zorro sin cola a vivir entre ellos y este les persuadió de que todos los animales debían carecer de cola y cortaron las colas de todos sus perros y caballos y vacas. Recuerdo que quedaron muy desconcertados sobre cómo aplicar una medida similar a sí mismos, hasta que por fin un sabio sugirió que podían cortarse las narices. Pero la costumbre más extraña de todas era una que practicaron en todo momento mientras otras costumbres cambiaban. Es la siguiente: que nunca enmendaban nada, sino que lo destruían. Cuando un plato estaba sucio no lo lavaban, lo rompían; y cuando sus ropas estaban sucias las quemaban.

—Tuvo que ser una costumbre muy cara.

—Es ruinosa, y significaba, como es natural, que estaban constantemente importando más ropa y más platos. Pero lo cierto es que tenían que importarlo todo, porque esa es la dificultad de la meseta: nunca ha podido sustentar la vida y nunca podrá. Sus habitantes siempre han vivido de sus vecinos.

—Han debido ser hombres muy ricos.

—En efecto *eran* muy ricos. No creo recordar un solo caso de persona pobre o desvalida que fuera allí a vivir. Cuando la gente humilde se tuerce suele irse al sur. Los tenaces prácticamente siempre van a la meseta como colonizadores del país de Mammón. Yo supongo que los hombres pálidos de que hablas son listos reformados.

—En cierto modo creo que lo son. Pero, padre, ¿puede decirme por qué estos Tenaces se comportan de forma tan curiosa?

—Pues bien, para empezar, *saben* muy poco. Nunca viajan y en consecuencia nunca aprenden nada. Realmente no saben que hay lugares fuera del país de Mammón y de su propia meseta; salvo que han oído rumores exagerados sobre los pantanos del sur, y suponen que hacia el sur, a solo unas millas de distancia, todo es pantano. Por ello, su repugnancia por el pan surgió de la pura ignorancia. Donde viven, en el territorio de Mammón, solo conocían el pan habitual que hace Mammón, y unos cuantos bizcochos pringosos que importaba del sur, único tipo de producto cuya entrada Mammón estaba dispuesto a permitir. Como no les gustaba ninguna de las dos cosas, inventaron una galleta propia. Nunca se les ocurrió alejarse una milla de la meseta hasta la casa de campo más cercana y enterarse de cómo sabe una auténtica hogaza. Y lo mismo con los bebés. Estos les desagradaban porque los bebés significaban para ellos las diversas deformidades gestadas en los burdeles de Mammón; en fin, también en este caso, tras una caminata moderada habrían podido contemplar bebés saludables jugando en los caminos. En cuanto a sus pobres narices... en la meseta no hay nada que oler, ni bueno ni malo, ni indiferente, y en la tierra de Mammón lo que no rezuma perfume rezuma hedor. De modo que no vieron ninguna utilidad en las narices, aunque a cinco millas de allí estaban segando el heno.

—¿Y qué me dice de la Isla, padre? —preguntó John—. ¿Se equivocaban también sobre eso?

—Esa es una historia más larga, hijo mío. Pero veo que empieza a llover, de modo que quizá sea momento para contártela.

John fue hasta la boca de la cueva y miró al exterior. El cielo se había oscurecido mientras hablaban y una lluvia cálida, que difuminaba los riscos como si fuera vapor, caía hasta donde alcanzaba la vista.

8. LAS PALABRAS DE HISTORIA

Había realmente un elemento divino en el romanticismo de John. Pues la moral no es en modo alguno el único testigo de Dios en el mundo subcristiano. Incluso en la mitología pagana había vocación divina. Pero los judíos, en vez de mitología tenían la ley. Conciencia y Dulce Deseo deben aunarse y hacer un hombre completo.

Cuando John hubo regresado y se sentó, el ermitaño prosiguió:

—Puedes tener la certeza de que cometen el mismo error sobre la Isla que sobre todo lo demás. Mas ¿cuál es la mentira común a la sazón?

—Dicen que son todo artimañas de Mediastintas; que está a sueldo de las muchachas morenas.

—¡Pobre Mediastintas! Son muy injustos con él, como si fuera otra cosa que el mero representante local de algo tan extendido y tan necesario (aunque, por decirlo todo, también tan peligroso) como el cielo que nos cubre. Y además no es mal representante, si aceptas sus canciones con calma y las utilizas con el sentido que han de ser utilizadas; claro que las personas que se acercan a él a sangre fría para obtener todo el *placer* posible, y por consiguiente oyen la misma canción una vez y otra y otra, no pueden echar la culpa a nadie si despiertan en brazos de Media.

—Eso es muy cierto, padre. Pero no me creían cuando dije que había visto y anhelaba la Isla antes de conocer a Mediastintas; antes de haber oído la canción. Insisten en tratar el asunto como invención de él.

—Eso es lo que ocurre siempre con los que no se mueven de su casa. Si les agrada algo de su aldea lo toman como algo universal y eterno, aunque quizá nadie lo conozca a cinco millas de allí; si algo les disgusta, dicen que es una convención local, atrasada y provinciana, aunque, en realidad, acaso sea una ley de naciones.

—¿Entonces es realmente cierto que todos los hombres, todas las naciones, han tenido la visión de la Isla?

—No siempre aparece en forma de isla; y es posible que algunos hombres, si heredan determinadas enfermedades, no tengan jamás esa visión.

—¿Pero qué *es*, padre? ¿Y tiene algo que ver con el Señor de la Tierra? No llego a saber cómo puedo encajar las cosas.

—Tiene su origen en el Señor. Lo sabemos por sus resultados. Te ha traído a ti adonde ahora te encuentras, y nada hay que lleve a él que no surja primeramente de él.

—Pero los guardianes dicen que son las reglas las que surgen de él.

—No todos los guardianes son hombres muy viajados. Pero los que sí lo son saben perfectamente que el Señor de la Tierra ha puesto otras cosas en circulación además de las reglas. ¿De qué sirven las reglas a la gente que no sabe leer?

—Pero prácticamente todo el mundo sabe.

—Nadie nace sabiendo leer, así pues, el punto de partida para todos nosotros tiene que ser una imagen, no las reglas. Y hay más personas de las que tú supones que son analfabetas toda su vida o que, en el mejor de los casos, no aprenden nunca a leer bien.

—¿Y para estas personas las imágenes son lo indicado?

—Yo no diría eso exactamente. Las imágenes solas son peligrosas y las reglas solas son peligrosas. Por esta razón lo mejor es encontrar a Madre Kirk al principio de todo, y vivir desde la infancia con una tercera cosa que no es ni las reglas ni las imágenes, y que el Hijo del Señor trajo a esta tierra. Eso, para mí, es lo mejor: no haber sabido nada de la disputa entre las reglas y las imágenes. Pero ocurre muy raramente. Los agentes del Enemigo operan por todas partes, difundiendo el analfabetismo en un distrito y cegando a los hombres a las imágenes en otro. Aun allí donde Madre Kirk nominalmente rige, algunos hombres envejecen sin saber leer las reglas. El imperio de Madre Kirk siempre está desmoronándose. Pero nunca se desmorona del todo, porque tantas veces como los hombres se hacen otra vez paganos, el Señor de la Tierra vuelve a enviarles imágenes y suscita en ellos el Dulce Deseo, y de ese modo los lleva otra vez a Madre Kirk, igual que llevó a los verdaderos paganos hace mucho tiempo. En realidad, no hay otra vía.

—¿Paganos? —dijo John—. No conozco a esa gente.

—Olvidaba que es muy poco lo que has viajado. Es muy posible que nunca estuvieras en la región de Pagus en carne y hueso, aunque, en otro sentido, has vivido allí toda tu vida. Lo curioso de Pagus era que la gente de allí nunca había oído hablar del Señor de la Tierra.

—Sin duda habrá muchas otras personas que no sabrán tampoco de su existencia.

—Oh, hay muchísimos que *niegan* su existencia. Pero te tienen que hablar de una cosa antes de que puedas negarla. La peculiaridad de los paganos era que nadie les había hablado de ello; o, si lo habían hecho, hacía tanto tiempo que la tradición había desaparecido. Verás: el Enemigo había suplantado prácticamente al Señor de la Tierra, y se mantenía alerta frente a cualquier noticia de ese origen que pudiera llegar a los arrendatarios.

—¿Lo consiguió?

—No. Se cree generalmente que así fue, pero es un error. Se cree generalmente que confundió el espíritu de los arrendatarios haciendo circular un montón de falsas historias sobre el Señor de la Tierra. Pero yo he pasado por Pagus en mis recorridos con demasiada frecuencia para pensar que fue así de fácil. Lo que realmente ocurrió fue esto: el Señor de la Tierra logró introducir una gran cantidad de mensajes.

—¿Qué clase de mensajes?

—Imágenes, en su mayoría. Sabrás que los paganos no sabían leer, porque el Enemigo cerró las escuelas en cuanto se apoderó de Pagus. Pero tenían imágenes. En el momento en que mencionaste la Isla supe lo que buscabas. He visto esa Isla decenas de veces en las imágenes de las que hablo.

—¿Y qué ocurrió entonces?

—Casi con certeza lo mismo que te ha ocurrido a ti: esas imágenes generan deseo. ¿Me comprendes?

—Muy bien.

—Y además los paganos cometieron errores. Intentaban sin cesar volver a la misma imagen: y si esta no volvía, hacían copias de ella para guardarla. E incluso si volvía, querían extraer de ella, no deseo, sino satisfacción. Pero seguramente ya sabes todo esto.

—Sí, desde luego. ¿Pero qué pasó entonces?

—Siguieron fabricándose cada vez más historias sobre las imágenes, pretendiendo a continuación que las historias eran ciertas. Buscaron a las muchachas morenas y procuraron convencerse de que ellas eran lo que querían. Llegaron muy al sur, algunos de ellos se hicieron magos e intentaron creer que eso era lo que querían. No hubo absurdo o indignidad que no cometieran. Pero por muy lejos que fueran, el Señor era siempre demasiado para ellos. En el momento en que sus propias historias parecían haber excedido completamente los mensajes originales y haberlos ocultado sin posibilidad de recuperarlos, el Señor de la Tierra les enviaba repentinamente un mensaje nuevo y todas sus historias resultaban rancias. O justamente cuando ellos parecían empezar a sentirse satisfechos con su mercadeo de lujuria o misterio, llegaba un nuevo mensaje y el antiguo deseo, el de verdad, volvía a embargarlos y entonces decían: «Otra vez ha vuelto a rehuirnos».

—Ya sé. Y el ciclo recomenzaba otra vez.

—Sí, pero en todo momento hubo un pueblo que sabía leer. ¿Has oído hablar del pueblo pastor?

—Tenía la esperanza de que no llegara a ese punto, padre. He oído a los guardianes hablar de él y creo que eso, más que ninguna otra cosa, es lo que me repugnó de toda esa historia. Es muy evidente que el pueblo pastor son simplemente gentes paganas; especialmente desagradables, además. Si todo ello está ligado a ese pueblo singular...

—Eso no es más que un error garrafal —dijo Historia—. Tú y aquellos en quienes confías no han *viajado*. Nunca has estado en Pagus, ni entre los pastores. Si hubieras vivido en los caminos como yo, nunca dirías que son lo mismo. Los pastores sabían leer: eso es lo que hay que recordar siempre. Y debido a que sabían leer, lo que recibían del Señor de la Tierra eran reglas, no imágenes.

—¿Pero quién puede preferir reglas a la Isla?

—Eso es como preguntar quién prefiere cocinar a comer. ¿No comprendes que los paganos, porque estaban regidos por el Enemigo, estaban empezando por el extremo equivocado? Eran como escolares perezosos, queriendo ser elocuentes antes de aprender gramática. Tenían imágenes en los ojos en lugar de camino bajo los pies, y es por ello que la mayoría no podía hacer otra cosa que desear y después, a causa de su deseo insatisfecho, corromper su imaginación y con ello generar desesperación, y otra vez deseo. Sin embargo, los pastores, como estaban regidos por el Señor de la Tierra, fueron inducidos a comenzar por el extremo correcto. Sus pies pisaron el camino y, como dijo una vez el Hijo del Señor de la Tierra, si los pies están bien encaminados, las manos y la cabeza se enderezarán tarde o temprano. No funciona en sentido inverso.

—Es tanto su saber, padre —dijo John—, que no acierto a responderle. Pero todo esto es diferente a las descripciones que me han dado de esas regiones. Sin duda, algunos paganos consiguieron llegar a algún sitio.

—Así es. Llegaron hasta Madre Kirk. Esta es la definición de pagano: «el hombre que camina de tal modo que, si todo va bien, llega hasta la sede de Madre Kirk y es transportado a este barranco». Lo he visto con mis propios ojos. Pero definimos las cosas por su perfección. El problema en torno a Pagus es que el perfecto pagano, y en ese sentido típico, es muy infrecuente allí. Y ha de ser así, ¿no crees? Sabrás que estas imágenes, este no saber escribir, este infinito deseo que tan fácilmente se confunde con otros deseos y, en el mejor de los casos, permanece puro solamente cuando sabe lo que *no* quiere, son el punto de partida desde el cual *un* camino lleva al hogar y mil caminos, al desierto.

—¿Pero no eran los pastores igualmente malos a su modo? ¿No es verdad que eran intolerantes, estrechos de miras, fanáticos?

—Eran, en efecto, estrechos. Lo que tenían a su cargo era estrecho: era el camino. Lo encontraron. Lo señalizaron. Lo mantenían aseado y lo reparaban. Pero no debes pensar que los estoy comparando con los paganos. La verdad es que un pastor es solo la mitad de un hombre, y un pagano es solo la mitad de un hombre, de tal modo que ninguno de los dos pueblos está bien sin el otro, y ninguno de los dos pudo sanar hasta que el Hijo del Señor llegó a su región. Y aun así, hijo mío, tú no estarás bien hasta que hayas alcanzado a tu compañero de viaje, el que durmió en mi celda la noche pasada.

—¿Se refiere a Vertud?

—Ese era su nombre. Lo sabía pese a que él no me lo dijo, porque conozco a su familia; y su padre, a quien él no conoce, se llamaba Nomos y vivía entre los pastores. Nunca podrás hacer nada hasta no haberse jurado ambos hermandad de sangre, ni tampoco él podrá hacer nada sin ti.

—Con gusto le alcanzaría —dijo John—, pero está tan enojado conmigo que temo acercarme a él. E incluso si nos reconciliáramos, no veo cómo podemos evitar volver a distanciarnos. De algún modo, nunca hemos logrado encontrarnos del todo a gusto el uno con el otro durante mucho tiempo.

—Y solos no lo lograrán nunca. Solo un tercero puede reconciliarlos.

—¿Y quién es?

—El hombre que reconcilió a los pastores y los paganos. Pero debes dirigirte a Madre Kirk para encontrarlo.

—Llueve con más fuerza que nunca —dijo John mirando hacia la boca de la caverna.

—Y no parará esta noche —dijo padre Historia—. Debes quedarte conmigo hasta que llegue el día.

9. UNA REALIDAD IRREFUTABLE

Es peligroso abrazar el Dulce Deseo a su llegada, pero es fatal rechazarlo, se presente como amor cortés en la Edad Media o como adoración de la naturaleza en el siglo XIX. Cualquier forma contiene su propia corrupción, pero huir despavorido no es la solución.

—Entiendo —repuso John— que esta cuestión es más complicada de lo que los listos y los tres hombres pálidos presumen, pero no se equivocaban al desconfiar de la Isla. Según lo que usted me ha contado, es muy peligrosa.

—No hay ningún peligro que evitar en esta tierra —dijo Historia—. ¿Sabes lo que le pasa a la gente que aprende a patinar resuelta a no caerse nunca? Que se cae tantas veces como el resto de nosotros, y acaba por no poder patinar.

—Pero es más que peligroso hacerle frente: usted dijo que se partía del extremo equivocado, y que la gente del Pastor partía del extremo correcto.

—Eso es cierto. Pero si eres un pagano nato o natural no tienes elección, es mejor empezar por el extremo equivocado que no empezar. Y la mayoría de hombres son siempre paganos. Su primer paso siempre será el deseo que surge de las imágenes, y aunque ese deseo oculte mil y un falsos caminos, también esconde el único válido para ellos. Todos aquellos que reniegan del deseo con una excusa cualquiera —estoicos, ascetas, rigoristas, realistas, clasicistas— están del lado del Enemigo, lo sepan o no.

—Entonces ¿la Isla es necesaria en todos los casos?

—No siempre toma la forma de una isla, como ya he dicho; el Señor de la Tierra envía imágenes de muy diversa naturaleza. Lo universal no es la imagen concreta, sino la llegada de un mensaje, no del todo inteligible, que despierta ese deseo y hace que los hombres ambicionen algo al este o al oeste del mundo. Algo que, en cualquier caso, solo puede poseerse en el acto de desearlo, y que se pierde tan rápido que se ansía la propia ansia que se sentía. Algo que tiende a ser irremediablemente confundido con las satisfacciones mundanas, infames incluso, que se pueden encontrar al alcance de la mano, pero es algo que no obstante puede conducir finalmente al hombre adonde se encuentran las auténticas alegrías, si lo sigue fielmente a través del diálogo entre sus sucesivos nacimientos y muertes. En lo que respecta a las formas bajo las cuales se presenta, puedo decir que en mis viajes he visto varias. En Pagus, en ocasiones, era una isla, como ya he dicho. Pero también era frecuente que la imagen fuera de gente, más fuerte y hermosa que nosotros. En ocasiones era una imagen que contaba una historia. La forma más extraña que adoptó nunca fue en Medium Aevum, en una jugada maestra de la diplomacia del Señor de la Tierra (porque es evidente que desde que el Enemigo está en esta tierra, el Señor de la Tierra ha tenido que convertirse en un político). Primero fueron colonos de Pagus quienes habitaron Medium Aevum. Llegaron allí en el peor momento de la historia de Pagus, cuando el Enemigo parecía haber triunfado en su empresa de reducir todos los deseos que el Señor de la Tierra pudiera crear a simple lujuria. Aquellos pobres colonos se encontraban en un estado tal que si descuidaban sus fantasías un solo momento empezaban a ver imágenes de ojos negros y ansiosos, de pechos, de besos insidiosos. Parecía inútil tratar de hacer algo con ellos. Entonces llegó la audacia suprema del Señor de la Tierra: la siguiente imagen que les envió fue de... ¡la Dama! A nadie se le había ocurrido jamás la idea de una dama, y una dama es una mujer: se trataba de algo nuevo, que pillaba al Enemigo desprevenido y, al mismo tiempo, de algo antiguo, conocido. De hecho, era la única creación que el Enemigo reconocía como un grandísimo acierto. Se llevó la impresión de su vida. La gente enloqueció con la nueva imagen, y se escribieron canciones que aún hoy se cantan, y apartaron la mirada de la imagen para mirar a las mujeres que los rodeaban y las vieron muy diferentes. De esta forma, el amor corriente por las mujeres se convirtió, por un tiempo, en una forma del auténtico deseo, y no solo en una de las espurias satisfacciones que parecían ofrecerlo. Claro que el Señor de la Tierra estaba jugando a un juego peligroso (prácticamente todos sus juegos son, efectivamente, peligrosos) y el Enemigo logró confundir y corromper el nuevo mensaje, como de costumbre, pero no tanto como hubiera deseado. O como la gente diría más tarde: antes de que se hubiera recuperado, al menos hubo uno de los arrendatarios que había llevado esta nueva forma del deseo hasta su conclusión natural, y había encontrado lo que realmente deseaba. Lo escribió todo en lo que él llamó una *comedia*.*

—¿Y qué me dice del señor Mediastintas? —inquirió John—. ¿Dónde empezó su canción?

—Esa fue la última gran llegada de mensajes nuevos que tuvimos —dijo Historia—. Y ocurrió justo antes de que me retirara del mundo. Fue en la tierra de don Ilustración, que entonces era muy distinto. No conozco a ningún hombre que se haya estropeado tanto con el paso de los años. Por aquel entonces Paparrucha aún no había sido construida. El Enemigo tenía agentes por estas tierras, pero no solía acudir en persona con tanta frecuencia. Debió de ser por aquellos tiempos en los que Mammón estaba tomando el control y construyendo nuevas ciudades y llevando a la gente de los campos a las fábricas. Uno de los resultados fue la aparición masiva de anemia (aunque hubo más motivos para el brote) y de corazones con deficiencias. En esta ocasión el Señor de la Tierra hizo algo curioso: les envió imágenes del país en el que realmente estaban viviendo, como si les hubiera enviado una serie de espejos. Como digo, siempre hace lo más inesperado para el Enemigo. Y al igual que había sucedido con las imágenes de la dama en Medium Aevum, que habían hecho parecer diferentes a las auténticas mujeres, cuando los hombres miraron estas imágenes del campo y luego se volvieron hacia el paisaje de verdad, este había cambiado por completo. Y una nueva idea nació en sus mentes, y vieron algo —el algo antiguo, la Isla al oeste del mundo, la dama, el deseo del corazón— que parecía estar escondiéndose, aunque no estaba del todo escondido; como algo que aún está a punto de ser, en cada

* Dante.

bosque y en cada río y bajo cada campo. Y al ver esto, la tierra pareció estar cobrando vida, y todas las antiguas historias de los paganos volvieron a sus mentes y significaron más de lo que los propios paganos nunca habían sabido. Y como las mujeres seguían siendo parte del paisaje, la antigua idea de la Dama también resucitó. Porque esta es parte de la habilidad del Señor de la Tierra: resucitar un mensaje dentro del siguiente, una vez que el primero ha muerto. Y a raíz de esta tercera revelación, que llamaron romántica, se compusieron tantas canciones que no puedo recordarlas todas. Y también se redactaron muchas escrituras de propiedades, y muchos, tras superar los habituales falsos comienzos, las desilusiones y nuevos comienzos del deseo, encontraron su camino a casa. Tu señor Mediastintas es uno de los más tardíos y menos convencidos seguidores de esa escuela.

—La historia de las imágenes románticas no me resulta tan clara como las otras. ¿Qué hizo exactamente el Señor de la Tierra? ¿Y qué hizo el Enemigo?

—Pensaba que lo habías visto. Este último golpe diplomático fue, en cierto modo, uno de los mejores. Todas las imágenes anteriores habían sido de algo que no estaba en el mundo que te rodeaba. Esto dio al Enemigo la oportunidad de hacer creer a la gente que tenían ese algo en la imagen, pero que carecían de ello fuera; en otras palabras, que era la propia imagen lo que querían. Y eso, como sabes, significa idolatría. Y cuando más tarde el ídolo te decepcione (como probablemente suceda), poca es la distancia que te separará de las satisfacciones espurias. Pero esta arma fue arrebatada de la mano del Enemigo en el momento en el que lo que había en la imagen era exactamente lo que te rodeaba. Hasta el más estúpido de los arrendatarios podía ver que poseía el paisaje, en el único sentido en el que podía poseerse, y aún lo deseaba. El paisaje, por tanto, no era lo que quería. La idolatría se convirtió en un imposible. Como no podía ser de otra forma, el Enemigo, cuando se hubo recuperado, encontró un nuevo sistema de defensa. Ya que el nuevo mensaje no podía ser convertido en objeto de idolatría, habría que ridiculizarlo. El deseo que despertó, entre la imagen y la tierra, podía ser confundido con el sencillo placer que cualquier hombre corriente experimenta al pasear al aire libre. Y cuando se hubiera equivocado lo suficiente el deseo, el Enemigo podría hacer creer que los románticos habían montado un enorme revuelo en torno a nada. Y, como puedes imaginar, todas las personas a las que no se les habían enviado las imágenes, que en consecuencia no sentían el deseo y a las que por tanto corroía la envidia, aceptarían esta explicación.

—Entiendo —dijo John—. Pero... según su propia explicación, al final todos estos mensajes se emborronaron y corrompieron, y entonces lo que hay que hacer ahora es buscar el nuevo. Puede que esos hombres pálidos no estén tan equivocados al emplearse en limpiar la mugre de la antigua revelación. Puede que sea la manera de prepararse para la próxima.

—Esa es otra idea suya que un pequeño viaje haría reventar en mil pedazos. Creen que el Señor de la Tierra trabaja como las fábricas de Paparrucha, que inventa cada día una máquina nueva que sustituye a la anterior. Como las máquinas se cuentan entre las pocas cosas que conocen, no pueden evitar pensar que todo es igual. Pero esto les conduce a dos errores: primero, que no entienden la lentitud con la que actúa el Señor de la Tierra, los enormes intervalos entre estos grandes cambios en su tipo de imagen; y en segundo lugar, que creen que lo nuevo refuta y cancela lo antiguo, cuando en realidad le otorga más vida y más plena. Nunca he oído de ningún hombre que, tras haberse ocupado en ridiculizar o en refutar el antiguo mensaje, se haya convertido en receptor del nuevo. Por algún motivo pasa tanto tiempo. ¡Válgame! Recuerdo a Homero en Pagus ridiculizando algunas imágenes históricas; pero ellos aún tuvieron que dejar pasar muchos miles de años parados y dejar que miles de almas se nutrieran de aquellas imágenes. Recuerdo a Clopinel* en Medium Aevum, mofándose de las imágenes de la dama antes de que hubieran llegado siquiera a la mitad de sus conciudadanos. Pero su mofa no era ningún conjuro para evocar un nuevo mensaje, ni estaba ayudando a ninguna causa más que a la del Enemigo.

* Jean de Meung.

10. ARQUETIPO Y ECTIPO

Sabemos que el objetivo del Dulce Deseo no es subjetivo. No puede ser que incluso el Deseo deje de ser nuestro propio Deseo. No hay problema, dado que es el amor de Dios, no el nuestro, el que nos mueve a nosotros y a todas las cosas.

Se hizo un gran silencio en la cueva, excepto por el sonido de la lluvia. Entonces John prosiguió:

—A pesar de todo eso... —dijo—, a pesar de todo eso, Padre, estoy muy asustado. Me asusta que las cosas que el Señor de la Tierra en realidad tiene pensadas para mí sean completamente diferentes de las cosas que me ha enseñado a desear.

—Serán muy diferentes de las cosas que imaginas. Pero ya sabes que los objetos que tu deseo imagina nunca se adecúan a ese deseo. Hasta que no los tengas, no sabrás qué es lo que querías.

—Recuerdo que Sabiduría también me dijo eso. Y lo entiendo. Es probable que lo que me preocupa sea el miedo a que mis deseos, según todo lo que me ha dicho, no provengan en realidad del Señor de la Tierra, que haya en el mundo alguna Belleza rival más antigua que el Señor de la Tierra no me permitirá alcanzar. ¿Cómo podemos probar que la Isla procede de él? Angular diría que no es así.

—Tú mismo te lo has probado: has vivido la prueba. ¿Acaso cada objeto que la fantasía y los sentidos han sugerido al deseo no ha mostrado un fallo, no ha confesado, tras probarlo, que no era lo que querías? ¿No has descubierto, por eliminación, que este deseo es la peligrosa persecución en la que solo Uno puede cesar?

—Pero entonces —dijo John— la principal característica de todo esto es muy... muy diferente de lo que pensamos del Señor de la Tierra. Debo confesarle que contaba con no revelárselo: en mí el deseo ha sido casi físico. Ha habido momentos... he sentido el placer fluir desde el alma hacia el cuerpo... recorrerme de arriba abajo. Lo que dicen los listos es bastante exacto. Es una emoción... una sensación física.

—Es la misma historia de siempre. Debes temer a las emociones, pero no debes temerlas en exceso. Solo son una pequeña muestra de aquello que lo realmente deseable será cuando lo hayas encontrado. Recuerdo que un viejo amigo mío de Medium Aevum me dijo en una ocasión: «Fuera del éxtasis del alma habrá un fluir hacia la carne».

—¿Dijo eso? No me imaginaba que alguien aparte de los listos lo supiera. No se ría de mí, Padre, o ríase si lo desea; soy, en efecto, muy ignorante, y he escuchado a gente aún más ignorante.

El crepúsculo, acelerado por la lluvia, había caído en el cañón, y en la cueva se hacía la oscuridad. John escuchó al anciano moverse de un lado a otro y a continuación surgió la llama de una pequeña lámpara, iluminando su pálido y aguileño rostro. Preparó la comida para la cena ante su huésped y le invitó a comer y luego a dormir.

—Encantado, Padre —dijo John—, porque estoy muy cansado. No sé por qué le he acosado con mis preguntas sobre la Isla, todo comenzó con lo que me ocurrió hace demasiado tiempo. Entonces la vi claramente. Las visiones, desde aquella primera, se han hecho menos frecuentes, los deseos más tenues. He hablado como si aún la ansiara, pero no creo que ahora pueda encontrar ninguna ansia en mi corazón.

El hombre se sentó, quieto, meneando la cabeza levemente como antes.

Entonces, John habló de nuevo.

—¿Cómo puede agotarse si proviene del Señor de la Tierra? No dura, ¿sabe? ¿No queda refutada toda esta suposición?

—¿No has oído a los hombres decir (o puede que lo hayas olvidado) que es algo similar al amor humano? —preguntó el ermitaño.

—¿Y eso qué tiene que ver?

—No lo preguntarías si hubieras estado casado, o incluso si hubieras estudiado la reproducción de las bestias. ¿No sabes lo que ocurre en el amor? Primero viene el placer, luego el dolor, luego el fruto. Luego, la alegría del fruto, pero esta es diferente del primer placer. Y los amantes normales no deben tratar de quedarse en el primer peldaño, ya que la pasión eterna no es más que el sueño de una prostituta, del cual despertamos desesperados. No debes tratar de mantener el éxtasis, ya ha hecho su trabajo. El maná que se guarda se convierte en gusanos al pudrirse. Pero estás muy cansado y es mejor que no charlemos más.

Entonces soñé que John se tumbaba en una dura cama dentro de la cueva; y mientras permanecía entre despierto y dormido, el ermitaño, como yo pensaba, encendió dos cirios en el fondo de la cueva, en un altar, y se movió de un lado a otro haciendo y diciendo sus cosas sagradas. Y en los mismos límites del sueño, John le escuchó empezar a cantar, y así decía la canción:

Mi corazón está vacío. Todas las fuentes que manar debieran
con ansias, en mí yacen secas.
En toda mi tierra no hay una gota siquiera
que tenga en el mar su meta.
No me preocupa lo que tu amor puede ofrecer,
solo la futilidad del momento
y la apetencia del momento, sutilmente, al ceder
y estar libre de tormento.
Oh, tú que eres incansable, tú, que ni haces ni duermes,
ni te adormeces, tú que te ocupaste
del cuidado de Lázaro en la descuidada tumba, tú puedes
hasta que despierte velarme.
Si piensas por mí lo que yo no puedo pensar, si deseas
por mí lo que yo
no puedo desear, la Forma interior de mi alma, que espera

profundamente enterrada, no perecerá,
no más que la insensible semilla arrojada que crece
en la madurez invernal para nacer,
porque, mientras olvida, el cielo recordando ofrece
dulce influjo calmo en la tierra,
porque el cielo, moviéndose como una mariposa con
[tu belleza, se mece
girando en torno a la tierra.

Libro 9

A TRAVÉS DEL CAÑÓN

Nunca crecería el trigo sin haber muerto primero;
y otras semillas, de igual manera,
que quedaron perdidas en la superficie de la tierra,
y por la gran gracia de Dios, del grano muerto en la tierra
al final nace aquello de lo que todos vivimos.[25]

Langland

No dormirás, aunque permanezcas tumbado durante un millar de años, hasta que hayas abierto la mano y entregado aquello que no te corresponde otorgar o guardar. Puede que pienses que has muerto, pero solo será un sueño; puede que pienses que has despertado, pero seguirá siendo solo un sueño. Abre tu mano y dormirás profundamente, luego despertarás profundamente.

George MacDonald

Es mejor que me acompañe por las buenas.

Máxima policial

1. A TRAVÉS DEL CAÑÓN A LA LUZ INTERIOR

John se da cuenta de que está en peligro inminente de convertirse en un cristiano. Lucha para zafarse.

Cuando John abrió los ojos el día aún estaba lejos de aparecer, pero había una luz en la cueva como de un centenar de cirios. El ermitaño estaba profundamente dormido junto a una de las paredes de la celda, y John al lado de la otra, y entre ellos se erguía una mujer, parecida a Razón y parecida a Madre Kirk, muy brillante.

—Soy Contemplación —dijo—. Levántate y ven conmigo.

—No eres como la Contemplación que conozco —respondió John.

—Es a una de mis sombras a quien has encontrado —dijo la Dama—. Y hay poco bien en ellas, pero hay aún menos mal. Levántate y ven.

Entonces John se levantó y la Dama le tomó de la mano y le llevó afuera, a la cornisa ante la cueva. Y la noche aún era negra, caía una lluvia atronadora, pero la Dama y él estaban en una esfera de luz, de manera que cuando salían de la oscuridad en ella las gotas de lluvia se hacían brillantes como diamantes en el centro de la esfera e iridiscentes en la circunferencia. Sujeto por la mano de la Dama, cruzó el abismo y pasó por encima de los valles y las montañas del otro lado. Cuando ya habían recorrido una gran distancia (y la oscuridad lo cubría todo, exceptuando allí por donde ellos pasaban) llegaron al mar. Y también cruzaron el mar, deslizándose a poca distancia del agua, y el agua también era oscura hasta que alcanzó su luz, bajo esta era azul, como si estuviera al sol mediterráneo. Pero repentinamente la oscuridad que les rodeaba se desvaneció y la gota de luz en la que habían viajado entró en un océano de luz y fue absorbida. Se podía ver el cielo sobre ellos, y parecía una hora temprana de la mañana, ya que la temperatura era fresca y el rocío empapaba sus pies. Y John miró y vio extenderse campos ante él y la luz corrió como un río entre los campos, cantando con una voz similar a la de un río, pero más articulada y muy alto, demasiado brillante para mirarla. Había mucha gente con ellos. Y cuando John miró a la gente que le rodeaba vio que se estaban acercando a unos altos muros con grandes puertas. Y al ver la forma de la torre que se erigía ante él, un recuerdo, muy profundamente enterrado, se despertó en su mente, primero dulce, luego intranquilo, luego extendiéndose por el fondo de su mente en una espiral creciente de consternación, hasta que por fin, real, inevitable, insoportable, centelleó ante él la imagen de aquellos peñascos amontonados que había visto hacía mucho tiempo en Puritania en lo alto de las montañas del Este, y vio dónde estaba: al otro lado del arroyo, donde el tío George había desaparecido, en el castillo del Señor de la Tierra, el amable y bondadoso Señor de la Tierra con su agujero negro. Empezó a apartar la mano de la de la Dama. No podía soltarse. Le estaba llevando en dirección a las puertas del castillo y toda la muchedumbre de gente se estaba moviendo en la misma dirección, con una siniestra felicidad reflejada en sus caras. Forcejeó con Contemplación y gritó; y con ese grito y con el forcejeo despertó.

2. ESTE LADO A LA LUZ DEL RELÁMPAGO

Razón no le dejará zafarse.

La oscuridad se había tornado opaca en la cueva. Solo la tranquila respiración del ermitaño recordó a John dónde estaba, y con el primer despertar de la consciencia ya estaba deslizándose fuera de la cueva para aventurarse en la noche oscura y la estrecha cornisa, para arrastrarse dejándose la piel de las manos y las rodillas, para hacer y padecer lo que fuera para volver y no seguir en esta dirección en la que la siguiente esquina podría conducirle al mismo corazón del poder de su enemigo. La lluvia caía torrencial y los truenos resonaban entre las rocas, aunque la fría humedad de su espalda era mejor que la cálida humedad de su frente. No se atrevía a levantarse y a andar, ya que sus nuevos temores no habían apartado a los antiguos, sino que más bien se habían unido a ellos en una fantasmal armonía y, por un momento, su ojo interior vio el agujero negro con las arañas y escorpiones, la estrecha cornisa terriblemente inclinada hacia el lado equivocado, la caída en la oscuridad y su cuerpo rebotando de peñasco en peñasco, la espantosa cara del tío George cuando la máscara ya no se sostuviera en ella. Y los destellos se sucedieron más deprisa y el trueno siguió más rápido a cada destello, un nuevo miedo se unió a la fiesta, y en cada destello la eterna e inolvidable imagen de los barrancos, completamente iluminados, llevaba un paso más lejos el viejo miedo a las alturas, y eso atrajo de nuevo el miedo a la cara del tío George (tal como será la mía cuando yazca destrozado en lo más hondo de la garganta), hasta que por fin, cuando la complejidad de los miedos parecía no poder crecer más, una nítida y autoritaria voz le sobresaltó de pronto, provocándole tal impacto que le pareció no haber estado asustado hasta entonces.

—¡Retrocede! —dijo la voz.

John se agachó, inmóvil, tratando de esquivar la acumulación de miedos. Ni siquiera estaba seguro de que pudiera girar en esta minúscula cornisa.

—Retrocede —dijo la voz—, o demuestra que eres el mejor de los hombres.

El rayo rasgó la oscuridad y volvió a sumirse en ella. Pero John había visto a su enemigo. Era Razón, esta vez a pie, pero aún con la cota de malla puesta y empuñando su espada.

—¿Quieres pelear? —preguntó ella en la oscuridad.

A John se le pasó por la cabeza tirar de uno de los protegidos tobillos desde donde estaba, pero cuando visualizó la imagen de Razón cayendo en el abismo fue incapaz de separarla de otra en la que él no cayera con ella.

—No puedo girar aquí —dijo él, pero el acero reposaba en su garganta y giró. Gateó a una velocidad sorprendente, siempre con las manos y las rodillas, hasta que hubo pasado por delante de la cueva. Ya no era una cuestión de planificación o de huida *in extremis*. El impulso del animal perseguido de prolongar la persecución le mantuvo en furioso movimiento. Los destellos se hacían más esporádicos y una o dos estrellas aparecieron a lo lejos. De pronto, el viento lanzó con fuerza las últimas gotas de lluvia contra su cara y se hizo la luz de la luna a su alrededor. Pero retrocedió con un gemido.

3. ESTE LADO EN LA OSCURIDAD

John ve la cara de la muerte y entiende que morir es la única escapatoria.

A poca distancia de él había visto una cara. Ahora una nube cruzaba la luna y la cara ya no era visible, pero sabía que aún le estaba observando, una cara añeja, atroz, descompuesta y caótica, más grande que la de un humano. Entonces su voz comenzó:

—¿Aún crees que es el agujero negro lo que temes? ¿Ni siquiera ahora conoces el miedo más profundo, del cual el agujero negro no es más que la superficie? ¿No sabes por qué todos tratarán de convencerte de que no hay nada más allá del arroyo y de que cuando el contrato de un hombre termina se acaba su historia? Porque si esto fuera verdad, según su razonamiento, yo podría no ser nada, y por tanto no sería espantosa: podría decirse que donde yo estoy, ellos no están, que mientras que ellos son, yo no soy. Te han hecho unas advertencias muy suaves sobre mí. No soy una negación, y lo más hondo de tu corazón lo sabe. Además, ¿por qué has enterrado el recuerdo de la cara de tu tío con tal cuidado que ha hecho falta todo esto para sacarlo de nuevo a flote? No creas que puedes huir de mí; no creas que puedes llamarme «Nada». Para ti yo no soy Nada; soy una venda en los ojos; la pérdida de toda capacidad de defenderte; la rendición, y no porque se hayan acordado unas condiciones, sino porque la resistencia ha huido. El paso a la oscuridad. La derrota de todas las precauciones. La indefensión absoluta convertida en riesgo absoluto: la pérdida final de la libertad. El Hijo del Señor de la Tierra, que no temía nada, me temía a mí.

—¿Qué tengo que hacer? —inquirió John.

—Lo que escojas —dijo la voz—. Salta o sé arrojado. Cierra los ojos o haz que te sean vendados por la fuerza. Ríndete o lucha.

—Preferiría hacer lo primero, si pudiera.

—Entonces soy tu sirviente, ya no soy tu maestro. La cura contra la muerte es morir. El que deposita su libertad en ese acto la recibe de vuelta. Desciende hacia Madre Kirk.

Cuando la luna brilló de nuevo, John miró a su alrededor. El fondo del abismo estaba muy por debajo de él, y allí vio lo que parecía un grupo de figuras oscuras. En medio habían dejado un espacio, donde resplandecía un brillo como de agua, y cerca del agua alguien estaba de pie. Le pareció que lo estaban esperando, y empezó a explorar la pared del acantilado. Para su sorpresa, ya no era escarpado y liso. Probó a apoyar los pies en algunos salientes y descendió cinco pies por debajo de la cornisa. Entonces se volvió a sentar, mareado. Pero el miedo que ahora sentía no era frío y pesado, no había pánico en él, y pronto continuó su descenso.

4. SECURUS TE PROJICE

John vuelve a la Iglesia de Cristo. Aunque todos los estados mentales que ha atravesado se sublevan para disuadirle.

En el suelo de Peccatum Adae se erguía Madre Kirk, con su corona y su trono en medio del brillante círculo iluminado por la luna que había dejado la gente, silenciosa. Todas las caras estaban vueltas hacia ella, y ella miraba hacia el este, hacia el lugar por el que John descendía lentamente el precipicio. No muy lejos de ella estaba sentado Vertud, desnudo como un recién nacido. Ambos estaban en el borde de un pequeño lago que formaba un semicírculo contra el precipicio oeste. En el lado opuesto al que se encontraban, el precipicio se alzaba escarpado hacia la otra cornisa del cañón. Se hizo un profundo silencio durante una media hora.

Por fin, la pequeña figura del hombre que iba descolgándose se soltó de la sombra de los peñascos y se dirigió hacia ellos a través de la abierta luz de luna. Era John.

—He venido a entregarme —dijo.

—Está bien —dijo Madre Kirk—. Has dado un largo rodeo para llegar hasta este lugar, adonde yo te habría traído en tan solo unos instantes. Pero está muy bien.

—¿Qué tengo que hacer? —inquirió John.

—Tienes que quitarte los harapos —dijo ella—, como ya ha hecho tu amigo, y luego tienes que sumergirte en estas aguas.

—Desgraciadamente —respondió él—, nunca aprendí a nadar.

—No hay nada que aprender —dijo ella—. El arte de bucear no reside en hacer nada nuevo, sino simplemente en dejar de hacer algo. Solo tienes que dejarte llevar.

—Solo hace falta —apuntó Vertud con una sonrisa— abandonar todos los esfuerzos de tu instinto de supervivencia.

—Creo —dijo John— que si no importa, prefiero saltar.

—Sí que importa —respondió Madre Kirk—. Si saltas, estarás intentando salvarte y es probable que te hagas daño. Además, no llegarías a suficiente profundidad. Tienes que sumergirte de manera que puedas llegar al fondo del lago, ya que no debes emerger en este lado. Hay un túnel en la pared del acantilado, muy por debajo de la superficie del agua, y es por ahí por donde debes pasar, para ascender por el otro extremo.

«Entiendo —pensó John para sí mismo—, me han traído aquí para matarme». Pero empezó, no obstante, a quitarse las ropas. No era una gran pérdida para él, ya que pendían en tiras, empapadas en sangre y en la mugre de cada tierra por la que había pasado en su camino desde Puritania hasta el Cañón. Pero estaban tan pegadas a él que quitarlas dolía y algo de piel se fue con ellas. Cuando estuvo desnudo, Madre Kirk le invitó a que se acercara al borde del lago, donde Vertud aguardaba. Había un buen trecho hasta el agua, y la luna reflejada parecía mirarle desde la profundidad de una mina. Se le había pasado por la cabeza la idea de lanzarse, con carrerilla, en el preciso instante en el que alcanzara el borde, antes de que le diera tiempo a tener miedo. Y tomar esa decisión le había parecido caer en brazos de la misma muerte, de manera que él casi creía que lo peor había pasado y que se encontraría en el agua sin darse cuenta. ¡Pero no: aún estaba de pie en el borde, aún a este lado! Entonces ocurrió algo extraño. De entre la gran muchedumbre de espectadores, gente umbría se acercó sigilosamente a su lado, tocándole el brazo y susurrándole al oído, y cada uno de ellos pareció ser el espectro de algún viejo conocido.

Primero se acercó el espectro del viejo Ilustración y dijo: «Aún hay tiempo. Escapa y vuelve conmigo y todo esto se desvanecerá como una pesadilla».

Entonces se acercó el espectro de Media Mediastintas y dijo: «¿De verdad puedes arriesgarte a perderme para siempre? Sé que ahora mismo no me deseas, pero ¿y en el futuro? Piensa. No quemes tus naves».

Y el espectro del viejo Mediastintas dijo: «Después de todo, ¿tiene esto algo que ver con la Isla que imaginabas? Olvídalo, vuelve conmigo y escucha mis canciones. Las sabes, las conoces».

El espectro del joven Mediastintas dijo: «¿No te da vergüenza? Sé un hombre. Muévete con los tiempos y no tires tu vida por una patraña».

El espectro de Segismundo dijo: «Sabes lo que es esto, me imagino. Melancolía religiosa. Para, ahora que estás a tiempo de hacerlo. Si te sumerges, te sumerges en la locura».

El espectro de Sensato dijo: «Lo primero es la seguridad. Un toque de piedad racional le añade algo a la vida, pero este negocio salvacionista... ¡En fin! ¿Quién sabe en qué acabará? Nunca aceptes ataduras ilimitadas».

El espectro de Humanista dijo: «Puro atavismo. Te sumerges para escapar de tus auténticas obligaciones. Todo este sentimentalismo, después de la primera zambullida, es infinitamente más fácil que la virtud en el sentido clásico del término».

El espectro de Latitudinario dijo: «Hijo, estás perdiendo la cabeza. Estas conversiones espontáneas y convulsiones violentas no conducen a nada. Hemos tenido que desechar muchas cosas que nuestros antepasados consideraban necesarias, porque todo es mucho más fácil, mucho más gracioso y bello de lo que suponían».

Pero en ese momento la voz de Vertud interrumpió:

—Venga, John —dijo—, cuanto más lo miremos menos nos gustará. —Y con estas palabras se lanzó de cabeza al lago y no le vieron más. Y cómo lo hizo John o qué sintió es algo que no sé, pero él también unió sus manos, cerró los ojos, desesperado, y se dejó llevar. No fue una gran zambullida, pero, al menos, su cabeza fue lo primero que llegó al agua.

5. A TRAVÉS DEL CAÑÓN

John llega a donde Filosofía dijo que ningún hombre podía llegar. El objetivo es, y no es, lo que él siempre deseó.

Mi sueño se hizo más oscuro, por lo que conservo la sensación, pero no el recuerdo nítido, de las cosas que John vivió en el lago y en las enormes catacumbas, pisando a veces agua, a veces piedra; y en las serpenteantes escaleras talladas en la roca viva que él y Vertud ascendieron por el interior de la montaña hacia el lugar que se encontraba más allá de Peccatum Adae. Aprendió muchos misterios en la tierra y atravesó muchos elementos, muriendo muchas muertes. Algo ha vuelto a mi memoria, algo va despertando. De toda la gente que encontró en su camino, solo Sabiduría se le apareció en las cavernas, y le preocupó diciéndole que ningún hombre podía en realidad llegar a donde él había llegado y que todas sus aventuras no eran más que figuradas, ya que ninguna supuesta experiencia de estos lugares podía ser más que mitología. Pero entonces otra voz le habló desde detrás, diciendo:

—Hijo, si quieres, es mitología. Es simplemente verdad, no son hechos: una imagen, no la pura realidad. Pero entonces es *mi* mitología. Las palabras de Sabiduría también son mito y metáfora: pero en tanto que no se conocen por lo que son, en ellas el mito oculto es el amo, cuando debería ser el sirviente, y no es más que inventiva humana. Pero esta es *mi* inventiva, esta es la apariencia bajo la cual he elegido aparecer desde el principio hasta ahora. Para este final he hecho tus sentidos y para este final he hecho tu imaginación, para que veas *mi* cara y vivas. ¿Qué tendrías? ¿No escuchaste entre los paganos la historia de Sémele? ¿O es que existió algún momento, en algún lugar, en el que los hombres no supieron que el maíz y el vino eran la sangre y el cuerpo de un moribundo, que no muerto, Dios?

Y poco después de esto la luz y el color, con un sonido parecido al de una trompeta, se precipitaron ante mis ojos soñadores, y mis oídos se llenaron con el cantar de los pájaros y con el susurro de las hojas, porque John y Vertud habían salido de la tierra en los verdes bosques al otro lado del Cañón. Entonces vi que fueron acogidos en una gran compañía formada por otros peregrinos que, como ellos, habían descendido al agua y a la tierra y de nuevo emergido, y ahora emprendían la marcha hacia el oeste por la ribera de un río claro. Toda clase de hombres había entre ellos. Y durante toda esta parte del viaje, Razón cabalgó en su compañía, hablándoles a placer y sin asaltarles más con sustos repentinos, ni desapareciendo de repente. Para John era una maravilla encontrar tantos compañeros; no lograba entender cómo podía no haberlos visto antes, en etapas anteriores de su viaje.

Durante un buen rato vi este viaje en mi sueño. Al partir solo escuchaba un rumor sobre la meta de la compañía, como algo muy lejano. Luego, con una marcha continua, serpenteando entre cimas y valles, vi cómo descendían hacia blancas playas en una bahía marina: el Extremo Oeste del mundo. Un lugar remotamente antiguo, oculto a muchas millas de profundidad en el silencio de los bosques. Un lugar situado, en cierto modo, más bien en el principio del mundo, como si los hombres hubieran nacido resueltos a viajar lejos de él. Era muy temprano por la mañana cuando llegaron allí y escucharon el sonido de las olas; y mirando al otro lado del mar —a aquella hora casi aún incoloro— los millares de peregrinos se quedaron inmóviles. Y lo que los demás vieron, no lo sé, pero John vio la Isla. Y el viento de la mañana soplando desde el interior les traía el dulce olor de los árboles frutales, suavizado y refinado por la ligereza del aire temprano, y mezclado con algo de la penetrante brisa marina. Pero para John, puesto que tantos millares lo miraban con él, el dolor y el ansia cambiaron, así como todo lo desagradables que habían sido antaño, puesto que la humildad se mezcló con su estado salvaje, y la dulzura llegó no con el orgullo y con los solitarios sueños de los poetas, ni con el atractivo de un secreto, sino con la sencilla verdad de los cuentos populares, y con la tristeza de las tumbas y una frescura como la de la tierra por las mañanas. También había miedo, y esperanza, y empezó a parecerle bien que la Isla fuera diferente de sus deseos, y tan diferente que, de haberlo sabido, no se habría esforzado en encontrarla.

6. *NELLA SUA VOLUNTADE*

Y la vida cristiana aún está por comenzar.

No vi lo que ocurrió con el resto de peregrinos, pero entonces una atractiva persona se llevó a John y a Vertud aparte y les dijo que le habían encargado ser su guía. Soñé que había nacido en la montaña y que le habían llamado Slikisteinsauga[26] porque tenía tan buena vista que la de todo aquel que viajara con él mejoraría con su compañía.

—Gracias —dijo John—. Perdóneme, ¿tomamos un barco desde aquí?

Pero Slikisteinsauga negó con la cabeza, y les pidió que miraran a la Isla de nuevo y que tuvieran en cuenta el tamaño de los peñascos y del castillo (aunque no podían ver bien a esa distancia) que se elevaba en su punto más alto.

—Ya lo veo —dijo entonces John.

—¿Qué ves? —dijo el guía.

—Tienen prácticamente la misma forma que esa cima de la montaña del Este que llamábamos el castillo del Señor de la Tierra, como lo veíamos desde Puritania.

—No es que tenga prácticamente la misma forma. Es que son la misma cosa.

—¿Cómo es eso posible —dijo John, dándole un vuelco el corazón— si esas montañas estaban en el Extremo Este y llevamos viajando hacia el oeste desde que salimos de nuestro hogar?

—Pero el mundo es redondo —dijo el guía— y casi lo han rodeado. La Isla son las montañas. O, si lo prefieres, la Isla es el otro lado de las montañas, y no es, en absoluto, una isla.

—¿Y cómo llegamos desde aquí?

El guía le miró como un hombre piadoso que mira a un animal al que debe hacer daño.

—La manera de llegar —dijo por fin— es regresar. No hay barcos. El único camino es ir de nuevo hacia el este y atravesar el arroyo.

—Si hay que hacerlo, hay que hacerlo —dijo John—. No me merezco nada mejor. Quieres decir que he malgastado mis esfuerzos toda mi vida, y que he recorrido medio mundo para llegar a un lugar al que el tío George llegó recorriendo una milla, más o menos.

—¿Sabe alguien adónde ha llegado tu tío, excepto el Señor de la Tierra? ¿Sabe alguien adónde habrías llegado si hubieras cruzado el arroyo sin siquiera abandonar tu hogar? Puedes estar seguro de que el Señor de la Tierra te ha traído por el camino más corto, aunque reconozco que sobre un mapa puede parecer un viaje desproporcionado.

—¿Qué te parece, amigo mío? —dijo John a Vertud.

—No se puede evitar —dijo Vertud—. Pero de hecho, después del agua y la tierra, yo ya pensaba que habíamos cruzado el arroyo, en cierto sentido.

—Siempre pensarás eso —dijo el guía—. Lo llamamos «muerte» en la lengua de la montaña. Es un bocado demasiado grande como para tragárselo de una sola vez. Encontrarán ese arroyo con más frecuencia de la que piensan, y cada vez supondrán que ya han dado con él. Pero algún día lo harán de verdad.

Se quedaron en silencio unos momentos.

—Venga —dijo finalmente el guía—, si están listos vamos hacia el este. Pero tengo que advertirles de algo: la tierra va a tener un aspecto muy diferente en el viaje de vuelta.

Libro 10

EL REGRESO

Y cuando volvió a entrar en la caverna, se vio obligado, una vez más, a discutir con aquellos que allí siempre habían sido prisioneros, juzgando las citadas sombras, ¿acaso no se reirían de él, y no dirían que al subir fuera de la caverna no había hecho más que volver a bajar con los ojos doloridos, y que era una pérdida de tiempo para cualquiera emprender algo tan grande como intentar esa ascensión?

Platón

Primero tengo que conducir al alma humana por la totalidad
[del Cielo, ya que así aprenderá
cómo la fortuna mueve el girar de la ruleta que decide qué
[cosas cambiar,
cómo el destino nunca volverá.

Bernardus Silvestris

Supongamos a una persona desprovista de ese conocimiento que obtenemos de los sentidos [...]. Supóngase que en caso de sequía se mete polvo dorado en los ojos; que cuando sus ojos le escuecen, se echa vino en las orejas; que al sentir hambre, se mete grava en la boca; que al sentir dolor, se carga con cadenas de hierro; que al sentir frío, introduce los pies en el agua; que al asustarse del fuego, huye de él; que al sentirse exhausto, hace de su pan un asiento [...]. Supongamos que algún ser benigno acude a él, y le muestra la naturaleza y el uso de todas las cosas que le rodean.

Ley

1. LO MISMO, AUNQUE DIFERENTE

Ahora, John ve por primera vez el aspecto real del mundo en el que vivimos. Cómo caminamos por una cuerda floja que pasa entre el cielo y el infierno.

Entonces soñé que el guía armaba a John y a Vertud y que los conducía a través de la tierra por la que acababan de viajar, y de nuevo a través del Cañón hacia su país. Y salieron del Cañón en el lugar exacto en el que este se encuentra con la carretera principal y con el trono de Madre Kirk. Miré hacia delante, en la misma dirección en la que ellos miraban, esperando ver a mi izquierda la desnuda meseta elevándose hacia el norte y la casa de don Sensato un poco más lejos, y a mi derecha, hacia el sur, la casa de don Latitudinario y los agradables valles. Pero no había nada parecido, solo la recta y extensa carretera, muy estrecha, y a la izquierda unos riscos que se alzaban a pocos pasos de la carretera hacia el hielo y la niebla y, más allá, nubes negras. A la derecha, ciénagas y jungla hundiéndose repentinamente en nubes negras. Pero, como suele ocurrir en los sueños, en ningún momento dudé de que este era el mismo territorio que había visto antes, aunque no se pareciera. John y Vertud lograron controlar su sorpresa.

—Valor —dijo Slikisteinsauga—, están viendo la tierra tal y como es. Es vasta, pero muy estrecha. Al norte, al otro lado de esos peñascos y de esas nubes se hunde inmediatamente en el mar Ártico, después del cual está, de nuevo, el país del Enemigo. Pero el país del Enemigo está unido al nuestro por el norte mediante una franja de tierra llamada Isthmus Sadisticus, y justo en medio de ese istmo se encuentra el dragón frío; el frío, avaricioso y escamado dragón, que todas las cosas quiere abarcar con su curvado cuerpo para después apretarlo, y que así todas queden dentro de él. Y tú, John, deberás ir cuando pasemos el istmo y enfrentarte a él para así hacerte más duro. Y en el sur, en cuanto se sume en esas ciénagas y esas otras nubes, la tierra se hunde en el mar del Sur; y a través de ese mar también hay una franja de tierra, el Isthmus Mazochisticus, donde la dragona caliente se arrastra; una dragona enorme e invertebrada cuyo ardiente aliento derrite y corrompe todo lo que toca. Y a ella, Vertud, deberás ir tú para quitarle su calor y hacerte maleable.

—¡Increíble! —dijo John—. Creo que Madre Kirk nos trata muy mal. Desde que la hemos seguido y comido de su comida, el camino parece el doble de estrecho y el doble de peligroso de lo que parecía antes.

—Ya saben —dijo el guía— que la seguridad es el mayor enemigo de los mortales.

—Todo saldrá bien —dijo Vertud—. Vamos.

Entonces comenzaron su viaje y Vertud cantó esta canción:

Tú solo eres alternativa a Dios, oh, oscura
y ardiente isla entre espíritus, décima columna,
ajenjo, Satán inmortal, Ahriman, solo
segunda para Él, para quien otro segundo no conozco,
siendo fuego esencial, salida de su fuego, pero atada
en la fragua sin lumbre de tu Ser, por ladrillos encerrada
para agitarte con furia en el calor concentrado de siete
paredes de contención: en adelante tu poder contra el del
[cielo arremete.
Así, exceptuando la mesura del amor eterno,
solo tu absoluta lujuria merece alguna parte de mi tiempo.
Todo lo demás son vanos disfraces del corazón deseoso
[de gentes,
todo lo que parecía tierra es infierno, o cielo. Dios es, tú eres,
el resto, ilusión. Como el hombre ha de vivir protegido,
[como la mayor fragilidad
para dejar a la luz blanca sin llama, al Padre, pasar
impoluto, o bien opaco, fundido a tu deseo,
¡la hambruna infernal de Venus en la fuerza del fuego!
Señor, no abras demasiadas veces mis débiles ojos a esto.

2. EL HOMBRE SINTÉTICO

El «mundo de todos los hombres sensatos» se vuelve invisible.

Mientras caminaban, Vertud miró al lado de la carretera para ver si había alguna señal de la casa de don Sensato, pero no había ninguna.

—Está tal y como estaba cuando pasaron antes —dijo el guía—, pero sus ojos se han alterado. Ahora no ven más que realidades, y don Sensato estaba tan cerca de la insignificancia, con una forma demasiado vaga incluso para ser una aparición, que ahora es invisible para ustedes. Esa mota no volverá a molestar sus ojos.

—Me sorprende mucho —dijo Vertud—, pensaba que, aunque fuera malo, su maldad era sólida y firme.

—Toda solidez —dijo el guía— no era sino de sus predecesores en esa casa. Tenía ciertos aires de templanza, pero eran de Epicúreo. Tenía ciertos aires de poesía, pero eran de Horacio. Un poso de dignidad pagana antigua permanecía en su casa, era de Montaigne. Su corazón parecía cálido por momentos, pero esa calidez la había tomado de Rabelais. Era un hombre de parches y de remiendos, y cuando se le retira todo lo que no es propiamente suyo, no queda nada.

—Sin embargo —dijo Vertud—, esas cosas no eran menos suyas porque las aprendiera de otros.

—No las aprendió. Solo aprendió sus títulos, sus etiquetas. Podía hablar como Epicúreo de una dieta austera, pero era un glotón. Tenía de Montaigne el lenguaje de la amistad, pero no era un amigo. Ni siquiera sabía lo que sus predecesores habían dicho en realidad. Nunca en su vida leyó en serio una sola oda de Horacio. Y de Rabelais, era capaz de citar la máxima «haz lo que tú quieras», pero no tenía idea de que Rabelais dio esa libertad a sus telemitas a condición de que se sometieran al honor, y solo por esa razón quedaban libres de la ley. Menos idea tenía aún de que el propio Rabelais estuvo siguiendo en sus últimos días a un gran guardián que decía «*habe caritatem et fac quod vis*».[27] Y menos aún que este guardián, a su vez, solo estaba reduciendo a un pequeño lema las palabras de su Maestro, cuando Este afirmó: «De estos dos mandamientos dependen toda la ley y los profetas».

3. LIMBO

La misericordia de Dios ante la desesperación filosófica.

Entonces soñé que John miraba hacia un lado a la derecha de la carretera y que veía una pequeña isla con sauces entre las ciénagas, en la que estaban sentados ancianos con togas, y el sonido de sus lamentos alcanzó los oídos de John.

—Ese lugar —dijo el guía— es el mismo que llamaban el valle de la Sabiduría cuando lo pasaron antes. Pero ahora que viajan hacia el este deben llamarlo Limbo, o el pórtico crepuscular del agujero negro.

—¿Quiénes viven ahí? —preguntó John— y ¿por qué sufren?

—Son muy pocos los que viven ahí, y todos ellos son hombres como don Sabiduría, hombres que han mantenido vivo y puro el profundo deseo del alma, pero que por alguna imperfección fatal, causada por el orgullo o por la pereza o, quizá, por la timidez, han rechazado hasta el final su realización. En ocasiones han sufrido enormemente, tratando de demostrarse a sí mismos que esa realización es imposible. Son muy pocos, porque el viejo Sabiduría tiene pocos hijos que le sean sinceros, y la mayor parte de los que llegan a él o bien prosiguen su camino y cruzan el Cañón o bien, llamándose aún sus hijos, secretamente retornan para nutrirse de comidas mucho peores que la suya. Quedarse por mucho tiempo donde él vive es algo que requiere una fuerza y una debilidad extrañas. Además de su sufrimiento, su condena es vivir eternamente con el deseo sin esperanza.

—¿No es muy severo por parte del Señor de la Tierra hacerles sufrir?

—Solo puedo contestar a eso con rumores que he oído —respondió el guía—, ya que el dolor es un secreto que ha compartido con la raza de ustedes, pero no con la mía; y encontrarían tantos problemas a la hora de explicarme qué es el sufrimiento como los que encontraría yo si intentara revelarles los secretos de la gente de la montaña. Pero los que más saben dicen que cualquier hombre liberal elegiría el dolor de este deseo, incluso aunque sea para siempre, antes que la paz de no sentirlo más. Y eso que lo mejor que existe es tener, lo siguiente mejor es querer, y lo peor de todo es no querer.

—Ya lo entiendo —dijo John—. Incluso querer algo, aunque también sea dolor, es más valioso que cualquier otra cosa que podamos experimentar.

—Es como yo preveía, y ya lo has entendido mejor de lo que yo puedo hacerlo. Pero también ten en cuenta que el Señor de la Tierra no les condena a la falta de esperanza, eso lo han hecho ellos solos. La interferencia del Señor es algo completamente opuesto. Por sí mismo, el deseo sin esperanza pronto caería en satisfacciones espurias, y estas almas las seguirían por su propia voluntad hacia lugares más oscuros, en lo más profundo del agujero negro. Lo que el Señor de la Tierra ha hecho ha sido arreglarlo para siempre, y mediante su arte, aunque sin completar del todo la labor, ha hecho que el deseo no sea corrupto. Los hombres dicen que su amor y su ira son la misma cosa. En algunos lugares del agujero negro no puedes entenderlo, aunque puedes creerlo. Pero en la Isla, allí, bajo los sauces, puedes verlo con tus propios ojos.

—Lo entiendo perfectamente —dijo John.

Entonces el guía cantó:

Dios en su misericordia creó
y delimitó las miserias del infierno.
Se puede soportar ese dolor,
Dios en su misericordia creó
ataduras eternas y no dio
a sus olas más viento.
Dios en su misericordia creó
y delimitó las miserias del infierno.

4. EL AGUJERO NEGRO

La justicia divina. El infierno como torniquete. Elección humana.

—Después de todo, ahí está —dijo John—, un agujero negro como el que me describió mi guardián.

—No sé lo que te describió tu guardián. Pero ahí hay un agujero negro.

—¡Y todavía dices que el Señor de la Tierra es «tan bueno y considerado»!

—Veo que has estado entre las gentes del Enemigo. En los últimos tiempos no hay argumento en contra del Señor de la Tierra que el Enemigo no esgrima con más frecuencia que el de la crueldad. Eso denota claramente algo muy característico del Enemigo: que es, en el fondo, muy poco avispado. Nunca ha tocado la única calumnia que podría ser plausible contra el Señor, cualquiera puede refutar la acusación de crueldad. Si realmente quiere herir el carisma del Señor de la Tierra, tiene que adoptar un discurso mucho más sólido que ese. Debería decir mejor que es un jugador empedernido. No sería verdad, pero al menos sería plausible, ya que no negaría que el Señor de la Tierra asume riesgos.

—¿Pero qué me dices de la crueldad?

—A eso iba. El Señor de la Tierra ha asumido el riesgo de trabajar la tierra con inquilinos libres en lugar de esclavos encadenados, y como son libres no hay manera de impedirles que vayan a lugares prohibidos y que coman frutos prohibidos. Incluso aunque ya lo hayan hecho, él puede aleccionarlos, hasta cierto punto, y acabar con su hábito. Pero más allá de ese punto... puedes verlo por ti mismo. Un hombre puede seguir comiendo todas las manzanas que quiera, que nada más curará su ansia, y los gusanos que cría en su interior le asegurarán que quiere comer más. No debes tratar de arreglar el punto tras el cual el retorno no es posible, pero debes entender que encontrarás ese punto en un momento dado.

—Pero seguro que el Señor de la Tierra puede hacer algo.

—No puede hacer lo que es contradictorio. O, en otras palabras, una frase sin sentido no empezará a tenerlo simplemente porque alguien elija prefijarla con las palabras «el Señor de la Tierra puede». Y carece de sentido pensar en obligar a un hombre a hacer libremente lo que el hombre ha hecho (libremente) imposible para él.

—Entiendo. Pero estas criaturas ya son muy desgraciadas, no hay necesidad de añadir un agujero negro.

—El Señor de la Tierra no hace la negrura. La negrura ya está allí donde el sabor de la manzana haya creado la voluntad de los gusanos. ¿A qué te refieres con un agujero? A algo finito. Un agujero negro es la negrura cercada, limitada. Y es en ese plano en el que el Señor de la Tierra ha creado el agujero negro. Ha puesto dentro del mundo lo peor. Pero el mal en sí mismo nunca alcanzaría un punto peor, ya que el mal es algo que se reproduce por fisión y nunca jamás en un millar de eternidades encontraría una manera de frenar su propia reproducción. Si pudiera, no habría más mal, ya que la forma y el límite pertenecen al bien. Las paredes del agujero negro son el torniquete en la herida a través del cual el alma perdida sangraría hacia una muerte jamás alcanzada. Es el último servicio prestado por el Señor de la Tierra a aquellos que no le permiten hacer nada mejor por ellos.

Entonces el guía cantó:

Casi evitaron la caída a lo más hondo;
ellos mismos al recordar
ven siempre en el camino,
el paso en falso, del que todos
ahora incluso, con un movimiento breve,
de los pies aún libres de ataduras
con el fulgor más leve del coraje más tenue,
podrían haber sido salvados.

Casi cayeron los que no habían caído,
y con frío tras el terror
miraron atrás para ver cuán cerca
habían pasado de la tierra de las sirenas,
preguntándose qué tenue destino,
con hilos finos como los de una telaraña,
la elección de caminos tan reducida, el acto tan enorme,
deberían entre todos ellos tejer.
Así pues oh, hombre, teme
porque los más lejanos miedos sean ciertos,
porque tu larga persecución
en la carretera que parece tan clara,
pises, seguro, un paso del ancho
de un cabello pasando el límite, del ancho de un pelo,
que, siendo una vez atravesado, siempre desprevenido,
niega el retorno.

5. SUPERBIA

La frialdad moral se revela como una forma de orgullo. A medida que la virtud crece, lo hace la tentación al orgullo. La visión de Dios es la fuente de humildad.

Entonces avanzaron y vieron en las rocas, a su lado, a la izquierda, lo que a primera vista les pareció un esqueleto. Pero a medida que se fueron acercando vieron que había piel extendida sobre sus huesos y que dos ojos centelleaban en las cuencas de la calavera. Y estaba moviendo y agitando de un lado a otro lo que parecía ser un espejo; pero era simplemente una roca, limpia de cada mota de polvo y de cada fibra de liquen por el roce; pulida por la actividad imparable de esta famélica criatura.

—Esta es una de las hijas del Enemigo —dijo el guía—, y su nombre es Superbia. Pero la última vez que la vieron seguramente tenía el aspecto de tres hombres pálidos.

Mientras pasaban a su lado, empezó a graznar su canción:

He limpiado arañando la superficie de la mugrienta tierra,
la tierra no casta, la fructífera, la gran, gran maternal,
criatura en expansión, extendiéndose supina y aleatoriamente,
la ancha cara, sucios hilotas, la esclava esposa
mugrienta y cálida, que abre sin vergüenza
sus miles de matrices desprotegidas al lascivo sol.
Ahora ya he restregado mi roca hasta limpiarla de la
[mugrienta tierra,
en ella ninguna raíz puede crecer y ninguna brizna nacer,
y aunque me muera de hambre es más que evidente
que no he comido nada sin lavar, o corriente.
He purgado mediante el ayuno la mugrienta carne,

carne caliente, húmeda, cubierta con una capa de sal,
[la obscenidad,
un andrajo parásito, de mis nobles huesos.
He desgarrado de mis pechos (tenía grandes pechos)
a mi hijo, porque era carnoso. La carne está tomada
por un contagio que pasa de impura
generación en generación a través de la alcantarilla del cuerpo.
Y ahora, aunque estoy baldía, ya ningún hombre puede dudar de
que estoy limpia y que mis injusticias ya están libres de culpa.
He hecho de mi alma (una vez mugrienta) un duro, puro,
[brillante
espejo de acero: ningún húmedo aliento sopla sobre él,
calentándolo y oscureciéndolo: congelaría el dedo
de cualquiera que lo tocara. Tengo un alma mineral.
Los minerales no comen ninguna comida y no vierten ningún
[excremento.
Por tanto yo, sin tomar nada y sin devolver
nada, sin tampoco pudrirme o crecer,
yo misma soy para mí misma un Dios mortal, encerrada en
[mi interior
una mónada sin ventanas, sin deudas y sin color.

John y el guía se apresuraron al pasar, pero Vertud dudó.

—Puede que sus medios sean reprobables —dijo—, pero su idea del fin merece ser tenida en cuenta.

—¿Qué idea? —dijo el guía.

—Bueno... autosuficiencia, integridad. No comprometerse a sí misma, ¿entiendes? Todo dicho y hecho... hay algo de falso en todos nuestros procesos naturales.

—Es mejor que tengas cuidado con lo que piensas por aquí —dijo el guía—. No confundas arrepentimiento con indignación, uno proviene del Señor de la Tierra y el otro del Enemigo.

—Pero la indignación ha salvado a muchos hombres de males peores.

—Por el poder del Señor de la Tierra puede que así haya sido... en alguna ocasión. Pero no intentes jugar a ese juego por ti mismo. Luchar contra un vicio con otro es la estrategia más peligrosa que existe. Ya sabes lo que les ocurre a los reinos que utilizan a mercenarios extranjeros.

—Me imagino que tienes razón —dijo Vertud—. No obstante, este sentimiento llega muy hondo. ¿Está completamente mal estar avergonzado de estar en el cuerpo?

—El Hijo del Señor de la Tierra no lo estaba. Ya conoces los versos: «Tú, para liberar al hombre, aceptaste la condición humana».

—Ese fue un caso excepcional.

—Fue un caso excepcional porque era un caso arquetípico. ¿Nadie te ha dicho que esa Dama habló y actuó para todas esas criaturas, en presencia de todos esos engendros, para esta tierra y en contra de este y oeste, para la materia y en contra de la forma y paciencia contra agencia? ¿No es la simple palabra *mater*, «madre», muy semejante a «materia»? Puedes estar seguro de que toda esta tierra, con toda su calidez y su humedad y fecundidad, con todo lo oscuro y lo pesado y lo abundante para lo cual ustedes son demasiado exquisitos, habló a través de sus labios cuando dijo que Él había admirado la humildad de *sus* sirvientes. Y si esa Dama era una criada además de una madre, no deben dudar que la naturaleza que es para el sentido humano impura, es también pura.

—Bueno —dijo Vertud, volviéndole la espalda a Superbia—, pensaré al respecto.

—Algo que también debes saber —señaló el guía— es que sean cuales sean las virtudes que le atribuyas al Señor de la Tierra, la decencia no es una de ellas. Por eso muchas de las bromas del país de ustedes no tienen sentido en el mío.

Y mientras proseguían su viaje, Vertud cantó:

Por culpa del infinito orgullo
que renace con cada infinito error,
cada hora miro a un lado
en mi espejo secreto
probando todas las posturas
para hacer mi imagen más bella.

Tú me entregaste uvas, y yo,
aunque famélico, me giré para ver
cuán negras las frías esferas reposaban
en mi blanca mano,
y me entretengo mirándolas fijamente
hasta que la vida del racimo se marchita.

Así que debo pronto morir
como un narciso por querer,
pero, en el cristal, mi ojo
capta formas como guaridas
más allá de la pesadilla, y hace
humilde al orgullo por el bien del orgullo.

Entonces y solo entonces girando
mi rígido cuello, crezco
en hombre derretido y ardiendo
y miro atrás y sé
quién hizo el cristal, cuya luz se hace oscura, cuya justicia
se hace engaño, mi sombría forma allí reflejada
como el amor propio, traído a la cama del amor para morir
y albergar
a su dulce hijo en desesperación.

6. IGNORANTIA

El cambio de la enseñanza clásica a la educación científica fortalece nuestra ignorancia. A pesar de que la Edad de las Máquinas, para bien o para mal, hará menos de lo que se esperaba de ella.

Seguía soñando y vi a los tres proseguir su viaje a través de aquella vasta y estrecha tierra con las rocas a su izquierda y la ciénaga a su derecha. Hablaron mucho durante el camino, pero de su conversación solo he recordado algunos fragmentos porque me desperté. Recuerdo que vieron a Ignorantia algunas millas más allá de su hermana Superbia, y eso llevó a los peregrinos a preguntar a su guía si la ignorancia de los tenaces y de los listos se curaría algún día. Dijo que había menos probabilidades ahora de las que nunca antes había habido, ya que hasta hacía poco la gente del norte había sido hecha para aprender las lenguas de Pagus «y eso significaba —dijo el Guía— que al menos no partían desde un lugar más alejado que la luz de los propios paganos antiguos, y tenían por tanto la oportunidad de acercarse, por fin, a Madre Kirk. Pero ahora están empezando a privarse a sí mismos incluso de ese rodeo».

—¿Por qué han cambiado? —preguntó uno de los otros.

—¿Por qué la sombra que ustedes llaman Sensato deja su antigua casa y se va a practicar la αυτάρκεια[28] a un hotel? Porque su Forzado se rebeló. Eso mismo está sucediendo en toda la meseta y en el país de Mammón: su esclavos están huyendo hacia el norte y convirtiéndose en enanos, y en consecuencia los maestros están centrando su atención en las máquinas, con las que esperan poder llevar su antigua vida sin esclavos. Y les parece tan importante lograrlo que están suprimiendo todo tipo de conocimiento, excepto el mecánico. Y conste que estoy hablando de los subarrendatarios, no cabe duda alguna de que los auténticos arrendatarios que se mueven por detrás tienen sus propios motivos para apoyar este movimiento.

—Seguro que hay algo bueno en esta revolución —dijo Vertud—. Es demasiado sólida, parece demasiado duradera como para ser un simple mal. No me puedo creer que el Señor de la Tierra permitiera, de otra forma, que toda la faz de la naturaleza y toda la organización de la vida estuviera tan continua y radicalmente cambiando.

El guía rio.

—Estás cayendo en su propio error —dijo—. El cambio ni es radical ni será permanente. Esa idea proviene de una curiosa enfermedad que todos han contraído: la falta total de capacidad para no creer en los anuncios. La prueba es que si las máquinas hicieran lo que han prometido, el cambio hubiera sido muy profundo. Su próxima guerra, por ejemplo, cambiaría el estado de su nación, de enfermedad a muerte. Tienen miedo de esa parte de sí mismos, aunque la mayoría de ellos ya son lo suficientemente mayores como para saber, por experiencia, que un arma no tiene por qué servir mejor que una pasta de dientes o que una colonia para cumplir con su cometido, según lo anuncian sus creadores. Lo mismo ocurre con todas las máquinas. Sus aparatos para ahorrarse trabajo multiplican la mediocridad; sus afrodisíacos les vuelven impotentes; sus divertimentos les aburren; su rápida producción de alimento deja a la mitad de ellos famélicos, y sus sistemas para ahorrar tiempo han apartado la diversión de su tierra. No habrá ningún cambio radical. Y en cuanto a la continuidad... piensa en la rapidez con la que las máquinas se rompen y quedan obsoletas. Algún día, las negras soledades volverán a ser verdes, y de todas las ciudades que he visto, esas ciudades de hierro serán las primeras en romperse.

Y el guía cantó:

El acero engullirá la antigua belleza del mundo.
Una viga y una estructura y un armazón se alzarán,
un bosque de máquinas de acero se alzará,
el acero golpeando a ritmo de corcheas. Para tus ojos

no hay verdor o florecimiento. Por encima, los cielos
garabateados de lado a lado con ostentaciones y mentiras.
(Cuando Adán comió la manzana irrevocable, Tú
viste más allá de la muerte la resurrección de los muertos).

El clamor irá dejando apagada la voz de la sabiduría,
las prensas, con sus alas aplaudiendo,
ensuciando tu alimento. Alas atenazantes y crueles,
llenando vuestras mentes con absurdos en todo momento,
domarán el pensamiento del águila, hasta que cante
como un loro en su jaula para complacer a reyes oscuros.
(Cuando Israel descendió a Egipto, Tú
determinaste la atadura y la salida).

La nueva era, el nuevo arte, la nueva ética y el pensamiento,
y los tontos llorando, porque ha comenzado.
¡Continuará como comenzó!
La rueda corre más rápido, por lo que la rueda correrá
más rápido por siempre. La era antigua terminó,
tenemos luces nuevas y vemos sin el sol.
(Aunque ellos allanan las montañas y secan el mar,
¿cambiarás ahora, como si Dios fuera un dios?).

7. LUJURIA

La pasión desenfrenada no solo significa placer prohibido, sino la pérdida de la unidad humana. Su forma de tentación suprema es hacer todo lo demás insípido.

Después de esto, John alzó la vista y vio que estaban acercándose a una multitud de seres vivientes al lado de la carretera. Su camino era tan largo y desolador (y sus pies estaban tan cansados) que agradeció cualquier distracción, y fijó sus ojos con curiosidad en la novedad. Cuando se acercó vio que la multitud era de hombres, pero estaban en tales posturas y desfigurados hasta tal punto que fue incapaz de reconocerlos como hombres; además, el sitio estaba al sur de la carretera, y por tanto el suelo era muy blando y algunos de ellos estaban medio hundidos y algunos ocultos en los arbustos. Todos parecían sufrir de alguna enfermedad que los descomponía, desintegradora. Costaba creer que la vida que pulsaba sus cuerpos fuera suya propia; y John pronto estuvo seguro, ya que vio una protuberancia en uno de los brazos de un hombre soltarse lentamente, ante sus ojos, y convertirse en una criatura gorda y rojiza, que podía separarse del cuerpo paterno, aunque no tenía ninguna prisa por hacerlo. Y cuando hubo visto esto, tenía los ojos abiertos y vio que lo mismo sucedía a su alrededor, y que el conjunto no era más que una fuente de vida convulsa y reptil cobrando vida y brotando de las figuras humanas ante su mirada. Pero en cada figura los angustiados ojos tenían vida, enviándole mensajes, que no se pueden verbalizar, desde la vida central que subsistía, consciente de sí misma, aunque no fuera más que una fuente de plagas. Un viejo inválido, de cuya cara no quedaban más que boca y ojos, esperaba sentado para recibir bebida de una copa que una mujer le sujetaba entre los labios. Cuando había recibido lo que ella consideró suficiente, le quitó la copa de las manos y siguió, hacia un nuevo paciente. Era oscura, pero hermosa.

—No los paren —dijo el guía—, este es un lugar muy peligroso. Mejor que se aparten, esto es Lujuria.

Pero la mirada de John estaba fija en un hombre joven al que la mujer acababa de llegar en su ronda. La enfermedad, al parecer, apenas había empezado con él: algo desagradablemente sospechoso había en sus dedos, puede que demasiado flexibles para las articulaciones, levemente independientes del resto de sus movimientos. Pero, a fin de cuentas, aún era una persona con buen aspecto. Y cuando la bruja se acercó a él, sus manos se lanzaron hacia la copa, y el hombre las retiró de nuevo, y las manos fueron arrastrándose hacia la copa por segunda vez, y el hombre les dio un nuevo tirón, y volvió la cabeza, y gritó:

¡Rápido! El negro, sulfuroso, nunca saciado,
antiguo fuego purulento empieza a jugar
una vez más en el interior. ¡Mirad! con fuerza bruta he desgarrado
mis muñecas hacia atrás, sin piedad.

¡Rápido, Señor! En el potro, de esta manera, estirado hasta la máxima tensión,
los nervios clamando como en un error de la naturaleza.
Invadiéndome la putrefacción hasta lo más hondo, castigándome
a golpes con severidad —Señor, en esta situación ves, ves,
que ningún hombre puede sufrir por mucho tiempo.

¡Rápido, Señor! Antes de que nuevos escorpiones inoculen
nuevo veneno —antes de que los demonios aviven el fuego
una segunda vez— rápido, muestrame ese objeto dulce
que, a pesar de todo, más intensamente deseo.

En todo momento, la bruja permaneció de pie, sin decir nada, solo apartándole la copa y sonriéndole amablemente, con sus ojos oscuros y su boca, roja y oscura. Entonces, cuando vio que él no iba a beber, continuó hacia el siguiente, pero al primer paso que dio el hombre joven sollozó y sus manos se lanzaron y agarraron la copa y sumergió su cabeza en ella; cuando ella se la apartó, los labios se aferraban a la copa como un hombre ahogándose se aferra a un trozo de madera. Pero finalmente se hundió en la ciénaga con un aullido. Y los gusanos, en lugar de dedos, eran inconfundibles.

—Vamos —dijo Vertud.

Continuaron su viaje, con John frenando el paso levemente. Soñé que la bruja se acercaba a él, andando con suavidad sobre el húmedo suelo al lado de la carretera y ofreciéndole la copa; cuando John aceleró el paso, ella le siguió el ritmo.

—No te decepcionaré —dijo ella—. Ya ves que no hay trampa. No estoy tratando de hacerte creer que esta copa te llevará a tu Isla. No estoy diciendo que vaya a saciar tu sed por mucho tiempo. Pero pruébala, estás muy sediento.

Pero John siguió andando en silencio.

—Es cierto —dijo la bruja— que no te das cuenta de cuándo has alcanzado el punto a partir del cual no hay retorno. Pero eso tiene su lado bueno y su lado malo. Si no puedes estar seguro de que un trago más no es seguro, tampoco puedes estarlo de que un trago más es fatal. Pero puedes estar seguro de que estás terriblemente sediento.

Pero John siguió como antes.

—Al menos —dijo la bruja— toma un trago, antes de abandonarlo para siempre. Este es un mal momento para decantarse por la resistencia, ahora que estás cansado y triste y ya me has escuchado por demasiado tiempo. Prueba esto una vez, y te dejaré. No te prometo que no vaya a volver nunca; pero puede que cuando vuelva estés fuerte y seas feliz y muy capaz de resistirme, no como ahora.

Y John siguió como antes.

—Ven —dijo la bruja—. Solo estás perdiendo el tiempo. Sabes que, al final, acabarás por ceder. Mira adelante, mira hacia la dura carretera y el cielo gris. ¿Ves algún otro placer?

Así lo acompañó durante un largo trecho, hasta que la fatiga de su insidioso discurso le tentó mucho más que cualquier otro deseo positivo. Pero obligó a su mente a desviarse hacia otras cosas y se mantuvo ocupado durante una milla más o menos componiendo los versos que siguen:

Cuando Lilith pretende arrastrarme
a su secreto rincón en la maleza,
no logra conquistarme
con la pompa y el poder de la belleza,
ni con angelical trato
cortés, y el paso
de naves deslizándose, viene velado en la hora crepuscular.

Deseosa, sin máscara, constante e
impotente y con sus ansias infestas;
dedos secos, enjoyados y calientes
extendidos, junto a la puerta,
ofreciendo con prisa apremiante
su copa, de la cual quien trague,
(no promete nada mejor) aún más sediento queda.

¿Qué me mueve, pues, a beber?
–Sus maldiciones, que están en todos los sitios
así cambian la tierra, así la creemos ver
como un gran desperdicio en el que un silbido
de viento como el de los cuentos dos veces contados
sopla con fuerza, y el nubarrón corre acelerado
siempre por encima, aunque ninguna lluvia cae donde piso.

A través de colinas desnudas
monótonamente repetidas, alineadas,
la larga y sinuosa carretera pasada
continúa. El vino de la bruja
a pesar de no prometer nada, parece
en esa tierra sin ríos prometer,
algo mejor– lo anodino sin condimento.

Y cuando hubo alcanzado la palabra «condimento», la bruja había desaparecido. Pero nunca en su vida se había sentido tan cansado, y durante un rato el propósito de su peregrinaje no despertó ningún deseo en él.

8. EL DRAGÓN DEL NORTE

Las enfermedades del alma del norte y del sur. El recelo, la tensión, la dureza, la frialdad, la anemia norteñas. John lo supera, y gana de ello parte de la necesaria dureza de la que carecía.

—Ahora —dijo el guía— ha llegado nuestro momento.

Lo miraron con intriga.

—Hemos llegado —dijo él— al punto de la carretera que se encuentra a medio camino entre las dos franjas de tierra de las que he hablado. El dragón frío está aquí, a nuestra izquierda, y la dragona caliente a nuestra derecha. Es el momento de demostrar de qué están hechos. El lobo espera en los bosques, hacia el sur; en las rocas, hacia el norte, andando en círculos, feroz, aguardando carroña. Tendrán que ponerse en guardia desde este momento. Que Dios los proteja.

—Bueno —dijo Vertud. Y desenvainó su espada y se descolgó el escudo de la espalda para colocárselo delante. Después tendió su mano, primero al guía y luego a John—. Hasta pronto —dijo.

—Vete por donde el suelo sea menos verde —dijo el guía— ya que estará más firme. Y buena suerte.

Vertud abandonó la carretera y empezó a elegir con cuidado la ruta hacia el sur, buscando los caminos más secos. El guía se volvió hacia John.

—¿Tienes alguna práctica con la espada? —dijo.

—Ninguna, señor —contestó John.

—Mejor ninguna que muy poca. Tienes que confiar en tu habilidad innata. Apunta a su abdomen, una estocada de arriba abajo. Yo no intentaría hacer cortes, si fuera tú, no sabes suficiente.

—Lo haré lo mejor que pueda —dijo John. Y tras una pausa, prosiguió—. Solo hay un dragón, imagino. No necesito guardarme la espalda.

—Por supuesto que no hay más que uno, que se comió a todos los demás. De otra forma no sería un dragón. Ya conoces la máxima: *serpens nisi serpentem comiderit.*[29]

Entonces vi a John preparar su panoplia y abandonar la carretera hacia la izquierda. La ascensión comenzó inmediatamente, y antes de que estuviera a diez yardas de la carretera ya se había elevado seis pies sobre ella; pero la formación de las rocas era tal, que ascender era como subir una enorme escalera, y era más cansado que dificultoso. Cuando se detuvo por primera vez para enjugarse el sudor de los ojos, la niebla ya era tan densa que le costaba ver la carretera más abajo. Delante, la gris oscuridad se sombreaba repentinamente, haciéndose negra. De pronto, John escuchó un sonido seco y zumbón frente a él, desde un punto algo más elevado. Sujetó con más firmeza su espada, y dio un paso hacia allí, escuchando atentamente. Entonces volvió el sonido, y después escuchó una voz que parecía croar, como si perteneciera a un gigantesco sapo. El dragón cantaba para sí mismo:

Una vez, el huevo del gusano se rompió en el bosque.
Salí brillando al tembloroso mundo,
el sol en mis escamas, el rocío sobre las hierbas,
las frescas, dulces hierbas y las hojas, en ciernes.
Cortejé a mi moteada compañera. Jugamos al cortejo
y chupamos cálida leche que brotaba de las tetillas [de las cabras.

Ahora vigilo el oro en mi cueva de roca
en un país de piedras: como un viejo y lamentable dragón,
vigilando mi tesoro. En las noches de invierno, el oro
se congela a través de las más duras escamas en mi frío [abdomen.
Las coronas dentadas y los cruelmente retorcidos anillos
afilados y fríos en la cama del viejo dragón.

Muchas veces desearía no haberme comido a mi esposa,
aunque un gusano no se convierte en un dragón hasta que no

haya comido otro gusano.
Ella podría haberme ayudado a vigilar y a mirar a mi
[alrededor,
guardando el tesoro. El oro habría sido lo más seguro.
A veces podría abandonarme a mi cansancio y dormir
algo, a veces mientras ella estuviera vigilando.

Anoche mientras la luna se ponía un zorro aullaba,
y me despertó. Entonces supe que había estado durmiendo.
A menudo un búho sobrevolando la tierra de piedra
me sobresalta, y creo que debo de haberme dormido.
Solo un momento. En ese momento preciso un hombre
puede haber salido de la ciudad, a robar, para quitarme
[mi oro.
Hacen planes en las ciudades para robar mi oro.
Cuchichean sobre mí en voz baja, trazando planes,
hombres sin piedad. ¿Acaso ellos no beben cerveza sobre sus
[bancos,
con sus cálidas mujeres en cama, cantando, y duermen toda
[la noche?
Pero yo no dejo la cueva, más que una vez en invierno
para beber del lago de roca: en verano, dos.

No sienten piedad por el viejo y lúgubre dragón.
¡Oh, Señor, que creaste al dragón, dame tu paz!
Pero no me pidas que abandone el oro,
pero tampoco me pidas más, tampoco pidas que muera; otros
[se quedarían con el oro.
Mata, mejor, Señor, a los hombres y al resto de dragones
para que así pueda dormir, para ir cuando quiera a beber.

Mientras John escuchaba esta canción olvidó estar asustado. Asco primero, piedad después, apartaron el miedo de su mente; y después de eso le invadió un extraño deseo de hablar con el dragón y de sugerir alguna manera de acuerdo y de división del tesoro; no era que deseara el oro, pero no le parecía un deseo del todo innoble el que uno quiera abarcar y tener tanto como pueda. Y mientras estas ensoñaciones se sucedían en su imaginación, su cuerpo tomó buen cuidado de él, manteniendo firmemente sujeta la empuñadura de la espada, los ojos fijos en la oscuridad y los pies listos para saltar ágilmente en cualquier dirección; y así, cuando vio que algo se movía en el fluir de la niebla sobre él y le rodeaba para cercarle, no estaba desprevenido. Pero permaneció inmóvil. El dragón estaba sacando su cuerpo, como una soga, de una cueva situada encima de él. Primero osciló, con la gran cabeza flotando vertical, como una oruga que se balancea buscando una nueva superficie con la mitad del cuerpo, mientras que la otra mitad reposa aún en la hoja. Entonces la cabeza se lanzó y se colocó detrás de él. John se giró para verla, y la cabeza guió al cuerpo formando un círculo, para finalmente volver dentro de la cueva, dejando a su paso un bucle de carne de dragón en torno al hombre. John permaneció inmóvil hasta que el bucle comenzó a estrecharse a su alrededor, aproximadamente a la altura de su pecho. Entonces se agachó y volvió a levantarse, asestando una estocada al flanco inferior de la bestia. Penetró hasta la empuñadura, pero no brotó sangre. La cabeza salió inmediatamente de la cueva, girando. Ojos llenos de crueldad —fría crueldad, sin una sola chispa de ira en ella— le miraron fijamente a la cara. La boca estaba completamente abierta —dentro no era roja, sino gris como el plomo— y el aliento de la criatura era heladoramente frío. Tan pronto como sopló en la cara de John, todo cambió. Una armadura de hielo pareció encerrarle a él, pareció hacer callar a su corazón, que nunca más podría revolverse presa del pánico o de la avaricia. Su fuerza se había multiplicado. Sus brazos le parecieron de acero. Se encontró riendo y dando estocada tras estocada en la garganta de la bestia, se dio cuenta de que la lucha había terminado, quizá hacía horas. Estaba de pie en un lugar solitario entre las rocas, ni cansado ni abatido, con un reptil muerto a sus pies. Recordó que lo había matado. Y el momento anterior a darle muerte le pareció muy lejano en el tiempo.

9. LA DRAGONA DEL SUR

Mientras tanto, el yo moral de John debe encontrar el mal del sur. Y llevar en su interior este calor, que hará, de aquí en adelante, de la virtud una pasión en sí misma.

John descendió de las rocas dando saltos hasta la carretera, silbando una melodía. El guía se acercó a saludarlo, pero antes de que hubieran intercambiado una sola palabra, los dos se giraron sorprendidos por un fuerte grito del sur. El sol había salido, de manera que toda la tierra húmeda brilló como cobre sucio, y primero pensaron que era el sol, bajo sus brazos, lo que hacía que Vertud resplandeciera como una llama mientras se acercaba dando saltos, corriendo y bailando hacia ellos. Pero a medida que se acercaba, se dieron cuenta de que estaba, en realidad, ardiendo. Salía humo de él, y allá donde sus pies pisaban, la turba dejaba pequeñas marcas que emanaban vapor. Inofensivas llamas recorrían de arriba abajo su espada y le lamían la mano. Su pecho se movía con esfuerzo y se balanceaba como un hombre borracho. Se dirigieron hacia él, pero gritó:

He vuelto victorioso y triunfante
–pero apartaos – no traten de tocarme
ni siquiera con vuestras ropas. Ardo incandescente.
El gusano era hostil. Cuando percibió
mi escudo brillar junto a la densidad vegetal
escupió llamas de sus doradas fauces.

Cuando su vómito entró en contacto con mi espada
la hoja se inflamó. En la empuñadura
el berilio crujió, y borboteó dorado.

Cuando la espada y su brazo eran todo llamas
con el único calor que emanaba
fuera de la bestia, la azoté y la domé.

En su propio esputo murió el gusano.
Lo enrosqué y lo desgarré a lo ancho
y arranqué el corazón de su hirviente lado.

Cuando mis dientes se hundían en el corazón
sentí una pulsación en mí
como si mi pecho se fuera a separar.

Agitó las colinas y las hizo temblar
e hizo girar los árboles como una rueda.
La hierba cantó donde puse el talón.

¡Behemoth[30] es mi hombre servil!
Antes de los invitados conquistados de Pan
montando domado a Leviatán,
tan alto como puedo canto
¡¡*RESVRGAM y IO PAEAN;*
IO, IO, IO, PAEAN!!

¡Ahora conozco la apuesta por la que jugué,
ahora sé cuál es el fin de un gusano!

10. EL ARROYO

La muerte está a la vuelta. La moralidad sigue sin buscar una recompensa y no desea la resurrección. Pero la fe, más humilde, pide más. El ángel canta.

Mi sueño estaba repleto de luz y de ruido. Creí que seguían su camino cantando y riendo como niños de colegio. Vertud perdió toda su solemnidad, y John nunca estaba cansado; y durante diez millas aproximadamente se hicieron acompañar por un viejo violinista, que les tocó algunas alegres melodías y bailaron, más que anduvieron. Y Vertud inventó sátiras sobre esas melodías para mofarse de las viejas virtudes paganas en las que había sido educado.

Pero en mitad de toda esta alegría, de pronto John se quedó inmóvil y los ojos se le llenaron de lágrimas. Habían llegado a una pequeña casa en el campo, cerca del río, vacía y ruinosa. Entonces todos preguntaron a John qué le afligía.

—Hemos vuelto a Puritania —dijo— y esta era la casa de mis padres. Veo que mi madre y mi padre ya se han ido al otro lado del arroyo. Hay tantas cosas que les hubiera dicho... Pero no importa.

—De hecho, no, no importa —afirmó el guía—, ya que ustedes mismos cruzarán el arroyo antes del anochecer.

—¿Por última vez? —dijo Vertud.

—Por última vez —repitió el guía—. Pero todo irá bien.

Y ahora el día iba apagándose y las montañas del Este se alzaban grandes y negras frente a ellos. Sus sombras se alargaban a medida que descendían hacia el arroyo.

—Ya me he curado de hacerme el estoico —dijo Vertud—, y confieso que me sumo en el miedo y la tristeza. También... también hay mucha gente a la que le habría hablado. Hay muchos años que recuperaría. Haya lo que haya al otro lado del arroyo, ya no seré el mismo. Algo se acaba. Es un arroyo de verdad.

No soy alguien que fácilmente revolotee en su pensamiento
[hacia tiempos pasados.
La ominosa corriente, imaginando muerte creada sin un fin
[claro.
Esta persona, mezcla de cuerpo y aliento, a los cuales llegó
tu palabra articulada en tan solo una ocasión,
quedará eternamente decidida: ni siquiera el tiempo puede
[traer
(de otra forma el tiempo no tendría sentido) lo mismo otra vez.
Así que entre los enigmas que ningún hombre ha leído
pongo tu paradoja, quien vivió y había fallecido.
Como Tú has hecho la sustancia, Tú desharás
realmente y para siempre. No dejes a nadie adoptar
cómodas posturas en el frágil supuesto de alguna hora y lugar
a aquellos cuyos lamentos recuperan el deseado tono y figura.
A quienes tu gran salida impide, tras el momento
del epílogo volver al iluminado escenario.
¿Dónde se encuentra el príncipe Hamlet al caer el telón?
¿Dónde se encuentran los sueños al anochecer, o colores
[cuando las luces se aceleran?
Somos tus colores, fugitivos, nunca restaurados,
nunca repetidos. Solo Tú eres sagrado,
solo Tú eres el Señor. En la umbría enormidad
de tus osirias alas Tú doblas y guardas el pasado.
Allí reyes crueles se sientan, en tronos antediluvianos
allí el primer ruiseñor que cantó a Eva aún canta,
allí están los irrecuperables años sin culpa,
allí, aún sin haber caído Lucifer entre sus semejantes.
Dado que Tú también eres una deidad de la muerte,
un dios de tumbas, con nigromancias en tu potente vara;
Tú eres Señor del irrespirable aire transmortal
donde el pensamiento mortal falla: la noche es oscuridad
[nupcial, donde
todos los abrazos se entremezclan y son benditos.
Y todos mueren, pero todos son, mientras que Tú continúas.

El crepúsculo ya estaba bastante avanzado y veían el arroyo. Y John dijo: «Pensé todas esas cosas cuando estaba en casa de Sabiduría. Pero ahora pienso cosas mejores. Estad seguros de que existe un motivo para que el Señor de la Tierra haya atado nuestros corazones tan firmemente al tiempo y al espacio, a un amigo más que a otro y a un condado más que a toda la tierra».

Pasando hoy junto a una casa, no pude evitar el llanto
al recordar cómo una vez allí viví una vida
con mis amigos mortales que ahora están muertos. Los años
poco han curado la llaga, desprotegida.

Fuera, un pequeño arpón golpea. Yo, tonto, pensaba
que se me había quedado pequeño el aguijón único del lugar,
que había transmutado (estaba decepcionado)
el amado objeto en amor universal.

Pero Tú, Señor, seguramente conocías Tu único plan
cuando las indiferencias angelicales sin obstáculos
universalmente amaban, pero Tú diste al hombre
la atadura y la punzada de la particular;

que, como una gota química, infinitesimal,
golpeó en el agua pura, cambiándola toda,
abarca y amarga y cambia toda
el agua dulce del espíritu en alma astringente.

Que nosotros, aunque pequeños, podemos temblar con la [misma
forma sustancial del fuego, como Tú – no solo un reflejo,
como un ángel lunar, de vuelta a ti, llama fría.
Dioses somos, Tú has dicho: y lo pagamos agradecidos.

Y ahora ya estaban en el arroyo, y estaba tan oscuro que no los vi atravesarlo. Lo único que distinguí, cuando mi sueño terminaba y el sonido de los pájaros en mi ventana empezó a llegar a mis oídos (era una mañana de verano), fue la voz del guía, mezclada con las suyas, sin diferenciarse, cantando esta canción:

No sé nada, yo,
de lo que los hombres juntos dicen,

cómo los amantes, los amantes mueren
y la juventud pasa de largo.

No puedo entender
el amor que el mortal alberga
de su nativa, nativa tierra.
– Todas las tierras son suyas.

Por qué en la tumba se afligen
por una voz y una cara,
y no, y no reciben
otra en su lugar.
Yo, por encima de la cúpula
nocturna que nos rodea
volando, nunca he conocido
más o menos luz.
Pena es lo que ellos llaman
esta copa: de la que mis labios,
ay de mí, nunca en todos
mis infinitos días debe sorber.

NOTA A LA TERCERA EDICIÓN EN INGLÉS

Al releer este libro diez años después de escribirlo, considero que sus principales defectos son aquellos que yo por mi parte me siento menos inclinado a perdonar en los libros de otros: oscuridad innecesaria, y un talante poco generoso.

Ahora comprendo que hubo dos razones para esa oscuridad. Por el lado intelectual, mi propia evolución había ido desde el «realismo popular» al idealismo filosófico; del idealismo al panteísmo; del panteísmo al teísmo; y del teísmo al cristianismo. Sigo creyendo que esta es una senda muy natural, pero hoy sé que también es un camino raramente recorrido. A principios de los años treinta yo no lo sabía. Si hubiera tenido alguna noción de mi propio aislamiento, habría callado mi recorrido o, si no, me habría esforzado por describirlo con mayor consideración hacia las dificultades del lector. En aquellas circunstancias, cometí el mismo tipo de error que la persona que narra sus viajes por el desierto de Gobi dando por sentado que este territorio es tan conocido para el público británico como la línea de metro de Euston a Crewe. Y este error de origen pronto se agravó a causa de un profundo cambio en el pensamiento filosófico de nuestra época. El idealismo pasó de moda. Cayó la dinastía de Green, Bradley y Bosanquet, y el mundo habitado por los estudiantes de filosofía de mi generación se volvió tan extraño para nuestros sucesores como si hubieran pasado no ya años, sino siglos.

La segunda causa de mi oscuridad era el (involuntario) sentido «privado» que daba yo entonces a la palabra *romanticismo*. Hoy ni siquiera utilizaría esta palabra para describir la experiencia que es central en este libro. En realidad, no la utilizaría para describir nada, porque hoy la tengo por una palabra de significados tan diversos que ha devenido inútil y debe ser desterrada de nuestro vocabulario. Incluso si excluimos el sentido vulgar en que *romance* significa simplemente «una relación amorosa» (romances entre iguales o romances de cine) creo que podemos distinguir al menos siete clases de cosas distintas que se califican de *románticas*:

1. Algunas historias sobre aventuras peligrosas —particularmente aventuras peligrosas del pasado o en lugares remotos— son «románticas». En ese sentido, Dumas es un autor típicamente «romántico», y los relatos sobre navegaciones marinas, sobre la Legión Extranjera y sobre la rebelión de 1745 suelen ser «románticos».

2. Lo maravilloso es «romántico», siempre que no forme parte de nuestra religión. Así pues, los magos, fantasmas, hadas, brujas, dragones, ninfas y enanos son «románticos»; los ángeles, algo menos. Los dioses griegos son «románticos» en James Stephens o Maurice Hewlett; no lo son en Homero o Sófocles. En este sentido, Malory, Boiardo, Ariosto, Spenser, Tasso, la señora Radcliffe, Shelley, Coleridge, William Morris y E. R. Eddison son escritores «románticos».

3. El arte de tratar sobre personajes «titánicos», las emociones llevadas más allá de la intensidad común, así como los sentimientos y códigos de honor de gran nobleza, son «románticos». (Aplaudo el uso cada vez más frecuente de la palabra *romancesco* para referirse a esta clase.) En este sentido, Rostand y Sidney son «románticos», como también lo son (aunque poco logrados) los dramas heroicos de Dryden y hay mucho «romanticismo» en Corneille. Entiendo que Miguel Ángel es, en este sentido, un artista «romántico».

4. *Romanticismo* puede también significar el abandono a estados de ánimo anormales y, finalmente, antinaturales. Lo macabro es «romántico» y también el interés por la tortura, y el amor a la muerte. A esto, si lo he entendido bien, aludirían Mario Praz y M. D. de Rougemont al emplear la palabra. En este sentido, *Tristán* es la ópera más «romántica» de Wagner; Poe, Baudelaire y Flaubert son escritores «románticos»; el surrealismo es «romántico».

5. El egoísmo y el subjetivismo son «románticos». En este sentido, los libros típicamente «románticos» son *Las tribulaciones del joven Werther* de Goethe y las *Confesiones* de Rousseau, así como las obras de Byron y Proust.

6. Hay personas que llaman «romántica» a cualquier revuelta contra la civilización y las convenciones vigentes, ya mire hacia delante en el sentido de una revolución, o atrás, hacia lo «primitivo». Así, los pseudo-Oisín, Epstein, D. H. Lawrence, Walt Whitman y Wagner son «románticos».

7. La sensibilidad hacia los objetos naturales, cuando es solemne y entusiasta, es «romántica». En este sentido, *El preludio* es el poema más «romántico» del mundo: y hay mucho «romanticismo» en Keats, Shelley, De Vigny, De Musset y Goethe.

Se verá, sin duda, que muchos escritores son «románticos» en más de un sentido. Así, Morris aparece en el primer sentido y también en el segundo. Eddison en el segundo, así como en el tercero. Rousseau en el sexto y en el quinto, Shelley en el sexto y en el quinto, y así sucesivamente. Esto quizá sugiera una raíz común, ya sea histórica o psicológica, para los siete sentidos: pero la auténtica diferencia cualitativa entre ellos se advierte en el hecho de que el gusto por cualquiera de estos sentidos no implica gusto por los demás. Aunque la gente que es «romántica» en sentidos diferentes quizá busque los mismos libros, los busca por razones diferentes, y la mitad de los lectores de William Morris no tiene idea de cómo es la otra mitad. Es totalmente diferente que te guste Shelley porque en él se encuentra una mitología, que porque prometa una revolución. Por ejemplo, a mí siempre me ha encantado el segundo tipo de romanticismo y he detestado los tipos cuarto y quinto; el primero me gustaba muy poco y el tercero solo después de hacerme mayor, como gusto adquirido.

Pero a lo que yo me refería con *romanticismo* cuando escribí *El regreso del peregrino* —y como todavía quiero que se entienda en el título de este libro— no era exactamente ninguna de estas siete cosas. A lo que me refería era a una especial experiencia recurrente que dominó mi infancia y mi adolescencia y que precipitadamente llamé «romántica» porque la naturaleza inanimada y la literatura fantástica figuraban entre aquello que la evocaba. Sigo creyendo que esta experiencia es común, comúnmente malinterpretada y de inmensa importancia: pero ahora sé que en otros espíritus surge en virtud de otros estímulos y se enreda con otras irrelevancias, y que no es tan fácil colocarla en el primer plano de nuestra conciencia como yo antes creía. Ahora intentaré describirla lo bastante para que las siguientes páginas sean inteligibles.

La experiencia es de un intenso anhelo, y se diferencia de otros anhelos en dos aspectos. En primer lugar, aunque el sentido de deseo es agudo y hasta doloroso, el deseo mismo se siente de algún modo como deleite. Otros deseos se sienten como placeres solo si se espera su satisfacción en un futuro cercano: el hambre solo es placentera si sabemos (o creemos) que vamos a comer pronto. Pero este deseo, aun si no hay esperanza de satisfacción posible, continúa siendo precioso, y hasta es preferido a cualquier otro del mundo, por aquellos que lo han sentido alguna vez. Esta hambre es mejor que cualquier saciedad; esta pobreza, mejor que cualquier otra riqueza. Y así sucede que si el deseo falta un tiempo prolongado, puede ser en sí mismo objeto de deseo y convertirse en una forma nueva del deseo original, aunque la persona acaso no reconozca el hecho de inmediato y, por ello, llore su perdida juventud del alma en el momento mismo en que está rejuveneciéndose. Esto parece complicado, pero es sencillo cuando se vive. «Ah, ¡sentir como entonces!», exclamamos; sin advertir que mientras decimos estas palabras el sentimiento mismo cuya pérdida lamentamos está surgiendo nuevamente con toda su antigua carga agridulce. Porque este Dulce Deseo borra nuestra habitual distinción entre querer y tener. Tenerlo es, por definición, desearlo; y descubrimos que desearlo es tenerlo.

En segundo lugar, un peculiar misterio rodea el *objeto* de este Deseo. La persona inexperta (y hay quienes por descuido son inexpertos toda su vida) supone, cuando lo siente, que sabe qué es lo que desea. Así, si lo siente un niño mientras mira hacia un monte lejano, al momento piensa: «Si pudiera estar allí»; si lo siente cuando recuerda algún hecho del pasado, piensa: «Si pudiera volver a aquellos días». Si lo siente (algo después) mientras lee un cuento o poema «romántico» sobre «mares azarosos e ilusorias tierras de hadas», cree estar deseando que esos lugares existan realmente y que él pueda alcanzarlos. Si lo siente (aún más tarde) en un contexto de sugerencias eróticas, cree desear a la amada perfecta. Si se recala en la literatura que (como Maeterlinck o el primer Yeats) trata sobre los espíritus y similares con ciertas muestras de creencia seria, quizá crea que desea en verdad magia y ocultismo. Cuando brota de sus estudios de historia o de ciencia acaso lo confunda con el ansia intelectual de conocimiento.

Pero todas estas impresiones son falsas. El único mérito que reclamo para este libro es que lo ha escrito alguien que ha demostrado la falsedad de todas ellas. No hay asomo de vanidad en esta afirmación: sé que son falsas no por inteligencia sino por experiencia, una experiencia que no se habría cruzado en mi camino si en mi juventud hubiera sido más prudente, más virtuoso y menos egocéntrico de lo que fui. Porque yo mismo me he dejado engañar por cada una de estas falsas respuestas una tras otra, y las he contemplado con seriedad suficiente para descubrir el engaño. Haber abrazado a tantas falsas Florimel[1] no es como para jactarse: son los tontos, dicen, los que aprenden por experiencia. Pero dado que al menos aprenden, permitan a un tonto aportar su experiencia al venero común para que hombres más sabios saquen algún provecho de ella.

Cada uno de estos supuestos *objetos* del Deseo es insuficiente frente a él. Un fácil experimento demostrará que si llegas hasta el monte lejano o bien no obtendrás nada, u obtendrás simplemente una repetición del mismo deseo que te llevó hasta allí. Un estudio algo más difícil, pero aún posible, de tus propios recuerdos demostrará que regresando al pasado no pudiste encontrar, como posesión, el éxtasis que alguna súbita reminiscencia del pasado te induce ahora a desear.

Esos momentos recordados eran o muy corrientes en aquel tiempo (y debemos todo su encanto al recuerdo) o momentos de deseo en sí mismos. Lo mismo cabe decir de las cosas descritas por los poetas y los narradores de lo maravilloso. En el instante en que procuramos pensar seriamente cómo sería si aquéllas fueran, en efecto, reales, descubrimos este hecho. Cuando sir Arthur Conan Doyle dijo haber fotografiado a una hada, lo cierto es que yo no me lo creí: pero el hecho en sí de tal afirmación —la aproximación del hada incluso a esa temblorosa distancia de la realidad— me reveló de inmediato que si la afirmación se hubiera cumplido habría helado, en lugar de satisfacer, el deseo que la literatura de hadas había suscitado hasta el momento. Una vez reconocidos como reales el hada, el bosque encantado, el sátiro, el fauno, la ninfa del agua y la fuente de la inmortalidad —y entre todo el interés científico, social y práctico que tal descubrimiento crearía— el Dulce Deseo habría desaparecido, se habría trasladado a otro espacio, como el canto del cuco o el final del arco iris, y nos llamaría desde el otro lado de un monte aún *más lejano*. Todavía peor nos iría con la Magia en su sentido más oscuro (como se ha practicado y sigue practicándose aún). ¿Y si en efecto hubiéramos seguido esa dirección, hubiéramos pedido algo y nos hubiera sido concedido? ¿Qué sentiríamos? Terror, orgullo, culpa, una emoción excitante... ¿pero qué tendría todo ello que ver con nuestro Dulce Deseo? No es en la misa negra ni en la sesión espiritista donde crece la flor azul.[2] En cuanto a la respuesta sexual, la considero la Florimel más obviamente falsa de todas. En cualquier plano que se considere, no es lo que buscamos. La Lujuria puede satisfacerse. Otra personalidad puede llegar a ser para nosotros «nuestra América, nuestra tierra recién descubierta». Se puede tener un matrimonio feliz. Pero ¿qué tienen que ver cualquiera de estas tres cosas, o cualquier mezcla de ellas, con ese algo inefable, cuyo deseo nos penetra como un estoque ante el olor de una fogata campestre o el grito de los patos salvajes volando sobre nuestras cabezas, el título *The Well at the World's End (La fuente en el fin del mundo)*[3] o los primeros versos de *Kubla Khan*, las telarañas matutinas al final del estío o el ruido de las olas al romper?

Me pareció por ello que si un hombre sigue diligentemente su deseo, persiguiendo falsos objetos hasta que se manifiesta su falsedad y abandonándolos entonces resueltamente, debe llegar al final al claro conocimiento de que el alma humana está hecha para disfrutar de un objeto que nunca le es plenamente dado —más aún, ni siquiera puede imaginar como dado— en nuestro presente modo de experiencia subjetiva y espaciotemporal. Este Deseo era, en el alma, como el asiento peligroso del castillo de Arturo: la silla en que solo un caballero podía sentarse. Y si la naturaleza nada hace en vano, Aquel que puede sentarse en esa silla tiene que existir. Yo conocí a fondo la facilidad con que el anhelo acepta falsos objetos y los oscuros caminos por los que nos lleva la búsqueda de estos: pero vi también que el Deseo mismo contiene el correctivo de estos errores. El único error fatal era pretender que habías pasado del Deseo a su satisfacción, cuando, en realidad, o no habías encontrado nada o solo el Deseo mismo, o la satisfacción de un Deseo distinto. La dialéctica del Deseo, fielmente seguida, enderezaba todos los errores, te apartaba de falsas sendas y te obligaba a no proponer, sino a vivir, una suerte de prueba ontológica. Esta dialéctica vivida, y la dialéctica simplemente argumental de mi progreso filosófico, parecieron converger en un objetivo; consecuentemente, intenté poner ambos en mi alegoría que de este modo se convirtió en una defensa del romanticismo (en el sentido peculiar que yo le doy), así como de la razón y del cristianismo.

Tras esta explicación el lector entenderá más fácilmente (no le pido que la condone) la amargura de algunas páginas de este libro. Comprenderá cómo debió ser el período de posguerra para alguien que había seguido el camino elegido por mí. Los diversos movimientos intelectuales de la época eran hostiles entre sí; pero lo único que parecía unirlos a todos era su común enemistad hacia los «anhelos inmortales». Creo que podría haber soportado el ataque directo contra estos llevado a cabo desde abajo por quienes seguían a Freud o a D. H. Lawrence con alguna templanza; lo que acabó con mi paciencia fue el desprecio que decía venir desde arriba, y al que dieron voz los «humanistas» estadounidenses, los neoescolásticos y algunos que escribieron en *The Criterion*.[4] A mi juicio, estas personas parecen estar condenando lo que no entendieron. Cuando calificaron el romanticismo de «nostalgia», a mí, que hacía mucho tiempo había negado la ilusión de que el objeto deseado fuera el pasado, me pareció que ni siquiera habían cruzado el *pons asinorum*.[5] Al final, me sacaron de quicio.

Si estuviera escribiendo un libro ahora podría plantear la cuestión entre estos pensadores y yo con precisión mucho más afinada. Uno de ellos describió el romanticismo como «religión derramada». Acepto esta descripción. Y estoy de acuerdo en que aquel que tiene religión no debe derramarla. Pero ¿se sigue de ello que quien la encuentra ya derramada deba apartar la mirada? ¿Y si hubiera un hombre para quien las brillantes gotas del suelo fueran el comienzo de una vía que, debidamente seguida, le llevara finalmente a beber de la copa misma? ¿Y si ninguna otra vía, hablando en términos humanos, fuera posible? Bajo esta perspectiva, mi disputa de diez años tanto con los contrarrománticos, por un lado, como contra los subrománticos, por el otro (apóstoles del instinto y hasta de la incoherencia), adquiere, así lo espero, cierto interés permanente. De esta doble disputa surgió la imagen dominante de mi alegoría: las peñas yermas, dolientes, de su «norte», las ciénagas fétidas de su «sur», y entre ellos el camino por el que el género humano puede transitar a salvo.

Las cosas que he simbolizado con el norte y el sur, que son para mí males equivalentes y opuestos, cada uno de ellos continuamente reforzado y posibilitado por su crítica del otro, entran en nuestra experiencia en muchos niveles diferentes. En la agricultura hay que temer tanto el suelo baldío como el suelo que es irresistiblemente fértil. En el reino animal, el crustáceo y la medusa representan dos formas bajas de solución al problema de la existencia. Cuando comemos, el paladar repele tanto lo excesivamente amargo como lo excesivamente dulce. En el arte, tenemos por un lado puristas y doctrinarios, que (como Scaliger) prefieren perder cien maravillas a admitir un solo defecto, y que no pueden considerar que sea bueno nada si espontáneamente gusta a los no cultivados, y por otro lado tenemos a los artistas acríticos y perezosos que están dispuestos a estropear toda la obra antes que negarse cualquier abuso de sentimiento, o humor, o sensacionalismo. Cada cual puede encontrar entre sus propios conocidos a los tipos del norte y a los del sur: la nariz prominente, los labios apretados, la piel pálida, la sequedad y taciturnidad del uno, la boca abierta, la risa y las lágrimas fáciles, la locuacidad y (por así decirlo) la general crasitud del otro. Los del norte son hombres de sistemas rígidos, ya sean escépticos o dogmáticos, aristócratas, estoicos, fariseos, rigoristas, miembros disciplinados de algún «partido» fuertemente organizado. Los del sur son, por carácter, menos definibles: almas sin músculo cuyas puertas están siempre abiertas, día y noche, casi a cualquier visitante, pero siempre con la más cálida acogida para aquellos que, sea ménade o mistagogo, ofrezcan alguna clase de intoxicación. El sabor delicioso de lo prohibido y lo desconocido les empuja con fatal atracción: el emborronamiento de todas las fronteras, la relajación de toda resistencia, sueños, opio, oscuridad, muerte y el regreso al útero materno. Todo sentimiento se justifica por el simple hecho de sentirlo: para el norteño, todo sentimiento es, por la misma, sospechoso. Una selectividad arrogante y apresurada informada por algún argumento a priori le aísla de todas las fuentes de vida. También en teología hay un norte y un sur. El uno grita: «Expulsad al hijo de la sierva», y el otro: «No apaguemos la mecha humeante». El uno exagera la distancia entre gracia y naturaleza convirtiéndola en pura oposición, y al vilipendiar los niveles más altos de la naturaleza (la auténtica *praeparatio evangelica* inherente a ciertas experiencias inmediatamente subcristianas) dificulta el camino a quienes se encuentran a punto de entrar. El otro difumina la distinción del todo, halaga la bondad simple instándola a considerarse caridad, y el vago optimismo o panteísmo a considerarse fe, y hace el camino fatalmente fácil e imperceptible para el apóstata incipiente. Estos dos extremos no coinciden ni con el catolicismo romano (al norte) ni con el protestantismo (al sur). Barth bien podría haber sido situado entre mis hombres pálidos, y Erasmo acaso se encontrara cómodo con don Latitudinario.

Yo creo que nuestra época es predominantemente del norte —son dos grandes potencias «norteñas» las que están despedazándose en el Don mientras escribo—. Pero el asunto es complicado, porque el sistema rígido y despiadado de los nazis tiene elementos «sureños» y cenagosos en su centro; y cuando nuestro tiempo es en algún sentido «sureño», lo es en exceso. D. H. Lawrence y los surrealistas quizá hayan llegado al punto más extremo del sur que jamás haya alcanzado la humanidad. Y eso es lo que cabía esperar. Los males opuestos, lejos de equilibrarse, se agravan mutuamente. «Las herejías que los hombres abandonan son más odiadas por aquellos a quienes engañaron»;[6] el exceso en la bebida es padre de la ley seca y esta de los excesos en la bebida. La naturaleza, ultrajada por uno de los extremos, se venga atacando al otro. Vemos incluso hombres adultos que no se avergüenzan de atribuir su propia filosofía a una «reacción» y no consideran por ello su filosofía desacreditada.

Tanto con respecto al «norte» como al «sur», el hombre, creo yo, solo tiene que atender una cosa: evitarlos y mantenerse en el camino central. No debemos «escuchar al gigante demasiado sabio o demasiado necio». No estamos hechos para ser hombres cerebrales u hombres viscerales, sino para ser hombres. Ni bestias ni ángeles, sino hombres; seres a un tiempo racionales y animales.

El hecho de que, si digo algo para explicar mi norte y mi sur, tenga que decir tantas cosas sirve para subrayar una verdad bastante importante sobre los símbolos. En la presente edición he intentado hacer más fácil este libro con epígrafes explicativos. Pero lo he hecho con enorme renuencia. Proporcionar «claves» para una alegoría puede alentar ese particular modo de malentender la alegoría que, como crítico literario, he denunciado en otros puntos. Puede inducir a la gente a suponer que la alegoría es un disfraz, un modo de decir oscuramente lo que podría haberse dicho con mayor claridad. Pero en realidad toda buena alegoría existe no para ocultar sino para revelar; para hacer el mundo interior más palpable dotándolo de una (imaginada) encarnadura concreta. Los epígrafes solo están ahí porque mi alegoría no ha funcionado; en parte por mi culpa (ahora me avergüenzo intensamente de la absurda filigrana alegórica de las páginas 157-159, y en parte porque los lectores modernos no están familiarizados con este método. Pero no deja de ser cierto que allí donde los símbolos son mejores, la clave está menos indicada. Porque cuando una alegoría es excelente, se aproxima al mito, que ha de ser aprehendido con la imaginación, no con el intelecto. Si, como aún tengo esperanza de que ocurra, mi norte y mi sur y mi don Sensato tienen un toque de vida mítica, no hay «explicación» posible que pueda igualar su significado. Es la clase de cosas que no se aprenden mediante definición: más bien hay que llegar a conocerlas como se conoce un olor o un sabor, la «atmósfera» de una familia o un pueblecito rural, o la personalidad de un individuo.

Es preciso hacer otras tres advertencias. 1. El mapa que se incluye aquí ha desconcertado a algunos lectores porque, como dicen, «indica toda una serie de lugares que no se mencionan en el texto». Pero eso es lo propio de todos los mapas y libros de viaje. La ruta de John se traza con una línea de puntos: quienes no estén interesados en los lugares por los que no transcurre esta ruta no necesitan prestarles atención. Son intentos caprichosos de llenar la mitad norte y la mitad sur del mundo con los fenómenos espirituales apropiados. La mayoría de los nombres son autoexplicativos. *Wanhope* significa «Desesperación» en inglés medio; *Woodey* y *Lyssanesos* significan «isla de demencia»; *Behmenheim* debe su nombre, injustamente, a Jakob Boehme o Behmen; *Golnesshire* (en anglosajón Gál) es el «país de la Lujuria»; en *Trinelandia* uno se siente «en armonía con el infinito»; y *Zeitgeistheim*, naturalmente, es el hábitat del *Zeitgeist*, el «espíritu de los tiempos».

Naughtstow es «un lugar que no es bueno en absoluto». Los dos trenes militares deben simbolizar el doble ataque del infierno a los dos lados de nuestra naturaleza. Esperaba que los caminos que se extienden desde cada cabecera ferroviaria enemiga aparecieran como garras o tentáculos que se adentran en el territorio del alma. Si se dibujaran pequeñas flechas negras que señalaran al sur en los siete caminos del norte (como se hace ahora en los mapas de guerra de los periódicos) y otras que señalaran hacia el norte en los seis caminos del sur, se advertiría un panorama claro de la Guerra Santa como yo la veo. Acaso quieran entretenerse decidiendo dónde ponerlas; una cuestión que admite diferentes respuestas. En el frente del norte, por ejemplo, yo representaría al enemigo ocupando Cruelandia y Superbia, y así amenazando a los hombres pálidos con un movimiento de pinza. Pero no pretendo saberlo; y sin duda la posición cambia todos los días. 2. El nombre *Madre Kirk*[7] fue elegido porque *cristianismo* no es un nombre muy convincente. Su defecto residía en que de modo no ilógico inducía al lector a atribuirme una postura mucho más definidamente *eclesiástica* de la que en realidad puedo jactarme. Este libro trata únicamente sobre el cristianismo frente a la incredulidad. No entran en él cuestiones «denominacionales». 3. En esta nota, el elemento autobiográfico que hay en John tuvo que ser resaltado porque el origen de la oscuridad radicaba ahí. Pero no debe suponerse que todo el libro es autobiográfico. He querido generalizar, no contar mi vida.

C. S. Lewis

NOTAS DE TRADUCCIÓN

Los nombres de los personajes y los lugares se han traducido en su mayoría, ya que su significado alegórico es importante para el relato. Los nombres bíblicos se han traducido según la Biblioteca de Autores Cristianos. El nombre del protagonista se ha dejado, ya que la tendencia actual es no traducir los nombres propios y John es un nombre conocido mundialmente. En algunos casos se han dejado porque su significado es obvio, como Puritania o Ignorantia; otros, porque aluden a algo concreto, como Nycteris, que es el personaje de una novela fantástica de George MacDonald, a quien Lewis consideraba un maestro. Alguno se ha explicado en nota, pero la intención ha sido, en todo momento, evitar añadir complicación al texto.

1. Florimel, personaje del poema alegórico de Edmund Spenser (1552-1599) *La reina de las hadas.*

2. Desde que el escritor romántico alemán Novalis (1772-1801) la utilizara en su novela *Heinrich von Ofterdingen*, la flor azul representa el deseo, el amor y el ansia metafísica de infinito y de lo inalcanzable, y simboliza la esencia del arte.

3. Título de una novela fantástica del británico William Morris (1834-1896), conocido sobre todo como artista, pero también escritor y poeta, miembro del grupo prerrafaelita y pionero del movimiento socialista en Gran Bretaña.

4. *The Criterion* (1922-1939): revista trimestral fundada y dirigida por T. S. Eliot; fue la publicación internacional de crítica literaria más prestigiosa de la época.

5. *Pons asinorum* («puente de asnos») es el nombre dado a la quinta proposición del Libro I de los *Elementos de geometría* de Euclides. Alude a la primera prueba auténtica de los

elementos de inteligencia antes de pasar a proposiciones más complejas.

6. Versos de *El sueño de una noche de verano* de Shakespeare: *The heresies that men do leave / Are hated most by those they did deceive.*

7. *The Kirk* es como se alude comúnmente a la iglesia presbiteriana escocesa, pero es también la palabra de inglés medio que posteriormente derivó en *church*, «iglesia» en inglés actual, sentido en que está aquí empleada.

8. «Igualar a un rey en la grandeza del espíritu», Virgilio, *Geórgicas*, IV, 132.

9. «Todos somos empujados al mismo sitio», Horacio, *Odas*, II.3, 25.

10. «Donde el rico Tulo y Anco», es decir, en la tierra de los muertos. Horacio, *Odas*, IV.7, 15.

11. Alude a una máxima de Horacio: *Nullius addictus iurare in verba magister*, algo así como «no jurar por fidelidad a las palabras de ningún maestro».

12. «No les envidio en absoluto», Virgilio, *Églogas*, I.11.

13. «Cambiamos el paisaje, no a nosotros mismos», Horacio, *Epístolas*, I.11, 27.

14. Se puede traducir por «Placer fugaz».

15. «Todo es siempre lo mismo», Lucrecio, *De rerum natura*, III, 949.

16. *Auream quisquis mediocritatem diligit*: «El hombre que valora el justo medio».

17. «Cargada su mesa de manjares regalados».

18. «Lo más importante es honrar a los dioses como establece la ley».

19. Cras ingens iterabimus [aequor]: «Mañana reemprenderemos el camino por el inmenso [mar]». Horacio, *Odas*.

20. «Aleja el mañana por el inmenso... pom-pom, como se requiere».

21. «Autarquía, autosuficiencia».

22. «¡Viva la bagatela!»

23. En griego, «voluntad».

24. «Las virtudes de los paganos son espléndidos vicios».

25. Se ha hecho una traducción muy libre del texto original en inglés antiguo y sobre el que hay variaciones y dudas acerca de su correcta escritura.

Sholde nevere whete wexe bote whete fyrste deyde;
And other sedes also, in the same wyse,
Thae ben leide on louh erthe, ylore as hit were,
And thorwh the grete grace of God, of greyn ded in erthe
Atte last launceth up wher-by we liven alle.
Piers the Plowman, LANGLAND

26. Puede ser nórdico antiguo o invención de Lewis para que lo parezca. En inglés *Sleekstone eyes*. La palabra *sleekstone*, que ya no se utiliza, significa piedra lisa, brillante, lustrosa, usada para hacer otra cosa lisa y lustrosa a base de pulirla. El nombre sugiere que esta persona tiene ojos que ven de muy lejos.

27. «Ten caridad y haz lo que quieras».

28. Se puede traducir como «autosuficiencia», pero también como «deleite, autocomplacencia».

29. «Si la serpiente no comiera serpientes». La cita completa, *serpens, nisi serpentem comederit, non fit draco*, alude a lo que el dragón va a cantar en el siguiente poema, tercera estrofa, verso 2. Este dicho latino aparece en escritos de Erasmo y de Francis Bacon.

30. Behemot o Bahamuth es el nombre de un monstruo mitológico mencionado en la Biblia, en el Libro de Job y en el Libro de Enoc, asociado a Leviatán.